JN049641

受付嬢
エクストリーム・メサイア
従者長
麻《あさ》囲《い》里《り》茶《さ》
社長
創《そう》条《じょう》照《しょう》魔《ま》

執事
斑鳩《いかるが》 燐《りん》
メイド
恵雲詩亜《えくもしあ》
女神
エルヴィナ

最長老
マザリィ

「照魔も一緒なら、
私はかつて以上の
最強になれる」

「堕落した女神と、愚かな人間め!!」

CONTENTS

PROLOGUE 少年の初恋 ››››››› 010

MYTH：1 少年の旅立ち ››››››› 016

MYTH：2 天空の神界 ››››››› 064

MYTH：3 地上の女神 ››››››› 120

MYTH：4 聖剣の覚醒 ››››››› 180

MYTH：5 生命の共有 ››››››› 224

MYTH：6 最強の巨神 ››››››› 286

EPILOGUE 女神の初恋 ››››››› 332

Design:Junya Arai+BayBridgeStudio

双神のエルヴィナ

水沢夢　イラスト：春日歩

創《そう》条《じょう》照《しょう》魔《ま》

創条コンツェルンの御曹司。
女神に初恋をした少年。

エルヴィナ

天界に君臨する最強の女神。
照魔と契約を結ぶ。

麻《あさ》囲《い》里《り》茶《さ》

創条家の従者長。
伝説のメイド。

エクストリーム・メサイア

天界の門番を務める光の鳥。
エルヴィナの監視役となる。

斑鳩《いかるが》　燐《りん》

照魔の専属執事。
特技が非常に多い頼れる青年。

恵《え》雲《くも》詩《し》亜《あ》

照魔の専属メイド。
ノリは軽いが仕事は確か。

創《そう》条《じょう》将《しょう》字《じ》

照魔の父親。
創条家の婿養子

創《そう》条《じょう》猶《なお》夏《か》

照魔の母親。
創条コンツェルンの女社長。

PROLOGUE　少年の初恋

俺は幼い頃、女神に逢《あ》ったことがある。

美しい女性を喩《たと》えてそう呼ぶのではなく、正真正銘の女神さまだ。

この話をしても信じてくれる人はほとんどいないけど、嘘偽りのない事実だ。

俺が六歳の時の出来事で、一緒にいたのはわずか七日間。

だけど創条照魔《そうじょうしょうま》という一人の男にとってそれは、数十年分の人生を前借りして消費したと錯覚するほど濃密な時間で……恋に落ちるには十分すぎた。

彼女は背中に光り輝く六枚の翼を持っていた。それだけは、強く記憶に残っている。

もっとも、そんなこれ見よがしの証明がなかったとしても、俺はその人が女神だということを微塵《みじん》も疑いはしなかっただろう。

それほどまでに、彼女の美しさは人の理解を超えていた。

『デートしよう』と無邪気に笑う年上のお姉さんに手を引かれ、光の中を歩いた。

どこにあったかも今は思い出せないが、一面の花畑が俺たちだけのデート・スポット。

女神は人間の住む世界——彼女は人間界と呼んでいた——に興味津々で、俺は一生懸命に自分の知っていることを語って聞かせた。

代わりに彼女は、神の国——天界のことをよく話してくれた。

そこは自分と同じような女神がたくさん住んでいて、争いのない、平和で美しい世界なのだと。


やがて天界に帰ることになった時。女神は、笑顔でこう言った。

『照魔くんが大人になったら、きっとまた逢えるよ』

幼い頃の俺は、厳しい乳母からすぐに泣く癖をよく窘《たしな》められていた。

しかしその時初めて、自分の意志で涙を堪《こら》えることができた。初めての、男の意地だった。

光の中に消えていく彼女の美しい六枚の翼を見つめながら、約束を交わした。

『いつかかならず、あなたにふさわしいおとこになって、てんかいにむかえにいく』と——。


名前も知らないその女神への初恋が、それからの俺の人生の全てになった。

元より俺は、世界の頂点たる創条家を継ぐための厳格な教育を受けてきた。しかしそれ以上に自分の意思で、女神にふさわしい男になろうと邁進《まいしん》し続けた。

憂鬱《ゆううつ》だった習い事は、むしろ増やしてもらった。一層厳しくなった乳母の教育も、望むところだった。

小学校に入学すると、学級委員に進んで立候補した。

テストは常に学年一位。特に、算数で俺に勝てる奴は全国にもそうはいない。

体育でドッジボールをやれば、必ず最後まで生存する剛健さも兼ね備えている。

そうして俺はただひたすら、己を高め続けた。


重ねた思いが、願いが、とうとう天に通じたのだろうか。

俺は突然、天の楽園にやってきた。

初恋の刻《とき》から六年の月日が流れ——俺は、一二歳の誕生日を迎えた。

男として脂の乗った年齢だ。

今年はきっと、女神と再会できる気がする。逞《たくま》しく成長した俺を、早く彼女に見て欲しい。

そう思っていた矢先の出来事だった。

何もない空中から水が穏やかな滝となって花畑の傍らに流れ落ちていたり、森は一部が空に根を張る逆向きの木と鏡写しのように並んでいたり。

澄み切った青空には、いくつもの地球が夜空の星々のように輝いていたり。

そんな美しくも神秘的な世界に目を輝かせていた俺は——


「ゲハハハハハハハ邪魔だ邪魔だあ————————っ!!」

「くたばれこのブタッ羽根がああああああああああああ!!」

「まあ、なんと野蛮な！　血と臓物を余さずおこぼしあそばせ!!」

「あ――――――――――――他人の股を裂きたい!!」


背に二枚、あるいは四枚の翼を持った女性たちが空と大地を埋め尽くし、澄んだ声で耳を疑うような怒号と罵声を上げているのを目撃した。

背に翼がある女性を全てそう呼ぶのなら……視界に入る全員が、女神だった。

確かに、思い出の女神は言ってたけど。「天界には女神がたくさん住んでる」って言ってたけど。ちょっと、多すぎやしないだろうか。

ヤベーものを見て白目になるって、こういう感覚なんだなって、初めて知った。

それはまるで、社会の授業で習った乱世の合戦だった。

穢《けが》れなき白の装束を、自らが大地を爆走して立てた砂埃《すなぼこり》で汚していく女神。

槍《やり》のような武器を手にしているのに、女神ハイキックを放って女神の意識を刈り取る女神。

女神が女神に女神マウントを取り、鬼気迫る形相で女神ナックルを振り下ろす。

仕舞いには女神と女神が女神シャウトとともに肉薄し、女神おでこ同士を躊躇《ちゅうちょ》無くぶつけ合う。

とにかく、およそ女神とは思えない野蛮極まりすぎる争いだ。

神話関連の本を刊行する出版社が、「え、マジ!? 今ってこうなってるの!?」と慌てて改訂第二版を作り始める程度には、女神のイメージを根本から破壊する無情な現実だった。

言葉が適切かはわからないが、女神が異常発生しているようにしか見えなかった。

悪夢によろめいた俺は、一際《ひときわ》強い光を放って空に浮かぶ女神の姿に視線を吸い寄せられた。

この惑星《ほし》の空の蒼《あお》を全て編み込んだような、艶《つや》やかな紺碧《こんぺき》の長髪。

宝石のように煌《きら》めく、紅の瞳。淡い温もりを体現した、薄桃色の唇。

透き通るような白磁の肌を、さらなる白――足跡一つない無垢《むく》な雪原を思わせる、純白のドレスで包んでいる。そして何より――


その女神は、俺の初恋の女神と同じく――六枚の翼を背に持っていた。


幼い日の記憶に、目の前の神々しい光が、天上の美が重なってゆく。

感激は言葉にならず、ただ震えに合わせて吐息のように断続的にこぼれ出る。

やっと逢《あ》えた。この女神《ひと》だ……。

俺は初恋の相手と、ついに再会することができたんだ――。

どうして、俺には翼がないのだろう。今すぐ天に羽ばたいて、彼女に縋《すが》りつきたいのに。

――しかし一瞬こちらに振り返ったその女神の瞳は……冷たい、闘争者の輝きを湛《たた》えていた。

歓喜の笑顔を浮かべていた俺は、そのまま時間を止められてしまったかのように固まる。

その女神は両手に二挺《ちょう》の黒い拳銃を持ち、周囲にいる女神たちを躊躇《ちゅうちょ》無く銃撃し始めた。

もうめっちゃくちゃだった。六枚の翼の女神が引き金を引くたび、周りにいる二枚や四枚の翼の女神が紙屑《かみくず》のように吹き飛んでいくのだ。うぎゃーとかぐわーとか言いながら。

感激に揺れていた瞳が、再び白目になっていくのを感じる。

でもどこを見わたしても、他に六枚の翼を持った女神の姿は見えなくて――。

怒声と、罵声と、爆発音が、俺の意識をさらっていく。


俺は幼い頃女神に出逢《であ》い、初めて恋をした。

漠然と、女神という存在そのものに恋をし、憧れていた。

だけど女神とは――俺の想像を遥《はる》かに超える、人智の及ばない超越存在だった。

女神の国・天界が異常発生した女神により戦乱の炎に包まれ、その炎はやがて地上にまで拡がり、俺たち人間の世界は破滅の危機を迎えようとしている――そんなこと、この時はまだ知る由もなかった。

そしてそれに比べれば、ややスケールの落ちることだが――

俺、創条《そうじょう》照魔《しょうま》の初恋も、破滅の危機を迎えようとしていた。

MYTH:1 少年の旅立ち

創条《そうじょう》 照魔《しょうま》がまだ生まれる前の話だ。

世界は、一度滅びかけた。

大量の兵器によって地表が火の海と化す。巨大な隕石が落下してくる。未知の細菌が人間をモンスターに変えてしまう——などの、あらゆるディザスター・ムービーで描かれてきたどんな破滅にも該当しないであろう、優しく、何者をも傷つけない終末だった。

世界中の人間が、理由も無く次々とやる気を失っていったのだ。

その奇病について説明を受けても「何を言っているんだ、単に怠けているだけじゃないか」と呆れられるだろう。実際、被害が拡大し始めたばかりの頃は、各国の政府もまるで問題視していなかった。

しかし、その初動対応が明暗を分けた。

気づいた時には、世界中の人間がどうしようもないほど無気力になっていたのだ。

特に大人ほど影響が顕著で、働くということを皆が放棄してしまった。

農業、製造業、小売業……世界を形成している全ての産業が麻痺《まひ》し、社会活動が立ちゆかなくなった。

それからゆっくりと時間をかけて、世界は衰弱していった。

何せ、荒廃した世界を良くしていこうという気力すら、そこに生きる人間たちは満足に持ち合わせていなかったのだから――。


学校へ向かうリムジンの窓から、照魔は天高く屹立《きつりつ》する巨大な建造物を見つめる。

今日はおろし立てのスリーピーススーツに身を包んでいるが、小学六年生にしては見た目が幼い照魔では、まだまだ着せられている感は否めない。

「セフィロト・シャフト……またちょっと増築されたな。今度はどんな機能が増えたんだろう」

ゆったりとした後部座席で、囁《ささや》くように独りごちる照魔。

セフィロト・シャフト――その巨塔は、世界再生の象徴。

新時代のエネルギー管理センターだ。

完成当初ですでに日本では初めての五〇〇メートル超の建造物だったが、増築が進みすぎた今はどれほどの高さがあるか、もう誰も正確に把握していないのではないかと言われている。

嘘か真か、宇宙空間に届くまで増築を続けるつもりだとも。

「あの塔にどんな機能が追加されていくか……今日からは照魔《しょうま》坊ちゃまも随時、知っていくことになるのですよ」

車を運転している青年が照魔の独白を耳ざとく拾い、穏やかにそう言う。

そつなく着こなしたチャコールの燕尾服《えんびふく》を彩る、煌《きら》びやかな銀髪。

彼は照魔の専属執事、斑鳩燐《いかるがりん》。

眼鏡の奥の切れ長の双眸《そうぼう》に冷たさを感じる人も多いが、その瞳の奥に包み込むような優しさを持っていることを、照魔は知っている。

照魔が幼少の頃にとある出来事がきっかけで出逢《であ》い、紆余曲折《うよきょくせつ》を経て、創条《そうじょう》家で住み込みで働いている。彼がもっとも心を許している人物の一人だ。

「本当はもう、坊ちゃまはとっくに熟知されていなければいけないのですよ。創条の事業については」

一方、助手席に座る初老の女性はやや厳しい口調でそう窘《たしな》めた。

ゆるやかにウェーブのかかった髪の毛も上品に、威厳のある佇《たたず》まいでクラシカルなデザインの黒いエプロンドレスに身を包んだこの女性は、麻囲里茶《あさいりさ》。

仕事で多忙な照魔の両親に彼のことを任された、乳母を務める創条家古参のメイドの一人だ。

「せめてELEM《エレム》の概要については暗記なさっていますわね?」

「ELEMのことは教科書にだって載ってるからな、心配いらないって、里茶ばあちゃん」

「では聞かせていただきましょう。学校まで、まだあと五分ほどありますもの」

通学途中の車内でさえ、隙あらば勉強を促す。里茶はスパルタだった。

唐突にテストめいた暗唱を促されても、照魔は受けてたつとばかりに大仰に脚を組んだ。


ＥＬＥＭ。

それは、世界が衰退の一途を辿《たど》る中で発見された、次世代の万能物質。高性能エネルギーとしての運用はもちろん、さまざまな加工、転用も容易な、夢の資源なのだ。

ＥＬＥＭ誕生のきっかけは世界の復興に向けて、人工的に人間の「やる気」を作り出せないか、という突拍子もないアイディアだった。

結果として、その実験は成功した。

そのプロジェクトを成功させたのが、創条家だ。

ＥＬＥＭは人間の心に活力を取り戻すだけではなく、むしろそれを万能物質へと変換させることで、次代の産業革命の嚆矢《こうし》となった。閉塞していた人間社会に、再び活気が戻ったのだ。

こうして学校へ向かうリムジンの窓から見える街の景色も、最先端技術の産物だ。

すでに切っても切り離せないほどに、人類はＥＬＥＭの恩恵を受けている。

照魔たちの住むこの街「神樹都《かみきど》」は、ＥＬＥＭの発見以降、それを活かした技術で大々的に都市開発が行われたニュータウンなのだ。

ほんの六年前までここは、むしろ世界衰退の象徴だった。いつ訪れてもそこかしこに工事途中の鉄骨の骨組みばかりが目につく、開発放棄された都市だったのだ。

しかし今や神樹都《かみきど》は、再興しつつある世界の旗艦都市となった。

セフィロト・シャフトを中心とした超巨大な円形状の都市は、六つの区画に分かれている。

無数の高層ビルが整然と立ち並ぶオフィス街の区画。街の人々が心と身体《からだ》を休める居住区。娯楽施設や商業施設が満載された商業区。水産業や海水浴場として活用される人工海浜の区画。林業と観光業を両立して運用される自然公園区。

巨大な未開発区画が一つ残っているが、そこも活用されるようになるのは時間の問題だ。

街の外周に沿って施設された巨大高架鉄道は、天使の輪を連想させる。

大昔に思い描かれたような、自在に空を飛ぶ車に、人間と同じ働きのできるロボットとの共存――といったオーバーテクノロジーこそまだ存在しないが、地に足をつけた確かな未来図を実現しつつある街。それが、神樹都なのだ。

そして神樹都があっという間にこれほど発展を遂げたのも、先進エネルギーであるＥＬＥＭ《エレム》あってこそだった――。


「――っていう感じで今に至る、と」

照魔《しょうま》は自信たっぷりの口調でＥＬＥＭと、ついでに自分の住む街・神樹都について語る。

「坊ちゃま！　説明は及第点ですが……それ！　頰杖《ほおづえ》をついてはいけませんといつも言っているでしょう!!」

助手席に座りながらも、後部座席に座る照魔の一挙手一投足を観察している里茶《りさ》は、照魔がドアの窓枠に肘をついているのを見逃さなかった。

「里茶ばあちゃん、俺は頰杖をついてるんじゃないぜ。こうして頭と手の平を押し合わせることで、首と腕の筋肉を鍛えてんだ!!」

言い訳のようにも聞こえるが、実際照魔は、その謎トレーニングをちゃんと行っている。脚を組んでいるのも、下半身の体幹強化の謎運動だ。空気椅子の要領らしい。

「本当に……。礼節は身につかないのに、口ばかり達者になっていくのですから……！」

並の人間なら里茶の叱責を聞くだけで畏縮してしまうのだが、照魔はすっかり慣れきってしまい、あしらい方も心得ていた。

「身体だって達者になってるって。俺は、女神にふさわしい男になるんだからな！」

元気よく宣言する照魔に、里茶は頭痛を堪《こら》えるように額を指で押さえた。

「わたくしも好きで口うるさくしているわけではありませんわよ。けれど、女神――」

「まあまあ、麻囲《あさい》従者長。照魔坊ちゃまは礼節をしっかり身につけた上で崩されているのですから」

運転席の燐《りん》にやんわりと説得され、里茶は溜息をつく。

彼女が心配なのは、礼節についてではない。照魔《しょうま》の、執着にも似た女神への憧れだ。女神と逢《あ》った。女神に恋をした。女神と付き合う。

──女神と結婚する。

世界的大企業の御曹司《おんぞうし》がのべつ幕なしこんなことを言って憚《はばか》らないのだ、周囲の気苦労たるや察するに余りある。

だが照魔からすれば、それの何が悪いのだ、というぐらいの意気込みだ。

世界を統《す》べる一族の息子。その伴侶《はんりょ》に女神を選びたいと言っているのだから、むしろ快く祝福して欲しいぐらいだ。

「ですが、今日ばかりはしっかりと振る舞っていただきますわ。学校が終わったら、お父さま、お母さまと大切なお話があるのですからね」

里茶《りさ》が念を押すようにそう言うと同時。リムジンは、照魔の通う神樹都《かみきど》学園小等部の校門近くに静かに停車する。

「おっし、着いた！　そんじゃ放課後もよろしくな、燐《りん》！」

「承知いたしました。いってらっしゃいませ、照魔坊ちゃま」

いち早く車を降りた里茶が後部座席のドアを開けるや、照魔は飛び出すように車を降りて校門に向かっていく。

「ばあちゃんも、そんじゃーなー!!」

「『それでは行ってきます』でしょう！ あと後ろ歩きをしない!!」

軽やかな足取りで校門をくぐる照魔。その面持ちはいつしか、真剣なものに変わっていた。

世界再興に合わせて紀年法がリセットされ、およそ一〇年。

神世暦《しんせいれき》一〇年、四月二〇日──この日創条《そうじょう》照魔は、一二歳の誕生日を迎えた。

そしてその人類の新たな歴史の中に、未知なる一歩を刻むことになる。

○　●

荒廃した世界が復興していく過程で、社会における様々な制度が変わっていった。

たとえば今、どの国にも義務教育というものはほぼ存在しない。

小学生から単位制を採用する学校が多くなり、小等部から大学部までのエスカレーター制度が大半を占めるようになっている。

だが、大人の都合で世の中の仕組みが変わっていっても、小学生の無邪気さに変わりはない。

休み時間は教室内のいたるところで、子供らしい話題に花が咲く。

ホビーやアニメの話題に興じる男子たち。SNSで話題の服飾品について語り合う女子たち。

そして小学生らしく、男女交際についての悩みを吐露する者も多い──。

「照魔《しょうま》、今日はこれから誕生パーティーだろ？　一般人参加ＯＫなやつなら、俺も行くけど」

その日最後の授業が終わると、照魔の席へと友人の山河護《やまかわまもる》がやって来た。

「誕生パーティーが待ってるなら一日中ずっと緊張してないし、ちゃんと護も誘うよ」

「違うのか。今日はいつにも増して洒落《しゃれ》たスーツだから、てっきり。あ、一応ハピバな」

照魔がバッチリとキメたスーツ姿なのは、彼が今日誕生日だからだと思っていたらしい。

「サンキュ。……今日は家の用事で、ちょっとな」

「何だ、さてはお見合いか？『女神と結婚する男』創条《そうじょう》照魔も、いよいよ普通の女の人とお付き合いすることにしたってわけか」

まるで年貢の納め時がごとく言われ、照魔は苦笑する。

「悪いがその目標は、今も絶賛継続中だ！　……用事ってのは、母上の会社のことだよ」

「……ああ、そっか……前に言ってたな、もうすぐだって」

納得し、スポーツ刈りの頭を掻《か》く護。

「じゃあ、これからは学校に来る機会も少なくなるんだな。寂しくなるな」

「そのために前倒しで単位取りまくったからな。でも、たまには登校するよ」

大企業の御曹司《おんぞうし》であることに加え、重度の「女神オタク」であることが周知されて近寄りがたいせいか、照魔に友人は少ない。

護は、そんな彼を受け容れてくれた数少ない友人の一人だ。

護トルネードと名付けられた変則スピンを武器に、名だたる小学生たちを打ち倒して卓球クラブを全国小学生卓球大会準優勝に導いたエースではあるが、それ以外はごく普通の小学生にすぎない。そんな彼と照魔は、妙に馬が合った。

付き合いが長い護は、照魔の背負う重責をよく理解している。

世界の頂点に君臨する大企業を、いずれ照魔が引き継がなければならないことを。

「人にお見合い勧めてる場合かよ。お前こそ今日はどうした、ここんとこちょっとでも時間あれば田中《たなか》さんのとこに行ってたじゃないか」

護は、隣のクラスの田中花子《はなこ》という女子と交際している。

クラブ活動が忙しくて逢《あ》える時間が限られているため、昼休みはもちろん、今のような五分間の小休み時間さえ惜しみ、足繁く隣のクラスに通っていた。

照魔の指摘に護は肩を竦《すく》め、バツが悪そうに笑った。

「……あー……。花子とは…………………別れた」

「えっ……！　別れた!?　昨日まであんなにラブラブだったのに!?」

「花子、そこまで俺に本気じゃなかった。最初っからそんな気はしてたんだけど……とりあえず、誰でもいいからスポーツやってる男を彼氏にしたかっただけっぽいんだよな」

つい昨日まで、照魔は護からこれでもかとのろけ話を聞かされ続けた。そしてそんな護の姿を微笑《ほほえ》ましく思っていた。

友人の男女交際を見て、恋っていいな、とあらためて実感したというのに……。

「それでも、俺なりにいい彼氏でいようと努力したんだよ。……だけどダメだった。つーか、多分俺のそういうとこが重かったんだろうな、逆に」

「重い、って……」

「花子《はなこ》はもっと気軽に付き合いたかったんじゃないかな。失敗したわ」

護《まもる》はズボンのポケットからスマホを取り出し、思い出を共有するように照魔《しょうま》に画面を見せた。

ホーム画面の壁紙は、護と花子のツーショット写真だ。

花子の字のようだが、「付き合って三日目!」とカラフルな文字でデコられている。

「護は、未練がないのか?」

「なくはないけど。花子にとって、俺と一緒にいる時間は苦痛なんだってわかったらさ……。ああ、もう無理かなって」

話しながら、心に整理をつけているのだろう。護はスマホを操作し、壁紙をデフォルトのグラデーションに戻した。照魔に見届け人になってもらうように、すっぱりと。

「恋愛って、もうちょっと楽しいもんかと思ってたんだけどな。結局俺は、こんな歳になってもまだ恋に幻想を持ってたんだな……」

「護……」

失恋を自嘲する本人よりも、聞いている照魔の方が意気消沈してしまっていた。

それを悟ったのだろう。護は、努めて明るい顔で笑いかける。

「ほら、帰りの会が始まるぜっ」

しょぼくれた照魔の背中を快い笑顔で叩き、護は自分の席に戻っていった。

恋破れた友人を見て、照魔は自分の胸を占め続けている初恋とあらためて向き合う。

初恋の相手は女神で、自分は今もその思いを大事にしている……そう話して、護のように理解を示してくれる者は少ない。クラスメイトら、大半の同世代からは失笑を買う。

しかし、他人の目など関係ない。誰に何を言われようと、友人の失恋を知ろうと、照魔の信念は揺らがない。

『大人になったらまた逢《あ》える』という女神との約束を信じ続けるだけだ。

そして彼は今日、また一つ大人への階段を登る。

○　●

全世界に関連子会社およそ一五〇〇を誇る創条《そうじょう》コンツェルンは、神樹都《かみきど》内にも所有ビルが無数に並んでいる。

学校が終わってすぐ燐《りん》の運転する車で照魔が向かったのは、その中の一つ。神樹都の中心に位置する、セフィロト・シャフトにほど近い高層ビルだった。

創条《そうじょう》神樹都《かみきど》ツインタワービル。

地上六五階、全高三二〇メートル。まさに圧巻の全貌だ。

同サイズのビル二棟が、最上階付近で球体型の中央棟で繋《つな》がっている。

その最上階フロアに足を踏み入れた照魔《しょうま》の前には、セフィロト・シャフトを中心とした神樹都全域の縮尺模型が鎮座している。

実に数メートル四方に及ぶその大きな模型を挟んで、照魔は両親と向き合っていた。

親子三人、水入らずと呼ぶには、少し空気が緊迫している。

厳かな沈黙を破ったのは、照魔の実父――創条将字《しょうじ》だった。

白髪の交じり始めた髪をオールバックにまとめた、できるビジネスマン然とした風貌。

だが、そこに威圧感はない。穏やかな人柄が雰囲気にも顕れている。

「今さら聞くまでもないけど……これから何を話し合うかわかっているんだよね、照魔さん」

「もちろん!!」

優しい声で問われ、照魔は力強く首肯《しゅこう》する。

父の将字が息子を「さん」付けで呼ぶことを、他人行儀だという者もいる。だが照魔は、父は自分が認めた人だけに「さん」付けをするのを知っている。だから、むしろそう呼ばれることを誇らしく思っていた。

逆に照魔は、両親を「父上」「母上」と仰々《ぎょうぎょう》しく呼ぶ。いつか彼らと対等になれた時……見上げる存在ではなくなった時、「父さん」「母さん」と呼ぼうと心に決めているからだ。

「パパはね、本当はこんな風習やめちゃっていいと思うんだけど……」

そんな優しい父は、今日この日の話し合いをとてもつらそうにしていた。

「あたいも強制するつもりはないよ。本音を言えば、ママも照魔と今以上に会えなくなるのは寂しいからねえ」

蓮っ葉《はすっぱ》な口調で続けたのは、照魔の母、創条猶夏《なおか》。

深赤《クリムゾン》に染め抜かれたタイトなビジネススーツを凛《りん》と着こなすその姿は、この街に生きる人間なら誰もが一度は目にしているだろう。

いや、世界規模でも知らない人はまずいないはずだ。

『世紀の大天才』『現代のメシア』『全世界統一大統領』——照魔の母を形容する言葉は数多い。

今や、世界一有名な女社長と呼ばれる存在だ。

何を隠そう、ELEM《エレム》という新エネルギーを発見し、それによって世界再生の中核を担ったのがこの天才科学者にして創条家の現当主である、創条猶夏だからだ。

創条家は今や世界の希望。照魔はやがて、その巨大すぎる責務を双肩に背負うことになる。

しかし両親を見つめ返す照魔の瞳からは、重圧に押し潰されそうな弱さは感じられない。

「ま……あたいも一二の頃、創条の掟に従った身だ。止めるつもりもないけれどね」

猶夏《なおか》は心配こそしているものの、あくまで照魔《しょうま》の意志を尊重するというスタンスだ。

創条家《そうじょう》の人間は、一二歳になると本邸を出て別邸で生活する決まりがある。

自分の力で財を成せるように親元を離れ、独り立ちする。帝王学の一環だ。

照魔の父・将字《しょうじ》は婿養子で、母の猶夏こそが創条家の跡取り。

この鉄腕女社長もまた、今の照魔と同じ年の頃に創条家の試練を乗り越えていたのだった。

「母上が試練を受ける時も、こうやって両親と話し合って……止められたりしたの？」

「フッ……孫のあんたが生まれてからはすっかり丸くなったが、現役バリバリの頃の照魔の爺《じ》っちゃんと婆《ば》っちゃんは、そりゃあクッソ厳しくてね。ぶっちゃけ大っ嫌いだった。あたいがすんなり家を出たのも、そんな両親への反発心からさ」

反発心がゆえに、家の掟に従い、そして乗り越える——何という気高い矜持《きょうじ》。

知られざる母の生き様を知り、照魔は熱い溜息を漏らす。

「パパとママは、そこまで照魔に嫌われちゃいないと思いたいけどねえ」

ちょっと不安げにおどけてみせる猶夏。

「さあ、お前はどうするんだい？　照魔」

照魔は意を決して歩を進めた。そして両親の前に立つと、強い決意を湛《たた》えた瞳で見上げる。

「——俺も、創条家の掟に従う。自分の意志で」

掟ができた大昔に比べれば、創条家は途方もなく巨大化した。むしろ、今の時代にこんな風習に従うのは、ナンセンスなのかもしれない。

だが照魔は、偉大すぎる母に追いつき、追い越すためにも、まずは母と同じように見事この掟を乗り越えてみせると決意していた。

「父上も母上も大好きだけど……いや、大好きだからこそ、その庇護下を離れて、自分の力で何かを成し遂げたいんだ。俺、世界で一番の男になりたいから」

将字と猶夏は、穏やかに微笑《ほほえ》みながら頷《うなず》いた。

「世界で一番の男になって、女神さまを迎えにいく。それが照魔さんの夢だったね」

「確かに、そこまでドデカい夢を叶えるには……こんなカビの生えた掟くらい一跳びで超えるぐらいでなくちゃあね」

照魔は幼い頃に女神と出逢《であ》ったことを、両親にも話している。二人はそれを夢物語だと笑わず、女神と再会する日を目指して邁進《まいしん》する息子の背中をずっと見守り続けた。

「……心配ないさ。照魔が創条をデカくしていけば、雲の上の国だろうが、御伽噺《おとぎばなし》の世界だろうが、いずれ行けるようになる。必ずね」

荒唐無稽《こうとうむけい》なことを話しているというのに、猶夏の言葉は妙に確信に満ちていた。それだけ自分の仕事に自信を持っているのだろう。

「だから、今のうちに色々と聞いておきたいんだ。母上が家を出た時は、まず何をしたの？」

猶夏は二〇年以上前に試練のために家を出て、程なく会社を立ち上げた。そこからＥＬＥＭ《エレム》

の技術を確立して本格的に世界に広めていくまで、さらに一〇年はかかっている。

照魔《しょうま》が知りたいのは、その空白の期間だった。

猶夏《なおか》は腕を組むと、昔を懐かしむように虚空を見上げた。

「……年端《としは》もいかない小娘が、身一つで家をおん出たんだ。銭を稼ぐ方法なんざ、限られている……」

その声音がやおら神妙さを含んでいき、照魔は緊張で息を呑《の》む。


「────そう、イラストさ」


不敵に口角を吊り上げて語られたのは、母の始まりの職業《しごと》だった。

「……イラストって……母上の趣味だよね。それが一番最初の仕事だったの!?」

「その頃から発明品自体は作っちゃいたんだが、まあこれが、コネがないと売れなくてね。まして世界がどん底の頃だ。そういう時は、エンタメが強かった」

猶夏は人類史を一〇〇年は進めたと評される超天才科学者だ。立場上社長をやってはいるが、元々技術畑の人間なのだ。それが最初はイラスト描きの仕事から出発していたというのは、照魔も初めて聞いた。

「一〇《とお》から始めたイラスト稼業……苦労もしたけど、二年も経てば食《く》い扶持《ぶち》を稼げる程度にはなっていたんだねえ。そこいらの人様よりイラストを上手く描けることが、一二になった時のあたいのたった一つの財産だった」

　裸一貫からの出発などとはよく言うが、身につけた技術は裸でも持てる荷物……つまり掛け替えのない財産となるのだ。母は息子に、そう教育する。

「本邸はおん出た。かといって、すぐ別邸に行くのも癪《しゃく》でね。あたいはキャンプ道具に携帯電話、液タブだけ持って、山ごもりをすることに決めたんだ。まあ結局その山も創条《そうじょう》の持ちモンなんだが……どうせ放置された荒れ放題の山だ、まずはここをあたいだけの城にしてやろうって息巻いた」

「すげえ……」

　照魔は度肝を抜かれるが、この武勇伝を何度も聞いている将字《しょうじ》は忍び笑いをしている。

「ところが人の手の入ってない山だけあって、当然野生の動物もわんさか棲み着いていた。一番まいったのはやっぱり——熊だね」

「熊が出るんだ……創条の山って。俺も一度見てみたいなあ」

「命懸けだよ？　さしものあたいも、素手で野生動物とわたり合うことはできなかった。けれど手持ちの道具で武器として使えるものといったら、液タブのペンくらいでねえ……。そいつを死に物狂いで振り回して、熊が振り下ろした爪を弾《た》いたもんさ」

　無理もない。猶夏は文武両道で、サバイバル能力にも長けている。その強健さとタフさは一度、母子二人でキャンプに行った時に照魔《しょうま》も目の当たりにしている。

そんな彼女でさえ、熊を相手には己の生命を守ることで精一杯だったという。

素手で野生の熊を倒せる女子小学生など、この世界に存在するはずもないのだ。

「当然、熊と戦ううちにペン先が摩耗してね。手持ちの替えのペン先も残り少ない……いよいよここまでかと思った頃……不思議と、熊が穏やかに接してくれるようになった。それどころか、あたいが絵を描いているのを察すると、おとなしく遠くから見ているようになったんだ」

照魔はその様子を脳裏に思い描いた。

木の幹に背を預け、膝の上に液晶タブレットを置いてイラストを描く一二歳の母。

それを木陰から見守る、野生の熊。

なんと画になる光景だろうか。

それだけですでに、歴史に名を馳せる名画が完成を見た。

「そんなある日、ついにその熊は絵を描いているあたいのそばに近づいてきて、手の平一杯の木の実をくれた。嬉しかったねえ……。それが、あたいへの人生初めての投げ銭さ——」

投げ銭。仕事の対価としての報酬ではなく、応援。

それを形にして初めて手渡してくれたのは……好敵手たる野生の熊だった。

自分の仕事を通して野生動物とすら絆を結ぶ、それが本物のクリエイター。

照魔は真の仕事人《びと》の在り方を、母の生き様に見た。

「それで弾みをつけて、そっからはあれよあれよという間さ。請け負う仕事の規模を拡大して、会社を作って……それをデカくして。色々あってＥＬＥＭ《エレム》を発見して、ちょっとヤベーくらい会社がデカくなってさ。最後には、父親《ジジイ》の会社も吸収してやったよ!!」

「色々あってって……」

「色々は色々さ」

想像を絶するほど過程を端折《はしょ》られてしまったが、母がどうやって今の地位を築いていったかをひとまず知ることができた。

「ちなみにママの個人会社の求人に初めて応募したのが、パパだよ。当時は就職難でとにかくどこでもって感じだったんだけど……気づいたらこうだもの、人生ってわからないよね」

そこまで嬉しそうに話を聞いていた将字《しょうじ》が、楽しげに自分の思い出話を重ねる。

気づいたらこうの「こう」が波瀾万丈《はらんばんじょう》すぎた。

「あたいはそれまで男なんて意識したことはなかったんだが、パパは一目見てズドンときたんだよねぇ。まあ、初恋って奴さ」

この出逢《であ》いのエピソードだけはもう四〇〇〇回ぐらい聞いたが、照魔は父と母が恋愛結婚、それも母の初恋が成就した末のものだということを聞いていつも勇気づけられている。

だからこそ同年代の男女が斜に構えて恋を否定しようと、あるいは友人が恋に挫けようと、自分だけは信じられるのだ。

ずっと心の中で育て続けた、女神への初恋を。

「真面目に仕事をしていれば……周りのヤツは認めてついてきてくれるもんさ。一介の絵描きだった頃も、こうして千を超える複合企業の頂点《テッペン》に立った今も、あたいのやることは何一つ変わらない。……そうだよね、パパ?」

猶夏《なおか》は甘えるように言うと、そっと将字《しょうじ》の肩に寄りかかった。二人は凄《すさ》まじくラブラブで、息子の照魔《しょうま》が見ていて恥ずかしいぐらいにイチャイチャする時がある。

「人間、死ぬ気でやりゃあどんなことだって何とかなる。学も経験も、環境も、人より足りないもんは全部根性で補えばいいのさ」

実際に猶夏はこの精神論でもって、事業規模を急拡大させ、ELEM《エレム》で世界を救った。創条《そうじょう》コンツェルンのトップたる女傑がこう言っているのだ、誰も異論は挟めない。

「……だから照魔、ここをお前に預けるよ。しっかりやんな」

神樹都《かみきど》の縮尺模型を示しながら激励する猶夏。

だが大雑把《おおざつぱ》に手の平で示しているので、街のどこを指しているのかがわからない。

「ここっていうと……このビル?」

照魔は模型に再現されたツインタワービル——今自分がいる場所を指差すが、猶夏は悪戯《いたずら》っぽく笑って首を振る。

「全部さ」

そう言うや猶夏は指で大きく輪を描き、数メートル四方の箱庭にある全てを示してみせた。

「研究開発都市・神樹都――その全てを、あんたに任せるよ」


「全部って……！」

「将来的には、ね」

仰天する照魔を見かね、将字がさりげなくフォローをする。

「この街も創条の世界再生事業――セフィロト・プロジェクトのいちモデルケースの一つにすぎない。パパとママは、ここと同じことを世界中でやってるんだ。息子に枝分けしてあげるのは、当然のことだろう？」

猶夏は照魔の肩をそっと叩くと、豪快な笑みとともに檄《げき》を飛ばした。

「ビルの一つや二つ潰しても構わないから、とにかくやりたいようにやってみな！」

「母上……！」

その大らかな激励が、照魔の緊張を払拭していく。

「里茶《りさ》さんに燐《りん》さん、それに詩亜《しあ》さんもついていってくれるから、安心だけどね」

穏やかな将字の声に導かれて、照魔は後ろを振り返る。

従者たちが、将字の合図を受けて入室してきた。斑鳩《いかるが》燐と、麻囲《あさい》里茶。さらにもう一人、里茶の隣にいるメイド服に身を包んだ少女が、揃《そろ》って礼をする。

彼女は照魔《しょうま》の専属メイド、恵雲詩亜《えくもしあ》だ。

明るい色の髪をアップにまとめた潑剌《はつらつ》とした雰囲気の少女で、燐《りん》と同時期から照魔の世話をしている。

今回、照魔が別邸に移り住むにあたり、この三人は同行を許可されていた。

「里茶《りさ》さん、燐さん、詩亜さん。照魔さんをよろしくお願いします」

将字《しょうじ》は自分が認めた者は、執事やメイドであってもさん付けで呼ぶ。

その信頼を一身に受け止め、里茶と燐は深々と腰を折った。

「承知いたしました、旦那様」

「僕の一命にかけて……必ずや」

一方詩亜は――

「かしこまです、旦那様っ！」

横ピースにウインクという、極めて現代的な所作で応答する。

このように詩亜は、燐と同じ専属従者でも彼とは正反対に普段からノリが軽めなのだが、その仕事ぶりは本物。

里茶が彼女を次期メイド長に推していることが、その何よりの証拠だ。

両親に自分のことを託される従者たちを見て、照魔は拳を握って自分を鼓舞。みなぎるやる気を言葉に託す。

「父上、母上！　俺、社長として頑張るよ！　この神樹都《かみきど》をもっともっとデカくする!!」

「よし、いい返事だ！　これで安心して送り出せるよ。デカい男になっておいで!!」

「頑張るんだよ、照魔さん」

親から子へ、魂が託される。激励とともに信念を受け取り、照魔は決意を新たにした。

そうしてフロアを後にする前、猶夏《なおか》は里茶を呼び止めて話しかけていた。

「……照魔のことよろしくね、里茶ねえちゃん」

「あなたも、身体《からだ》を大事にしてくださいね。猶夏さん」

「いやいやそりゃあこっちのセリフさ。マジで……長生きしとくれよ。あたいがガキの頃さんざっぱら迷惑かけた分、これからはのんびり暮らして欲しいんだ」

「大丈夫です。猶夏さんの……ELEM《エレム》のおかげで、身体はずいぶんと楽になりましたから。お言葉に甘えて、これからはのんびりしますよ」

息子の照魔でさえ立ち入れないような、特別な空気を二人の間に感じるのは……それだけ長い付き合いだからだろう。

自分も、燐や詩亜とそんな絆を育んでいければいいなと、照魔は微笑《ほほえ》むのだった。

照魔の独り立ちについての話し合いの後は、同ビルのイベントホールで家族水入らずの誕生パーティーが催された。

里茶《りさ》や燐《りん》、詩亜《しあ》が腕によりをかけて作ったケーキやご馳走が、祝福の時間を彩る。

父と母にはその後も急ぎの仕事が控えていたため、決して長いとはいえない会食だったが
……両親が時間に追われる素振りを見せず真心込めて一二歳の誕生日を祝ってくれたことが、照魔《しょうま》にとって何よりも嬉しかった。

照魔は限られた時間の中で、父と母の笑顔をしっかりと両の眼に焼き付ける。

寂しくなった時、いつでも思い出せるように。

○●

パーティーが終わってビルを後にした照魔は、燐の運転する車で居住区のブロックに送られる。目的地は、今日から住むことになる別邸だ。

別邸とはいえ、創条《そうじょう》家の屋敷だ。桁違いの広さを誇る。

二階建ての邸内に、三〇〇近い部屋数がある。その巨大な屋敷を包む広大な庭は、とても一日では回りきることはできない。

室内プールがある。球技場がある。映画館がある。自家用空港やヘリポートがある。

元々神樹都《かみきど》の中でも創条家の本家屋敷に次ぐ屈指の敷地面積を誇っていたのだが、ここ数年

で凄《すさ》まじい増築が施された。猶夏《なおか》の両親、つまり照魔の祖父母の仕業である。

誰もが恐れる仕事の鬼だった夫婦は、孫の照魔に骨抜きにされたことで事実上隠居。溺愛する照魔がいずれ住むことになる別邸をどれだけゴージャスにしてあげるかのアピール合戦を繰り返していた。たとえば照魔の祖父が、

『儂《わし》の可愛い照魔がテストで学年一番を取ったんじゃ。この子は猶夏なんぞペペッと超えて人類史上最高の天才になるぞい。じいじがもっとたくさん本を買ってあげるからのう』

とニッコリ笑った翌週には、庭を拡張して図書館を建設した。ちょっと本がたくさんすぎた。それを見た祖母は、

『このクソジジイ、あたしゃの可愛い照魔に媚《こ》びを売るんじゃないよ。照魔は元気な男の子なんだ、ヒーロー番組が好きみたいだしねえ。バッバがいいものを買ってあげるからね』

と、照魔が勉強の合間に里茶に隠れてヒーロー番組を見ていたことを指摘。ヒーローの変身アイテムのおもちゃを買い与えるのではなく、ヒーローが爆発を背負う採石場の方を別邸の敷地内に再現してしまった。

そんなこんなで、照魔が独り立ちして住むことになるまでに、別邸はちょっと取り返しがつかない感じで巨大化してしまっていた。下手をすると今は、本邸よりも大きい可能性がある。

祖父母は現在、色々やり過ぎて猶夏の大目玉を食らってしまい、しばらく「照魔に会うの禁止令」という名の拷問を受けている。

かくも巨大な別邸に、照魔《しょうま》は引っ越すのだ。

燐《りん》と詩亜《しあ》、里茶《りさ》に、これから新生活を送る部屋へ案内されていく。

真っ先に向かった照魔の自室となる部屋を含め、別邸内は新築同然に真《ま》っ新《さら》な状態にされている。家具に装飾品、家電製品──生活に必要なものを自分で揃《そろ》えるのもまた社会勉強だというのが、創条《そうじょう》家のしきたりからだ。

早速明日買い物に出かける予定だが、引っ越してすぐの今日は寝るためのベッドと、あとは四人用の大きさのティーテーブルがある程度だ。

そのテーブルに備え付けのソファーに腰を下ろし、照魔は一息ついていた。

一緒に着席することなく、燐と詩亜と里茶の三人はそばに控えて立っている。

照魔の専属執事である燐は、ほとんど何もない真新しい室内を見渡し、慎ましく微笑《ほほえ》んだ。

「これで本邸にはしばらく戻ることはありません。寂しくなりますね、坊ちゃま」

「詩亜がいるから寂しくないですよー、照魔さまっ☆」

「燐や詩亜たちがいるから、寂しくはないよ……えっ」

照魔は自分が言おうとしていたことを絶妙のタイミングで詩亜に先取りされ、軽く驚く。これが一流メイドの嗜《たしな》み、語尾に星も散らしていてお得だ。

「でも照魔さまのお部屋、前よりちょい狭くなりましたね～」

「いや、これでいいんだ」

本邸の照魔の自室は、一〇〇帖《じょう》はあろうかという広さの部屋だった。高貴な立場の者は、大いなる心身を育むために住まいも広くするのは当然のことだからだ。

だが別邸では、一番大きなこの部屋でさえ、実に九〇帖ほどしかない。大幅なスケールダウンだ。高貴な者たちの感覚では、そうだ。

独り立ちするその時、育んだ心身はそのままに裸一貫からやり直すべしという、創条家の帝王学の厳しき洗礼を受けた形だった。

「お部屋が狭くなった方が、燐と詩亜の目も届きやすいでしょう。私が手塩にかけて育てたとはいえ、二人ともまだまだ危なっかしいですから」

里茶に釘を刺されて、燐は肩を竦《すく》め、詩亜は口を尖《とが》らせる。

今や創条家全ての従者を集めても、燐と詩亜に並ぶ者など存在しない。それほど従者として完成された二人でも、伝説のメイドである里茶にはまだ頭が上がらないのだ。

「里茶ばあちゃんは、本邸に帰るの？」

まるで後進に全てを任せるような里茶の口ぶりが気になり、照魔は恐る恐る尋ねた。

「ええ。この別邸での生活の準備がちゃんと終わって、坊ちゃまの会社の立ち上げを見届けたら、本邸に帰りますよ」

「えー、里茶パイセンもここにいればいいじゃないですかー」

詩亜と燐は、照魔の専属従者として本邸から引き続きこの別邸に住み込みとなる。が、里茶はある程度ここで過ごしたら本邸に帰ると決めているようだ。

「こんなお婆《ばあ》ちゃんに無理を言わないの。坊ちゃまが猶夏《なおか》さまと同じ試練の年を迎えるまでと思って老体に鞭《むち》を打っていただけで、本当はとっくに隠居していたはずなんですからね」

「ご謙遜を」

里茶《りさ》の現在も衰えぬ仕事ぶりを知る燐《りん》は、思わず苦笑する。

「それと詩亜《しあ》！　パイセンはやめなさいと言っているでしょう!!」

里茶にぴしゃりと注意されるも、詩亜はにやけ顔で受け流した。

「敬意を払ってるつもりなんですけどぉ……じゃあ、昔の愛称のババアに戻しますね～!!」

「わたくしの老体だけでなく、あなたの尻にも鞭を打ってもいいんですよ、詩亜」

「マジすんまっせんした」

秒で手の平を返し平謝りする詩亜。

とはいえ、里茶は詩亜の明け透けさを憎からず思っている。何人ものメイド候補生たちが里茶の厳しい訓練についていけず脱落していく中、「今に見てろよババア！」などと吐き捨てて必死に食らいついてきた詩亜の根性を、高く評価しているからだ。

「里茶ばあちゃん、隠居するつもりなら、ここでのんびり暮らせばいいだろ！　別に、何もしなくていいからさ!!」

「ここにわたくしがいたら、いつまでも坊ちゃまに口うるさく言ってしまいそうでしょう。もうあなたは社会人になるのだから……」

「……そっか」

思わずしゅんとしてしまう照魔《しょうま》。先ほど燐に、寂しくはないかと聞かれたが……あえて言うなら照魔は今、寂しさを感じていた。

仕事が忙しすぎて滅多に会えない両親に代わり、物心ついた時からずっと自分のそばにいて、教育してくれた人。乳母のようなメイド、里茶との別れを実感した、今……。

だが照魔は、その気持ちを口には出さない。実際、里茶が無理をして創条《そうじょう》家を支え続けてくれたことを知っているからだ。

里茶は数年前に難病を患った。それは通常の医療では手の施しようがなかったほどだった。

そんな彼女がここまで元気になれたのも、ELEM《エレム》によってもたらされた先進医療と、ELEMによって稼働する最新鋭の人工臓器のおかげだ。

退院してからは病気に罹《かか》る前と変わらぬ溌剌《はつらつ》ぶりで仕事に従事しているため、周囲は完全に快復したと信じ切っていた。しかし照魔は、里茶が時折ひどくつらそうにしているのを目にしている。治療の後遺症があるのかもしれない。

創条家の仕事は激務。世間ではまだ働き盛りとはいえ、還暦も見えてきた年齢になるまで働きづめだったことがそもそもおかしかったのだ。

そこで照魔は、あえて聞こえよがしに悪態をつく。

「そっか、よかった。里茶《りさ》ばあちゃんの監視がなくなれば、好きな時に好きな動画観ても怒られないもんな!!」

里茶に、仕事への未練を抱かせないように。

「ばあちゃん、早く本邸に帰ってくれよ！　その方がせいせいするからさ!!」

それは照魔《しょうま》なりの感謝の言葉だった。

そしてできる従者二人は、そんな少年の気遣いをしっかりと看破していた。

「……ご立派です、坊ちゃま……」

「クッソ可愛い……見てるだけでムラつく……」

燐《りん》は眼鏡を持ち上げ、目許にハンカチを当てている。

照魔には意味が伝わっていないが、ムラムラしている詩亜《しあ》がヤバい。

「好きな時に好きな動画を、ですか………」

里茶は腕組みをしてむう、と唸《うな》ると、

「……ふぅ……。燐、ネットのフィルタリングは段階的に解除していきなさい。最初から全開放は悪手ですよ」

心の底から観念するような大きな溜息とともに、里茶は憂いを帯びた目で虚空を見つめた。

「承知いたしました、麻囲《あさい》従者長」

「……フィルタリング？　何のことだ？」

照魔は二人のやり取りの意図が摑《つか》めず、首を傾げた。

「――エッチな動画が観たいのでしょう。本当に、仕方がありませんね……」

やんちゃな我が子を見るように苦笑する里茶を見て、照魔はぎょっとする。

「いや観ないから！　俺はゲーム実況動画が観たいの!!」

「嘘をおっしゃい！　世の男の子はみんな、ゲーム実況動画を観るとほざいてエッチな動画を観ているものなのです!!」

世の酸いも甘いも嚙《か》み分けてきた初老の女性がきりっとした表情で説く真理は、途轍《とてつ》もない真実味がある。

「少なくとも俺は違うっての!!」

クラスの男子がそういう話で盛り上がっているのを聞いたことはあるが、今のところ照魔には興味のないことだし、興味を持つつもりもない。

「俺には初恋の女神がいるんだ。他の女の人の裸なんて見ないぞ!!」

「それはどうかな」

一瞬詩亜の邪悪な囁《ささや》きが聞こえた気がしたが、ちょうどそっぽを向いていた照魔にははっきりと届かなかった。

「とにかくわたくしが言いたいのは、坊ちゃまが何をされても、これからは全て自分の責任になるということ。間違ったことをしそうになっても、よほどのことでない限り咎《とが》める者はいない……。それは気が楽なようでいて、とても大変なことなのですよ」

「そんな大切なことなら、エッチな動画とか絡めずに言ってくれよ……」

照魔《しょうま》は里茶《りさ》の言葉をしっかりと受け止める。ただ、今後一人で動画を観るハードルが爆上がりしてしまった。

「てかこれで、あまあまになってみせてるつもりなんですかね、このババア」

口許を手の平で隠し、ひひ、と笑う詩亜《しあ》。

「聞こえていますよ、詩亜」

里茶はメイド服のエプロンに手の平を重ねたままのエレガントな歩法で、詩亜に急迫。足払いをかけて、宙に浮いた彼女の両足を脇に抱えた。

そして、カーペットに傷をつけないよう踵《かかと》の動きに気を払いながら、その場で大回転。

「にゃあああああああ隠居考えてるババアがジャイアントスイング!!」

後輩のメイドの容態には特に気を払うことなく、思い切りブン回した。

照魔と燐《りん》は、大回転する詩亜をほのぼのと見つめる。

「やっぱばあちゃんはすげえや。母上の専属メイドやるなら、腕っ節が強くないと無理だもんな」

「昔、奥様が山ごもりをする時も、絶対について来るなと厳命されていたようですしね……ヌルゲーになってしまいますから」

「……ほらね、五〇回転が限界……息が上がりますわ。一昔前なら詩亜程度、二〇〇回はぶん回せていましてよ」

ぺいっと解放されて床に大の字に倒れる詩亜よりは息が乱れていないように見えるが、里茶本人は相当に衰えを実感しているようだ。

ともあれ、里茶を安心させるためにも、早いうちに新生活を軌道に乗せなければいけない。

照魔はソファーに深く腰掛け直し、思案顔になった。

「早速だけど、俺の会社について考えていきたい。みんなの意見も聞かせてくれ」

まずはこれから設立する自分の会社を、どのように運用していくかだ。

「母上はイラストレーターから始めたけど、俺は何から始めるのがいいかな……」

即座に照魔の独り言の意を汲んだ燐が、仕事というものについて提言する。

「奥様の逸話は豪放磊落《ごうほうらいらく》ですが、創作業という手堅い個人事業から法人化し、会社を設立していくのは実に理に適ったシークエンスだと僕は思います」

「じゃあ俺は、ゲーム会社から始めるのはどうかな。クラスでもいろんなソシャゲが流行ってるんだ!!」

照魔の提案を聞いた里茶は、凜々《りり》しく引き結んでいた唇を僅かに開いた。

何かを言おうとして、すぐに呑《の》み込んだ——そんな様子で、眼差しがどこか寂しげだった。

一方燐は、小さく頷《うなず》いてから思案顔になった。

「懸念があるとすれば……ソーシャルゲーム界隈《かいわい》は今や、完全なレッドオーシャンということでしょうか」

「レッドオーシャン……？」

「血で血を洗うほどに競争の激しい界隈を指す言葉です。新規参入は茨の道かと」

さすが博学な燐《りん》はゲーム業界にも知識明るいようで、照魔《しょうま》にシビアな助言をする。

「でもさ。競争が激しくない業界なんて、世の中にあるのか？」

「ええ、それは確かに……まず、ありませんが。イラストを個人で請け負うことと違い、ゲーム……特にソーシャルゲームは完成して終わりではなく、そこからの運営こそが本番ですので」

「そっか……かなり難しそうだな……」

「ですが坊ちゃまがその道を征《ゆ》くと決意された時はお任せを。この斑鳩《いかるが》、全日本プログラミングフェスティバルにおいて経済産業大臣賞を受賞した経験を持ちます。その腕を存分に揮《ふる》わせていただきます」

「ああ、頼りにしてるよ!!」

燐はおよそ個人で可能な資格・免許の大半を取得しており、あらゆる分野の大会やコンテストを総なめにしている。

これまでもその力をいかんなく発揮して、主人である照魔を助けてきたのだ。

しばらく床に伸びていた詩亜《しあ》が、そこでむくりと起き上がった。

「クラスで流行ってるのはいいんですけどー、照魔さま、そこまでゲームやりませんよね？ 前知識がないとイチからゲーム考えるのキツくないですか？」

詩亜はちゃんと話を聞いていたようで、燐以上にズバリと核心を突いたことを言ってきた。

「そうなんだよなあ……そこが母上との違いだ。母上は画を描くのが好きで、迷わずそれを仕事に選んだわけだからな」

「坊ちゃまが好きなものを、お仕事にするのがよろしいと思いますわよ」

里茶《りさ》に穏やかな声音でそう提案され、照魔は黙考する。

自分の好きなもの。それなら当然――

「――――女神だな!!」

照魔は会心の笑みを浮かべ拳を握り締めるも、燐と詩亜は困り顔になった。里茶に至っては、普段厳しい彼女にしては珍しく、思わず吹き出しそうになっている様子だ。

「創条《そうじょう》の事業は、ELEM《エレム》っていう次世代エネルギーのおかげで発展したんだ！　俺が女神の存在を証明すれば、この世界にまた新たな可能性が開けると思わないか!?」

だが照魔が熱弁を続けると、燐たちは得心したように頷《うなず》きを連ねていく。

そこで詩亜が、自信たっぷりに挙手をした。

「はいはーい、じゃあ詩亜を女神ちゃんにしちゃうのはどうですか？　いつでも逢《あ》える女神ってことで！　メチャカワなメイドをプロデュース!!」

「それって俺が詩亜《しあ》をプロデュースして、アイドルをやってもらう会社ってこと？」

「さすがに資格マニアの燐《りん》くんでもアイドル関連には疎《うと》いでしょうから、ここは詩亜の独壇《どくだん》場《じょう》です！」

いちからソシャゲを作って運営する以上に、先行きが見えなさすぎる。

燐は落ち着き払った態度で詩亜の主張に待ったをかけた。

「僕は以前、恵雲《えくも》くんが勝手に応募した男性アイドルユニットのオーディションに参加したことがありますよ。最終選考に残ってしまったので辞退してきましたが」

コンビニに行く感覚でオーディションを突破してくる執事を、頼もしげに見つめる照魔《しょうま》。

「でも詩亜は、どうしてまたそんなことを？」

「あはは—、燐くん見慣れてると、イケメンの基準が崩壊してテレビに出てるコたちが雑魚《ざこ》雑魚しく見えるんですよね！　たぶん衝動的にです☆」

語尾に星マークがつくような気軽な口調で豪快なエピソードを披露するメイドを、やはり頼もしげに見つめる照魔。

詩亜からすれば、照魔の女神への憧れとは、アイドルファンが推しのアイドルに入れ込んでいるというような認識なのだろうか。

女神がどういうものかを理解するのは、直接逢《あ》った人間でないと難しいのかもしれないが
……それでも女神を基幹とした会社にするのは、これ以上ないアイディアのはずだ。

「俺の目標は、本物の女神ともう一度逢うことだからな……仮名だけど、『女神と逢おう株式会社』とかどうだ？　インパクトあって名刺映えしそうな会社名じゃないか!?」

「お任せを」

照魔が軽く一案を提示しただけだというのに、燐はテレポートめいた歩法で速やかに部屋を離脱。数分もせずに戻ってきたかと思えば、その手には真新しい名刺ケースに収められた名刺が載せられていた。

オシャレなデザインで『女神と逢おう株式会社（仮）』、社長：創条《そうじょう》照魔と書かれている。創条神樹都《かみきと》ツインタワービルの住所や、電話番号なども記載されているようだ。

「名刺……もうできたのか!?　まだ仮なのに悪いな……」

「いくらでもお作りいたしますとも。僕が独自に開発した燐《リン》デマンドという印刷技術を用いれば、高精細の名刺を瞬時に制作することが可能です」

会社を立ち上げたばかりであっても、社名が仮段階であっても、社長の懐には名刺ケースがあるべき。従者の粋な計らいであった。ありがたく名刺ケースを受け取る照魔。

そこからは、燐たちも交えてしばしのディスカッションを続けた。

詩亜がＵＭＡ《ウーマ》を捕獲するノリで森の中に女神用の罠を仕掛けようなどと言い出すなど、途中何度か話が脱線したものの、議論はかなり白熱。都度、燐がアイディアをタブレット端末に書き留めていく。

自分だけの会社を持つということに、不安がなかったと言えば嘘になる。

しかしこの頼れる従者たちと一緒なら、きっと素晴らしい会社にしていける。

感慨に耽《ふけ》りながら、照魔《しょうま》はあらためて思った。今年こそ、絶対に女神に再会するぞ、と。

話し合いがひと段落した頃。照魔は椅子から立ち上がり、部屋の出入り口へと向かう。

「坊ちゃま、どちらに?」

「ちょっとトイレ行ってくる」

「！　坊っ――」

扉が閉まる直前、燐《りん》の慌てた声が聞こえたような気がして振り返る照魔。

だが、後ろ手に閉めたはずの扉が…………ない。


「あれ」

燐がいない。詩亜《しあ》も、里茶《りさ》の姿もない。

そもそも扉がないというより、さっきまでいたはずの自室が……いや、屋敷自体がない。

「………。え、外……!?」

照魔は、屋外にいた。

しかし辺りを確認するに、ここは別邸の庭ではないし、元いた本邸の庭でもない。

ぼんやり考えごとをしているうちに、いつの間にか外に出てしまったという線はなさそうだ。

「どこだ、ここ……」

どこまでも続く平原。うっすらと見える木々。大きな自然公園のような雰囲気だ。

見上げる青空には雲一つなく、妙に明るい。部屋を出る前、窓越しの空に夜の帳《とばり》が下り始めていたのに、これは異常だ。ただの時間経過だったとしても、自分は昼夜が逆転するほどの間、意識を失っていたことになる。

照魔はとにかく燐たちに連絡を取ろうと、スーツのポケットからスマホを取り出した。だが、電波は圏外だ。

「まさか、外国か……!?」

仮に海外だとしても照魔の携帯はその国の電波を摑《つか》めると聞いているが、国内よりはまだ可能性が高い。

何より外国の可能性を疑った理由は――誘拐だ。世界的大企業の御曹司《おんぞうし》である照魔は、誘拐などの犯罪に巻き込まれることを強く警戒されている。

それゆえに専属執事の燐、専属メイドの詩亜はともに武術に覚えがあり、ボディガードとしての訓練も受けている。簡易の護身具も携行している。

その彼らの目を盗んで一瞬で照魔の気を失わせて外国に連れ去るなど、不可能のはずだ。

「とにかく、ここでじっとしていても仕方がない。歩かないと」

仮に誘拐だったとしても、犯人らしき人影が見えない今が逃げるチャンスだ。

急にこんな事態に陥っても取り乱さず行動に移せる程度には、照魔《しょうま》にはサバイバル能力が備わっていた。

母と二人きりで山へキャンプに出かけた時のことだ。登山中、珍しい蝶を見つけたとかで猶《なお》夏《か》はどんどん先に進んでしまい、幼い照魔は一人で取り残されてしまった。

三日後、猶夏が右手をシュタッと挙げて「わりっ！」と言いながら自分を見つけるまで、照魔は葉っぱで即席の羽織り物を作って雨から身を守り、食べられる木の実を見つけて飢えを凌《しの》いだ。

帰宅してから里茶《りさ》にガミガミと叱られる猶夏の姿を見て、あの鉄人の母も失敗をすることがあるのだと照魔は思ったものだったが——。

「……そうか。あのキャンプは、母上の教えだったのか!!」

おそらくは本当にただ蝶々に魅了されてどっか行っただけの母の行動を、我が子を突然のサバイバルに対応できるよう教育してくれていたのだ——と、ポジティブすぎる解釈で敬意に変換する。

「そうとわかれば、母上の教えを活かして行動するだけだ」

電波がなく、スマホのGPSがうまく機能しない以上、ひとまず時計と太陽から方角を割り出すべきだろう。スマートウォッチの盤面を長針と短針のアナログ表示に変え、照魔はあらためて空を見上げた。

「…………？」

妙だ。空をじっくり見つめると、昼間だというのに大きな星がたくさん浮かんでいることに気づいた。外国の空では、星はこんな見え方をするのだろうか？　理科の授業で習った覚えはないが……。

いやそもそも、月以外の星があんなに大きくはっきりと見えるはずがない。模様まで視認できるほど鮮明に……？　さらに凝視すると、驚くべき事実が判明した。

「……地球……!?　あれは全部、地球じゃないか!!」

見える大きさも、向きや角度も全てばらばらだが——空に浮かんでいる星は全て、照魔の知る地球だった。

尻餅をつきかけた照魔の脳裏に、幼い日の記憶が蘇る。女神と交わした言葉の断片が。

『私たちの住んでいる天界のお星様はね——たくさんの世界なの』

幼い頃は……いや、成長した今もこうして実物を目の当たりにするまでは、照魔はその言葉を何かの比喩だと思っていた。

だがあの女神が言った「たくさんの世界」とは……まさしく「たくさんの地球」を意味し

ていたのだ。

鼓動が速まる。こんなにも明確な証拠があるだろうか。

「――――ここは、天界だ!!」

そう確信した途端、急に視界が広がったように感じた。

横を向けば、広大な花畑が広がっている。後ろを振り返れば、色鮮やかな木々が生い茂っている。

それら自然の光景も、よく見ると何もない空中から水が穏やかな滝となって花畑の傍らに流れ落ちていたり、森は一部が空に根を張る逆向きの木と鏡写しのように並んでいたり――。

明らかに、照魔《しょうま》の住む世界の摂理とは一線を画すものだと気がついた。

漫然と歩を進めながら、照魔は歓喜で小躍りしそうになった。

「……もしかして俺……天界に招待してもらえたとかっ!?」

自宅から突然未知の世界に迷い込んだのも、女神からの招待だと考えれば納得できる。

『また……あえるよね?』

『この世界が、変わらずにきれいなままで……照魔くんが大人になったら、きっとまた逢《あ》えるよ』

幼いあの日、女神と交わした約束を思いだし、照魔の目頭が熱くなる。

照魔は今日、独り立ちを果たした。子供を卒業して、大人への一歩を踏み出した。

だから、女神が『いつかまた逢える』という約束を叶えてくれた。きっとそうに違いない。

『てんかいにむかえにいく』という照魔個人の願いとは少し違う形になってしまったが、これから彼女を捜して会いに行けば同じことだ。

あたりを見わたしながら歩き続け、照魔はついに見た。

遥《はる》か見上げる空に、人が浮かんでいるのを。

光り輝く翼を背に持ち、純白の衣装を身にまとった、長髪の女性を。

「わぁ……!!」

まさに夢見る子供のように瞳を輝かせながら、その後ろ姿に釘付けになる。

「翼が二枚だから、俺の逢った女神とは違うよな……でも、あの人もきっと女神だ!!」

照魔は元気よく背伸びをすると、身体《からだ》いっぱいに手を振って空の女神に呼びかける。

「お――――――――――――――――いっ!!」

程なく照魔の声に反応し、振り返った女神は――

突如として、おびただしい炎に全身を包まれた。

照魔《しょうま》は目が点になり、手を挙げたまま固まった。

女神はそのまま火の玉となって力無く落下。大地に激突する直前で、身体《からだ》を覆っていた炎もろとも光の粒となってかき消えた。

「…………おおおおおおおおぉぉぉぉぉぉぉぉぉぉぉぉぉぉぉいっ!?」

同じ言葉でも、先ほどとはトーンも込められた感情も全くの真逆だった。

助けようとして駆けだす間もなかった。何が起こったのかわからず愕然《がくぜん》とする照魔。

「なんだよこれ、どういうことなんだ……!?」

不意に一陣の風が吹き、狼狽《ろうばい》している照魔の頰《ほお》をそっと撫《な》でた。

うっすらと舞い上がった砂埃《すなぼこり》が晴れる頃——視界の先、遥《はる》か前方で異変が起こっていた。

いつの間にか、人がいる。地平いっぱいに広がるほど大勢の人が、武器を手に争いを始めているではないか。

槍《やり》を振り下ろす者、それを盾で防ぐ者——どちらも、見目麗しい女の人だった。

いや、人だけではない。

上半身が美しい女性なのに、下半身が巨大な蜘蛛《くも》の人。

もはや人と呼んでいいのかも怪しい、木彫り人形がそのまま意思を持って動いているような、奇妙な見た目の人まで。様々な容貌の者たちがひしめいている。

しかも、そんな人外めいた存在を含めた者たち全員が一様に、照魔が「女神の証」と認識している翼を背中に持っているのだ。

それらが無数に入り乱れ、乱世の合戦さながらに激しく争っている。

「あれはみんな……女神……なのか……？」

照魔は呆然《ぼうぜん》と呟《つぶや》いた。

勇ましいかけ声や叫びはどんどん大きくなっていくというのに……耳閉感が激しく、むしろ別の世界の出来事のように音が遠くなっていく。

ここは、天界のはずだ。

照魔が一日たりともかかさず夢想した、女神の住まう楽園のはずだ。

しかし──

「なんか、思ってたのと違う──」

役職：社長

創《そう》条《じょう》　照《しょう》魔《ま》

創条家の跡取息子で、小学生にして一企業の社長。
幼い頃に出逢い恋をした女神に人生の全てを捧げており、
その運命は彼を人類の存亡をかけた戦いへと導いていく。

C H A R A C T E R

役職：女神（六枚翼）

エルヴィナ

女神真名

「闇色に輝く星を蒼空に探す」

天界最強の六枚翼。
常にクールだが、好奇心が旺盛で色々なものに興味を示す。
数万年生きる中で中二病を発症してしまっており、
かっこよさの追求に余念がない。

MYTH：2　天空の神界

澄み切った蒼穹《そうきゆう》に、勇ましい声が木霊《こだま》する。

地上でも空でも見る見るうちに戦いは激しさを増し、爆発音が一層強くなっていく。

剣や槍《やり》、盾などをただ持って白兵戦を繰り広げているだけでは、こうはならない。

ある者は手の平から、ある者は手にした武器から光の球を飛ばし、それが爆弾のように破裂しているようだった。

流れ弾が照魔《しようま》のそばに飛んできて爆発し、大地に咲き誇っていた花々を散らす。

宙に舞う花びらの向こうで戦う女神たちを見て、照魔はやるせなくなる。

「どうして、女神たちが……」

戦場を照らす翼の輝きが目を惹《ひ》く。二枚の翼を持つ女神が多い。四枚の翼の女神も散見される。

だが、かつて照魔が出逢《であ》ったような六枚の翼を持つ女神は、一人も見当たらなかった。

「くそっ……こんなの幻覚だ！　天界は、争いのない平和な世界のはずだろ!?」

幼い頃に女神から天界の有りようを聞いて、どんなに夢想を重ねてきたか。

その天界にやっと来ることができたと知った時、どれだけ嬉しかったか――。

喜びは爆発音とともに霧散し、無慈悲な現実が襲いかかってきた。

たとえようのないやるせなさに胸を焦がし、照魔が再び空を見上げた時。

その目が、驚愕《きょうがく》に見開かれた。


――照魔の頭上に、一人の女神がいた。

この惑星《ほし》の空の蒼《あお》を全て編み込んだような、艶《つや》やかな紺碧《こんぺき》の長髪。

宝石のように煌《きら》めく、紅の瞳。淡い温もりを体現した、薄桃色の唇。

透き通るような白磁の肌を、さらなる白――足跡一つない無垢《むく》な雪原を思わせる、純白のドレスで包んでいる。

一目で、他の女神たちとは別次元の存在だとわからせる神々しさだ。

何よりその女神は――背中に、六枚の翼があった。

照魔がこの六年間、一日たりとも忘れたことのなかった、初恋の女神と同じに。


「……まさか、あの人が――」

絶対に忘れたくないと思い続けたのに、どういうわけか初恋の女神の顔は靄《もや》がかかったように記憶から薄れている。おそらく、特別な力が働いているのだろうと納得していた。

だからせめて、魂に刻むように記憶し続けたのだ。六枚の翼という事実だけは。

照魔《しようま》が思わず一歩踏み出すと、その六枚の翼の女神がこちらに視線を向けた。

自分に気づいてくれたのかと、胸の鼓動が高鳴る。

しかし六枚の翼の女神は、ただ周囲を確認していただけのようだ。姿が見えなくなるほど強烈な光を手元から発したかと思うと、次の瞬間には黒い二挺《ちよう》拳銃を両手に握っていた。

まとった装衣の穢《けが》れなき白とのあまりのギャップに、照魔は啞然《あぜん》とする。

「――――全員、消えなさい」

空と地上、これだけ距離が離れているというのに、どうしてかその女神が囁《ささや》いた物騒な言葉がはっきりと聞こえた。

光の矢と化して、目にも止まらぬ速さで女神の一団に突っ込んでいく。

そうして六枚の翼の女神は踊るように舞いながら、拳銃の引き金を引く。

早い話が、的も絞らぬ乱れ撃ちである。

光の球が雨のように乱れ飛び、周囲全ての女神が紙屑《かみくず》も同然に吹き飛び始めた。

それまでの戦いで起こっていた散発的な爆発を線香花火に喩《たと》えるなら、彼女が現れてからの戦場は、地雷が次々に炸裂し始めたようなものだ。もはや次元が違う。

「え――――何してんのあの人――――っ!!」

惨劇の幕が上がり、照魔はたまらず絶叫した。

これはやはり人違いでしょう。そうであってほしい。初恋の女神は、あんなことをしない。

ずっと温めてきた美しい思い出で心の安寧を保とうとするが、

「ぐえ――――――――――っ!!」

「あっぎゃ――――――――――っ!!」

周囲に木霊《こだま》する迫真の叫びが、その思い出を塗り込めようとしてくる。

空を舞い地を駆ける無数の女神の争いは、ここまで拮抗《きっこう》した争いだった。

しかし六枚の翼の女神が現れてからは、ただ一方的な暴虐が繰り広げられている。

無造作に放たれた光の弾は意思を持ったように追尾し、全ての女神を過《あやま》たず撃墜していく。

撃ち漏らした光弾が地面に着弾し、凄《すさ》まじい勢いで土砂と爆煙を巻き上げる。

「うわあっ!!」

このままここにいたら、自分も吹き飛ばされてしまう。照魔は、六枚の翼の女神に背を向けて逃げだそうとした。

だが今度は、逃げだそうとした方向からも大勢の女神たちが突っ走ってきた。照魔とすれ違いながら「誰やお前」と言わんばかりの怪訝《けげん》な目を向けてくる。

何なら追い越してけっこう離れた後で、「え!?」と二度見してくる女神もいる。だが照魔に構っている余裕はないようで、すぐに乱戦へと突入していった。

照魔《しょうま》は全力疾走でその場を離れる。悲鳴が聞こえてつい振り返ると、すれ違ったばかりの女神たちが爆発によってポンポンと空に打ち上げられていた。

何故か空にいる六枚の翼の女神もゆっくりとこちらに近づいてきているようで、背後で断続的に起こる爆発も照魔を追跡するように接近してくる。

「やばいやばいやばいやばい!!」

絶望的な状況だった。

この地で息絶えれば、おそらく照魔の遺体は元の世界で発見されることはないだろう。

そうなるとあちらでは、行方不明扱いになる。ニュースなどでそのことが報道される様を想像する。

【速報】創条《そうじょう》家ご子息　照魔さん　行方不明

『ちょっとトイレ行ってくる』と言い残したまま

「いやだああああああああああああああああああああああ!!」

どうしてもっと気の利いた言葉を口にしなかったのか。

『ちょっと運命に挨拶してくる』などとかっこよく言い残して、颯爽《さっそう》とトイレに行けばよかったではないか。後悔が押し寄せる。

次からは絶対にそうする。紳士としての振る舞いを忘れずにいよう。

そんなことを考えていた弊害か、実のところ自室を出る時にはさほどでもなかった尿意が、ここに来て一気に膨れ上がってしまった。

「トイレ行きたい!!」

悲痛な叫びは、空に響きわたる爆発音によってかき消された。

照魔は走りながら下っ腹に力を込め、両の拳を握り締めて全身を強張らせる。

「おもらしだけは……してたまるか……!!」

断じて、「決壊」だけはすまいと。

空では未だに絶え間なく轟音《ごうおん》が響いている。むしろ尿意に意識が向いてからというもの、四方八方を飛び交う破滅的な攻防は今までほど気にならなくなっていた。

必死に走り続けていると、少し先に石造りの建物が見えた。衝立の役割を果たしていた森が焼け落ちたことで、露わになったらしい。

それは神話を勉強中に本で幾度となく目にした「神殿」さながらに、厳かに屹立《きつりつ》している。

あの神殿の中にトイレがあるかは杳《よう》として知れない。だが、賭ける価値はある。

「のるかそるかだ――――!!」

ついでに建物の中に隠れれば、降り注ぐ攻撃から身を守れるかもしれない。

生命と尊厳の優先順位が壊滅しながらも、照魔は必死に走った。

眼前の地面が突如炸裂し、今度は回避した先でまた爆発。ただただ蛇行を繰り返した。

さらには後方からの爆風に煽《あお》られ、思わず転倒。手の平に擦《す》り傷《きず》を作りながらも、すぐに立ち上がって走りだす。

全方位から木霊《こだま》し、交響曲のように重なる女神たちの雄叫びと悲鳴。

視界に飛び込む、火だるまになって墜落していく女性。

悪夢でさえ見ることができないような惨状の中をひたすらに駆け抜け――照魔《しょうま》はついに、目指していた神殿に辿《たど》り着く。立ちはだかる何十段もの長い石階段も、ここまで来ればという安堵《あんど》のおかげで難なく踏破した。

荘厳な装飾が施された、神殿内部への入り口が姿を見せる。一瞬息を呑《の》むも、中へと足を踏み入れようとした――その時だった。

後方からけたたましい音が鳴り響いたかと思うと、強烈な衝撃波が照魔の背中を叩く。

「うわあっ……!!」

たたらを踏みながら振り返ると、いつの間にか神殿の周囲を呪文のような文字と模様が描かれた光の壁が包み込んでいた。

その光の壁の外側に、先ほどの六枚の翼の女神が浮遊している。

神殿に辿り着いてからは何の障害もなく入り口の前まで来られた照魔とは違い、六枚の翼の女神は神殿全体を包む光の壁に行く手を阻まれていた。

女神はおもむろに光の壁から距離を取ると、勢いよく体当たりをした。その衝撃で光の壁が大きくたわみ、周囲に激震が起こる。先ほどの衝撃波の正体は、これだった。

六枚の翼の女神は一度距離を取り、猛然と突っ込みながら光の壁の一点に向けて拳銃を連射。最後は事もあろうに、飛翔《ひしょう》の勢いのままに銃弾の着弾点目掛け飛び蹴りを浴びせ、光の壁に大穴を開けてしまった。

穴から亀裂が拡がって光の壁が砕け散り、神殿は再び丸裸となる。

女神はゆっくりと降下。入り口の前にいる照魔の前に降り立った。

今度こそ、二人の瞳と瞳が邂逅《かいこう》を果たす。


「……あなた……誰」

「――――お、俺は――――」


言葉が萎《しぼ》んでいく。照魔の意識が、女神の紅い瞳に吸い込まれていく。

魂そのものが魅了される、この甘い胸の痺《しび》れ。

先程目撃した蛮行がそれを否定しようとも、温め続けた恋がどうしようもなく肯定し返す。

俺は照魔です、と叫べば、すぐに思い出してくれるかもしれないのに……感極まっているせいか、喉が震えてうまく声が出ない。決して、恐ろしい光景を見続けたせいではないはずだ。

「最長老の元へは絶対に行かせません、エルヴィナ!!」

背後からの勇ましい叫び声で我に返る照魔《しょうま》。

神殿の中から女神たちが飛び出し、照魔の横を駆け抜けていく。

全部で六人、それぞれ翼の数は四枚。白い装衣に個々の差し色がパーソナルカラーのように振り分けられていることや、装衣そのものがこれまで見てきた女神よりも煌《きら》びやかなことから、特別な立場を思わせた。

「エルヴィナ……」

照魔は、思わずその名を口にしていた。そう、たった一言発する程度の時間だった。

エルヴィナは両手に持った拳銃から、光の弾丸を六連射した。

大地に雷が轟《とどろ》く。視界の先の光の爆発は、雷と表現するより他なかった。

「きゃあああああああああっ!」

「わ――――――――っ!!」

叫び声が連鎖していく。エルヴィナの拳銃が放った光の銃弾は直撃した瞬間、スタンガンを押し当てたように四枚の翼の女神たちの身体《からだ》を痙攣《けいれん》させた。次々に地面に倒れていく女神たち。

自然現象の雷は一雷一殺……直撃した人間一人を殺傷せしめるのがせいぜいのはず。

だが彼女が巻き起こす雷は、目につく全ての女神を撃ち抜くまで尽きることはない。

「強すぎる……」

まさか女神を前にして、こんな感嘆がこぼれようとは。

倒した女神を省みもせず、神殿の入り口に向かって悠然と歩を進めるエルヴィナ。

しかし、その瞬間——彼女の背後の空から、一直線に光が飛来してきた。

「こらーっエルヴィナ————————ッ!!」

光はエルヴィナの背に体当たりをして、そのまま持ち上げるように空へと急上昇。

弾けた光の中から現れた女神の姿に、照魔はまたしても驚愕《きょうがく》した。

「なっ……!!」

照魔と同じか小さいぐらいの女の子の女神だ。髪の色はレモンイエロー。後ろ髪は肩ぐらいの長さで、別個に左右で短めに結わえている。

年頃の女の子さながらに天真爛漫《てんしんらんまん》な笑顔をしているのに、見つめていると何故か不安をかき立てられる。

装衣の白布が鎧《よろい》のようにたなびくエルヴィナと違い、白布がマントのように背に広がっている。全体的に黒のラインが多く、白を塗り込めようとするような印象を受けた。

そして何より、その子の背中には——六枚の翼があった。

「いや、さすがに俺の初恋の女神は、あんなに子供ではなかった、はず……」

六枚の翼という手がかり以外の記憶はおぼろげだが、初恋の女神は子供ではなかったはずだ。そう断じようとしても自信が無いことに気づき、照魔は慄然《りつぜん》とする。

「ぬるいぞ！　あんな雑魚《ざこ》女神たち、わざわざ気絶させずに消滅させればいいだろ!!」

その小柄な女神は、空に衝き上げたエルヴィナに向かって文句を言っていた。

「マザリィ以外は、本気で戦う価値もないというだけよ」

「女神なんて、どーせいくらでも増えるのに!!」

「そんな小言を言うためだけにしては、随分と当たりが強かったけれど」

クールな顔つきこそ変わらないが、エルヴィナの声には明らかに怒気が交じっている。

「女神大戦も大詰めだ！　その前に、お前と決着をつけておきたいんだ!!」

「やっぱりね。あっさり私を代表に推したと思っていたけれど、土壇場《どたんば》で横からかっ攫《さら》う気だったってわけ」

「私はただ、お前と戦いたいだけだっ!!」

二人の女神は、巨大な光をまとって飛翔《ひしょう》。音を立てて激突した。

瞬間。大気が爆《は》ぜ、照魔《しょうま》は世界そのものが激震している錯覚に襲われた。

「さすがの強さだ、嬉しいぞエルヴィナ！　やっぱり天界の大一番を決めるのは、宿命の好敵手の私とお前じゃなきゃいけないからなっ!!」

「一方通行の宿命ね、ディスティム。私にとってあなたは、その辺に倒れてる女神と同じ認識よ」

「お前のそんなところが好きなんだ、私はっ!!」

二色の光はさらに径を拡げ、加速する。

離れてはぶつかり、交錯し、螺旋《らせん》を描いて絡み合いながら上昇しては、また離れ。

惑星と惑星がぶつかり合う様を見るような、人智を絶した二つのエネルギーが相克《そうこく》している。

すごい。

きれいだ。

修飾の必要もないシンプルな感嘆が、彼女たちの戦う姿の全てだった。

「……はっ!?」

そのあまりの美しさに見とれて、当初の目的を見失っていた。そもそも照魔は、トイレを借りるためにこの神殿を目指して走ってきたのだ。戦い続ける二人の女神に背を向け、入り口から神殿の中へと飛び込む。

建物の内部は、石から連想していたほどには寒くなかった。むしろ、適度に暖かい。

女神たちの叫びも、爆発音も、今は遥《はる》か遠く。

通路の壁に背をもたれ、照魔はほっと一息ついた。

「────何者です!?」

通路の奥から、一人の女性が歩いてくる。

四枚の翼を持つ、ウェーブがかった栗色の髪をした女神だ。

自分の背と同じぐらいに長い、先端が欠けた輪の形をした錫杖《しゃくじょう》のような武器を手にしている。

他の女神たちとはまた別格の威厳があり、後光が射しているようにさえ見える。

しかしその女神は、照魔《しょうま》の姿を見た途端ひっと声を引きつらせた。

「お、お、お、お、男っ…………!? ありえない！ どうして普通の人間が天界にっ!?」

まるで幽霊でも見たかのような反応だった。嫌な予感がした照魔は、急いで弁明を試みる。

「待って下さい、俺は、えっと……そう！ トイレ貸してください!!」

「……トイレ？ そのようなものは、この神殿はおろか天界全土に存在しません」

「えっどうして……」

「女神に、トイレは不要だからです――」

迷える人間に、神託が賜わせられる。もはや後光どころか、全身から輝きを放っていた。

この人を見ていると、何故かすごく心が安らぐように思える。

「そうなんですか……！ なるほど……!!」

妙に納得してしまう照魔だが、それはそれで危機だ。では自分は、どこで用を足せば――。

「それより、あ、あなたは一体どこから……私をどうする気なのです!!」

女神は錫杖《しゃくじょう》を持ったまま身体《からだ》を掻《か》き抱き、一歩後退《あとずさ》る。トイレに行きたいだけで決して怪しい者ではないことを伝えようと、照魔が一歩近づく。

すると、彼女は何かに気づいたようにはっとし、照魔に向かって声を張り上げた。

「どこかに身を潜めていなさい!!」

言われたとおり照魔が近くにあった柱の陰に身を隠すと、彼が元来た方向から破砕音が響き、徐々に近づいてきた。

間近な石壁がポップコーンのように弾け飛び、奥からエルヴィナが肩で風を切って現れる。

何と通路を通らず重厚な石の壁を突進で砕いて、ここまでやって来たのだ。

六枚の翼の小さな女神との争いは、どうなったのだろう。まさか、あれほど強そうに見えたあの女神さえ、軽々と下して来たというのか。

「さあ、これで終わりよ、マザリィ。創造神の座は諦めなさい」

エルヴィナは横持ちにした二挺《ちょう》の拳銃の銃口を、マザリィと呼んだ女神へと突きつける。

「いいえ、あなたを創造神にはさせません！　止めてみせます、この身に代えても!!」

それに臆することなく、マザリィは錫杖の石突きを床に打ちつけて抗戦の意志を示した。

「それは無理よ」

エルヴィナが無慈悲に銃の引き金を引く。

――が、それより早く、エルヴィナの足元から何重もの光の輪が拡がっていった。それは魔方陣のように複雑な模様を描き、壁を透過して神殿全体に拡大していく。

「……これは……禁呪……!?」

照魔が初めて聞く、焦りを伴ったエルヴィナの声。彼女の全身を、魔方陣から立ち昇った光の帯が包み込んでいく。

「あなたの侵入を阻んでいた障壁は、この神殿に施した魔方陣を起動するための鍵……あれを砕いた時点で、あなたは呪法の対象として認識されたのです、エルヴィナ!!」

言葉こそ勇ましいが、マザリィは錫杖《しゃくじょう》にしがみつきながら崩れ落ちていく。その顔は憔悴《しょうすい》しきっていて、まるで自分が発動した魔方陣に生命を吸い取られていくかのようだ。

「——最後まであなたを守護すべき連中が、やけにあっさりと外に出て来たとは思っていたけど……自分の生命を餌《えさ》にして私を罠に嵌《は》めたの、マザリィ」

「これは数万年の間蓄え続けた女神力《めがみりょく》を対価にして初めて使える、古《いにしえ》の封印呪文! あなたたちのように力こそ全てと思っている者たちには決して使うことのできない、わたくしたちの最後の手段です!!」

とうとう魔方陣の光は全て、エルヴィナの身体《からだ》へと吸い込まれていった。

「確かにそんなまどろっこしい技、私には無理ね……。使う必要も、ないけれど……!」

エルヴィナは震える腕を上げ、黒い拳銃を撃つ。

ぎょっとしながらも、マザリィは光の銃弾から身を躱《かわ》した。

「……そんな……天界最強の禁呪をその身に受けながら、まだそれだけ動けるとは!?」

「こんなもの、で——」

エルヴィナは懸命に銃を撃ち放っていくが、先ほどまでの一弾一倒の精確さなど、今の弱り切った彼女には望めない。

「く、うう……」

手にしていた二挺《ちょう》の拳銃がこぼれ、石畳に固い音を響かせた。

エルヴィナはそれでも戦うことをやめようとはせず、マザリィに向かって拳を繰り出す。マザリィは必死にそれを回避し、的を外した拳は石の壁を軽々と砕く。

そんな攻防を何度か続けるうちにエルヴィナの身体が弱々しく発光を始め、輪郭が薄れ始めた。

「言わないことではない……おとなしく封印を受け容れなさい！　これ以上呪文に逆らって暴れれば、転生すらできず完全に消滅してしまいますよ!!」

「あなたを倒せば創造神になる……消滅なんてしなくなるわ……！　あと少しなのよ……!!」

とうとう、エルヴィナの拳が壁に当たってもヒビすら入らなくなった。

麻酔銃を撃たれた獣が、意識を失うその瞬間まで最後の力を振り絞って暴れる必死さに似ている。

だが照魔《しょうま》はその姿を見て、無様だとは思わなかった。むしろ、かつてないほどに胸を打たれていた。

せめて最期《さいご》の瞬間を見まいとしてか、マザリィが顔を背けた瞬間――。

照魔は、エルヴィナの元へと駆け出していた。

「――」

エルヴィナは身体《からだ》をよろめかせ、静かに倒れ込んでいく。

すでに全身のほとんどが薄く透け、地面に身体を横たえるより先に光の粒となって消えてしまいそうだった。

「駄目だ、消えるな!!」

照魔《しょうま》は両手を広げ、エルヴィナを支えようとした。

照魔の耳に、背後のマザリィの動揺した声が聞こえる。

重さも体温も感じない、文字通り光のように心許ない存在を抱き留めた瞬間。

照魔は、想像だにしない衝撃に襲われた。腕にではない、頭にだ。

走馬灯——などという生易しい情報量ではなかった。

創条《そうじょう》照魔の一二年間の記憶など、一瞬で流れ過ぎた。

そこから先、津波のように押し寄せてきた映像は……エルヴィナの記憶だろうか。

だけど、速すぎてどんな映像か知覚しきれない。海なのか、緑なのか。超高速で流れていった肌色は、何だろうか。

普通の人間の何十、何百、何千倍の人生《とき》を生きた記憶量だ。照魔の脳細胞は瞬時にキャパシティを超え、焼き切れてしまった。それなのにまだ、意識を保っている。

ただ、想像を絶するほどの激痛が彼の頭を、胸を、全身を絶え間なく苛《さいな》んでいく。

照魔は助けてくれ、頼むから気絶させてくれと、神に願う。

自分が抱き留め助けたのがその神ではないか、と自覚した瞬間。

待ち望んだ深い闇が、やっと意識を包み込んでいった。

○
●

照魔《しょうま》が小学三年生の時のことだ。彼は、突然高熱を出して寝込んでしまった。

目を覚ますと、彼が横たわるベッドのそばには仕事が忙しくて滅多に家に帰って来られないはずの父と母が揃《そろ》って立っていた。

里茶《りさ》に燐《りん》と詩亜《しあ》もいる。さらに彼ら以外の執事やメイド、料理人や庭師に至るまで、本邸にいる全ての人間に囲まれていることに気づいた。

いつも冷たい無表情で口調も厳しく、照魔が苦手に思っていた里茶が、その時は目を潤ませていたのを今でも覚えている。

彼らは全員、ずっと自分の容態を見守ってくれていた。皆が慈愛に満ちた優しい微笑《ほほえ》みを湛《たた》えていた、この時。

照魔は、自分の周りにいる人たちの深い愛情を感じたのだった。

意識が浮上し、徐々に像を結んでいく視界に大勢の人の姿を認め、照魔はその時のことを思い出していた。

しかし、完全に目を覚まして跳ね起きた時。

「「「「「あっ」」」」」

自分を取り囲んでいる女性たちが、慈愛とはかけ離れた怪しすぎる笑みを浮かべていることに気づいた。そして、照魔が目を覚ましたことでその笑顔のまま硬直してしまっている。

「……か、覚醒が早い……このわたくしの予測を超えて……」

栗色の髪の女神――マザリィに至っては、照魔の上の服をほぼ全部脱がし終わった後、ズボンのウエストに手をかけた体勢で固まっていた。

ベルトが中途半端に外れているが……うまく外せないのでズボンを無理矢理ずり下ろそうとでもしたのだろうか。待って欲しい、ブリーフの縁《ふち》にも若干指がかかっている。

気まずいので、照魔はマザリィの手許から目を逸《そ》らすふりをしながら周囲を探る。

どうやら自分は、大きな部屋の中央にある石でできた寝台に身を横たえていたようだ。

この寝台、少なくとも見た目は石なのに何故かふかふかで暖かい。上質のベッドのようにクッションが利いている。

室内に灯りと呼べるものは、壁際に等間隔で配置された石灯籠《いしどうろう》のようなものしか確認できない。それにしては、部屋全体がやけに明るい。

この神殿に入った時も思ったが、ここでは自分の住んでいる世界とはまた違った、不思議な技術が使われているように思えた。

寝台のまわりを、二十人ほどの女性が円状に囲んでいる。デザインや差し色は個々に違うが、白の装衣を身にまとっているのは共通している。

背中の翼は見えない状態にあるが、彼女たちは間違いなく女神だ。照魔《しょうま》が六年前に逢《あ》った女神も、あえて見せようとしない限りは翼を仕舞っていたのを思い出した。

しかしあらためて間近で見ると、全員並外れた美貌を誇っている。

その美しさこそが、存在の証明――並び立つ女性たちは、女神の有りようをそのまま体現しているように感じられた。

ところでだいぶ長考していたはずだが、未だにマザリィがズボンから手を離そうとしない。

その時、寝台を囲んでいる女神のうち、最前列にいる六人がそれぞれ一歩歩み出た。

神殿の入り口でエルヴィナに倒された女神たちだ。無事だったのかと、照魔は安堵《あんど》した。

「最長老！　いつまで葛藤《かっとう》されているんですか!?」

「あと少し……じゃないですか……」

「見たい」

「もーいーじゃん無理矢理がばっと！　ね!?」

「ここまで来たら～、知らんぷりして続行しましょう～」

「ご決断を！　最長老!!」

葛藤を続けるマザリィに発破《はっぱ》をかけるように、六人の女神が口々に声をかける。

彼女たちは何を……何を見たいと言うのだろう。照魔は、自分のズボンがずり下ろされかけている事実から目を背けた。

「……わ、わたくしの名前はマザリィ……天界最長老の女神です……」

だいぶテンパっているらしく、マザリィは急にあらたまって自己紹介を始めた。

最長老というが、年齢的に高めに見積もっても照魔の母親と同年代くらいにしか見えない。とにかく位が高い人なんだろうということだけ頭に入れておくことにする。

「だ、大丈夫です、気にしてませんよ。俺が危険物を持ち込んでいないか身体検査をしようとしていたんですよね？」

照魔（一二歳）は叱られることに怯《おび》える子供をあやすように、努めて穏やかな声で年上のお姉さんに語りかけた。

「や、やめて……そんな純粋な目でわたくしを見ないで！　ぐあああああ!!」

女神というより、聖水をかけられた悪魔のように苦悶《くもん》しながら照魔から離れるマザリィ。

ついにズボンから手が離れてしまったことで、周囲の女神たちが「あああ……」と落胆の声を上げる。

照魔は寝台の上の服を手に取り、手早く着込んでいく。焦って力が入ったのか、ベストのボタンが一個千切られているが……指摘しない方がよさそうだ。また動揺してしまうだろう。

ふと照魔《しょうま》は、何故かすっかり尿意が消えていることに気づいた。最悪の事態を想像したが、ズボンに水気がないのを確認して内心ほっとする。

「どうやら、目を覚ましたみたいね」

部屋の出入り口と思《おぼ》しきところから声が響いたかと思うと、女神たちの囲いが割れ、その間をとりわけ強烈な存在感を放つ一人の女性が歩いてきた。

「あなたは……！」

照魔の胸が高鳴る。それは先ほどたった一人で凄《すさ》まじい戦いを繰り広げ、光となって消えかけた、六枚の翼の女神——エルヴィナだ。

歩みに合わせて揺れる紺碧《こんぺき》の髪も、ドレスのような真っ白な装衣も、全てが元の輝きを取り戻している。

「私の名前はエルヴィナよ。これからずっとよろしくね」

戦いの合間で名前は聞こえていたが……あらためて本人の口から聞くと、なんて美しい名前だろうかと、照魔は思った。

天使のハミングを耳にしたような心地よさを感じる。

「お、俺は照魔……創条《そうじょう》照魔です、エルヴィナさん」

照魔は上擦《うわず》りかけた声を唾《つば》を呑《の》んで整え、名乗り返した。エルヴィナの自己紹介の仕方に若干の違和感を覚えたが、それが何故なのかはっきりとしないままに話が進む。

「エルヴィナでいいわ。それに、かしこまらなくてもいい」

「わ、わかりま……わかった。よ、よかったいい人で……俺、実は女神のファンなんだ!!」

「あら、そうなの。でもこんなことになって、残念ね」

エルヴィナは照魔のそばに立つと、胸の下で腕を組んだ。


「照魔、あなたさっき死んだのよ」


そして、顔色一つ変えずにそう言い捨てた。

「…………………………は？」

たっぷり溜めて問いかける照魔。返答は秒で飛んできた。

「私を抱き締めたでしょう。その時死んだの」

「え、ええええええぇぇぇぇぇぇぇ!? 何だよそれ、もうちょっとクッション挟んでくれない!? 心の準備できてないんだけど!?」

照魔は動揺するあまり、石の寝台から転げ落ちた。

「いや、てか死んだって……ちょっと待って、どういうこと!? 俺、銃で撃たれたりしなかったよな!?」

そしてひたすら慌てふためく。胸に触れて鼓動を確かめ、手首の脈を測り、脚が透けていないかを検《あらた》めるために太腿を叩いた。

「少し落ち着きなさい。さっき私を抱き締めた時は、もっと堂々としていたわよ」

やけに抱き締めたことを強調するが、照魔《しようま》は動揺しまくっていてそれどころではない。

「っ……そうだ、俺……あの時……っ」

だが、死んだと言われれば身に覚えはあった。エルヴィナを抱き留めた瞬間、頭が爆発しそうになってそのまま意識を失ったのだ。それではあの時、気絶したのではなく──

「エルヴィナ！　下手人がぬけぬけと……その少年の気持ちを考えなさい！　怯《おび》えているではありませんか!!」

パニック寸前の照魔を見かねたのだろう。苦悶《くもん》の余韻で震えていたマザリィが我に返り、エルヴィナに詰め寄った。

「私を犯人扱い？　その理屈でいけば、あなたも彼が生命を落とした一因なのよ。マザリィ」

マザリィはエルヴィナと視線をぶつけ合うも、すぐ照魔に向き直って優しく微笑《ほほえ》んだ。

「心配はいりませんよ」

照魔は、マザリィを見ていて心が安らぐ理由に思い当たった。

年はこちらがずっと若いが、雰囲気がどことなく里茶《りさ》に似ているのだ。

「死んだといっても、人間として死んだだけですよ。二度と人としての人生を歩めなくなっただけで、あなたはちゃあんと生きていますウフフ」

そうして照魔が心を許しかけた瞬間、マザリィもとんでもないことを口にした。

「もっと怖ぇこと言ってるぅぅぅわあああああああああ!!」

「彼の気持ちを考えなさい、マザリィ。怯えているじゃない」

エルヴィナに意趣返しのように自分の発言を反復され、マザリィはうっと言葉に詰まる。

照魔は必死に気持ちを落ち着けながら、口論する二人を見つめた。

「そうだ、思い出した！　そもそもエルヴィナとマザリィさんたちが戦ってて――」

「そして私を抱き締めたのよね」

元はといえば、死にそうになっているエルヴィナを助けようとしたことが原因だ。それは、このマザリィとの戦いが発端ではないか。

そしてやっぱり気のせいではなく、ちょいちょい抱き締めた事実をインサートされる。

「……その戦いは終わりました。いえ、もう争う必要がなくなった……と言うべきでしょうか」

そう言って吐気を一つ落としたマザリィの横顔は、ひどく疲れ切って見えた。

「あなたがどこまで見ていたのかわかりませんが……わたくしたち女神は今、争いの真っ最中だったのです。全てはこの天界、そして人間界の未来を守るために」

「人間界……俺たちの世界も？」

「そもそもあなたはどうやって、この天界にやって来たのです」

「いや、俺もさっぱり……。気づいたら外にいて、女神さまたちが戦い始めて……」

しばし照魔《しょうま》を見つめ、その言葉に嘘はないと判断したのだろう。マザリィは何か思うところがあるような貌《かお》つきになったものの、そのまま話を続けた。

「だとすれば事態はより一層深刻です。この天界は創生以来――数千万年の間、人間が足を踏み入れたことは一度たりともありませんから」

途方もない歴史の中に自分の存在が刻み込まれたようで、照魔は思わず息を呑《の》んだ。

「もしかすると人間のあなたが天界にやって来てしまったことも、天界の存在が不安定になっていることと無関係ではないかもしれません」

「天界……この女神さまたちの世界が、不安定に？」

「……天界の空は見ましたね？　多くの地球が浮かんでいるので驚いたでしょう」

天井を指差しながら尋ねるマザリィに、照魔はしっかりと頷《うなず》き返した。

「難しい話になるので仔細は省きますが……人間界は、平行世界として無数に存在しているのです。もちろん、あなたは自分の住む人間界だけをわかっていれば結構ですが……」

確かに難しいが、照魔は幼い頃に女神から「たくさんの世界」の話を聞き、そしてそれを自分の目で見て実感したことで、理解及ばぬまでもおぼろげに受け容れることはできていた。

「そのように存在しているせいか、人間界は外界からの影響を受けやすく、脆《もろ》く壊れやすい。それを、わたくしたち女神が天界から神の力――女神力《めがみりょく》を以て、調和と修復を施します。代わりに人間たちの神への祈り、心がこの天界に届き、わたくしたちの力となるのです」

自負心に満ちた声だった。最長老を名乗るだけあり、マザリィは自分を女神の代表と考え、自らの言葉を女神の総意として発言しているのだろう。

女神力《めがみりよく》という言葉も耳に心地良い。女子力の超パワーアップ版のようなものを想像する。

だからこそ、その崇高な面持ちと先ほどの凄惨な争いとが、像を結ばない。何か深い理由があるのだろうか。

「ところが、人間の祈りは徐々に少なくなっていき……ここ十数年で、急激に減ってしまいました。ある日を境に神への信仰を失ってしまったような……不自然なまでの急落ぶりです」

照魔はむしろ、日に日に女神への思いが高まっていくというのに……ままならないものだ。

「人間の祈りが急減し、天界は存亡の危機を迎えました。そこで天界の意志により、長らく空席になっていた、創造神と呼ばれる全ての女神を統《す》べる存在を選出することになったのです。もちろん、最初は話し合いによって」

創造神。女神を統べる存在。照魔の好奇心に火が点き、自然と口角が上がっていく。

「その矢先、問題が起こりました。数万年の昔より天界には派閥が存在していたのですが、これからの在り方を巡り、対立が顕在化。真っ二つに割れているのです」

周囲の女神たちが、沈鬱《ちんうつ》な表情を浮かべている。

エルヴィナは目を伏せ、黙って話を聞いていた。

「今一度人間にとっての崇拝対象になるよう努力し、これまでどおりの関係性を維持しつつ平和裏に創造神を決めればよいと考える穏健派の女神……名を神聖女神《セイヴァリド》」

そこには当然自らも含まれるからだろう、マザリィの声は誇りに満ちていた。

だが続くもう一つの派閥を口にするにあたり、露骨に口調が重々しいものとなった。

「一方、その温和路線をよしとしない、荒事を好む女神もいます。創造神となるためにまず人間界を支配し、人間たちに強引にでも自分たちを崇拝させて戦いに必要な力を得ようと画策する過激派女神……それが、邪悪女神《ゾディアクス》」

その名を口にする時のマザリィの表情が、どんな感情を懐《いだ》いているかを雄弁に顕していた。

「この二派閥による争いが、始まってしまいました」

「取るに足らない話よ。同族同士の争い……あなたたち人間の世界でも、絶え間なく行われているでしょう」

エルヴィナが言葉を継ぐ。

照魔《しょうま》は複雑な心境だった。確かに、有史以来、人類が戦争を繰り返してきたことは社会の授業でも習っている。

だがここ十数年、人間は大きな争いをしていない。

——何故なら人間は一時、互いに憎み、銃を向け合う気力すら失ってしまったのだから。

ただやる気がなくなっただけで地上から争いが消えたのは、あまりにも皮肉な話だった。

そこで照魔は、はっとなってエルヴィナに視線を向けた。

「じゃあ、マザリィさんたちと戦ってたエルヴィナは……」

空に舞う姿を見た時、初恋の相手に重なった女神。鬼神のように全てを滅ぼす超絶の戦いぶりを目の当たりにしてなおその美しさに魅了された、彼女は──

「──そう、私は邪悪女神《ゾディアクス》の一人よ」

事もなげに言い放たれ、照魔は激しいショックを受けた。

つまりエルヴィナは……自分が再会を望んでいた、心優しい女神とは別人なのか。

「邪悪女神《ゾディアクス》ってことは……エルヴィナも人間界を支配すればいいって考えなのか!?」

「天界も人間界も共倒れになるよりはマシでしょう。ずっとそう言っているのに聞かないのよ、こいつら」

照魔の反応を見て、エルヴィナは軽く鼻を鳴らした。

「幻滅したでしょう。女神のファンとか言っていたけれど、それは人間の夢想した御伽噺《おとぎばなし》の姿。本来の女神は、血に餓えた醜い野獣よ」

「それはあなたたちだけで……」

「──醜くなんてないっ!!」

エルヴィナの皮肉に、照魔は真っ向から言い返していた。

すごい剣幕で言葉を遮《さえぎ》られたマザリィも、周りの女神たちも目を丸くしている。

「……戦い合っているのは驚いたけど……でもやっぱり、みんなきれいだ……！　御伽噺《おとぎばなし》じゃなくて、今俺の目の前のにある現実だ!!」

照魔《しょうま》は、自分の中でせめぎ合っていた感情の正体にやっと合点がいった。

思っていたのと違った。いろいろショックなこともあった。

だけどやっぱり女神はきれいだ。美しい。

あんな血で血を洗うような戦いを目の当たりにしてもなお、自分の女神への憧れは変わっていなかったのだ。

「……それにマザリィさんって、俺の知っている人に雰囲気が似ている……。だから優しい人だろうなって思うんだ」

マザリィは朗らかな微笑《ほほえ》みを固くし、かっと目を見開いた。

「それは――求婚ですね？」

「いや違いますけど」

「弁解は不要。わたくしたち女神は、人間の心を読むプロフェッショナルです。あなたがわたくしに結婚の意思を持ったことを、わたくしはたちどころに見抜きました」

プロの看板は下ろした方がよい気がする。

「えっと……ですから、とてもきれいな人だとは思いますけど……」

「ほらっっっ！　――――ね!?」

重ねてきれいですと褒《ほ》めた途端、マザリィはフィギュアスケーターも真っ青な上体ひねりで他の女神たちに振り返り同意を求めた。

「困りました……ああ困りましたー。人間の少年に求婚されるなんてー……」

「身の程を知りなさい、マザリィ。痛々しくて見ていられないわ」

エルヴィナに冷たく言い放たれ、マザリィはきっと睨《にら》み返す。

「最長老ずるい！　私も求婚されたい!!」

「ええいはしたない！　皆、一列に並びなさい！」

最初は照魔を警戒して距離を置いて囲んでいた女神たちが、いつしか皆照魔の間近に押し寄せている。

「ちょっと時間を貰《もら》えるかしら、床に『足のマーク』を刻印しますわ」

マザリィが錫杖《しやくじよう》のような道具をかざすと、厳かな石の床に靴のインソールのような模様が均等に刻まれ始めた。

部下の女神は、どこから持ってきたのかロープとカラーコーンのような器具を手にしている。

蛇行させて綺麗に列形成し、効率よく流れ作業で求婚してもらう気満々だった。

「列作って並ばれても俺は求婚しないですから……!!」

照魔が制止しようとすると、ジト目気味の女神がカラーコーンで突いてきた。一度作り始めた列を乱すことは許されないらしい。

きっとからかわれているのだろうが、照魔《しょうま》は冗談でも他の女神にプロポーズなどできない。全ての女神はきれいだし、憧れもするが……照魔が心に決めた女神は、思い出の人一人だけなのだから。

だが、打ち解けてきたのはいいことだ。はぐらかされているような点も含め、じっくりと話をすることにした。

「あの、よかったら女神のこと、もっと教えてくれませんか!?」

○　●

照魔と女神たちの「情報交換」は、つつがなく進行した。

「……なるほど。あなたは幼い頃、六枚の翼の女神に逢《あ》って……そして、恋をしたと。未だ初恋を大事にしていながらわたくしに求婚する節操のなさ、あまり感心はしませんね」

「すみません……ただあと一度だけ言わせてください、俺、マザリィさんに求婚したつもりはないんです……！」

とてつもなく理不尽な謝罪をさせられている気がするが、照魔も今やいち企業の社長。納得ができない局面でも頭を下げる必要があることは理解できる。

「そしてそれ以来、女神のことをたくさん学んでいるのですね」

「はい。だいたい二日に一冊は女神関連の本を読んでるから……一〇〇〇冊は読みました」

「わたくしたち神聖女神《セイヴァアリド》としても……照魔くんのように女神を心から崇拝してくれる人はありがたいのです。あなたのような存在こそ、今の天界が求めるものですから」

マザリィたち本物の女神に認められてきたことで、照魔は感慨深くなる。

一方で、女神たちと話していると、エルヴィナが妙に不機嫌そうにこちらを睨《にら》んでくる。

エルヴィナには、まだ警戒されているのだろうか。

「ねえねえ、きみ……何歳？」

桃色の髪の女神が、若干だらしなく口許を緩めながら尋ねてきた。

最前列に並ぶ彼女たち六人は、最長老マザリィの側近女神だということを聞いている。

「一二歳です」

「こりゃいいやドストライク!!」

照魔が素直に答えると、桃色の髪の女神――略して桃色は桃色に染まった歓喜の声を上げた。

「ちょっと黙っていなさい！」

わりと強めにマザリィに注意されるが、すでに桃色は照魔のことしか見ていない。

他の側近女神たちも、こぞって質問を始めた。

「あなたの好物は？」

「女神」

「あなたの尊敬するものは？」

「女神」

「あなたの座右の銘は？」

「女神」

打てば響くようなレスポンス速度で、照魔《しょうま》は質問に答えていく。

ひぇぇぇぇぇぇぇ……とドン引きしながらもにやけ顔になる周りの女神たち。

「何かを好きになる気持ちは、時にとてつもなく大きな力を生み出すと言います。我々女神の始祖も、あるものを熱狂的に愛していたと伝承に残っていますから。あなたもそういう世界に踏み入ろうとしているのかもしれませんね」

複雑そうな表情で照魔を見つめるマザリィ。

「違う世界に踏み入る覚悟はできてます。何だったら俺……女神になりたいくらいだから」

「そ、そうですか……。一応この天界には、そこに住まう者全てを平等に女神と認めるという崇高な掟がありますが――」

「やった！　じゃあ俺も女神!!」

「ちょっと落ち着きましょうね君は!?　住んではいないでしょう!?」

照魔が地を出し始めたことで、今度はマザリィがたじたじになっていく。

学校でもこういう感じに女神で熱くなりすぎて、周りから距離を置かれるようになったのだ。

それまではしゃぐ女神たちを冷めた目で見ていたエルヴィナも、天界の掟と聞いて口を挟んできた。

「そんな制度、邪魔なだけよ。弱い女神は女神と名乗らせなければいい……あまりにも女神が増えすぎたわ。今はもはやモブの木っ端女神、モブメガが大量発生……いえ、異常発生しているのだから」

「モブメガかぁ～……」

ちょっと語感がいいのですんなり受け容れる照魔。

「そういえば、女神ってそれぞれ翼の数が違うよな。あれは何か意味があるのか？」

「二枚翼《エクサ》……四枚翼《エクシード》……六枚翼《エクストリーム》……力を全開した時背に広がる翼の数が、そのまま強さの証となる。翼は女神の階級章……私は当然六枚翼《エクストリーム》よ」

その言葉を忘れぬよう、照魔は気負いのあまり目を見開いた。

六枚の翼を持つ女神は最上級の位……思い出の女神は、六枚翼《エクストリーム》と呼ばれているのだ。

「その……エルヴィナ。六枚翼《エクストリーム》の女神って、他に何人くらいいるんだ？」

「邪悪女神《ゾディアクス》の最高峰に位置する一二人の女神。人の姿をした六枚翼《エクストリーム》は……それだけよ」

これだけ女神が異常発生した天界でも、たった一二人しか存在しない。だがそれが邪悪女神《ゾディアクス》の中にしかいないというのは、照魔にとってはあまりにも残酷な事実だった。

「神聖女神《セイヴァリド》にはっ!?　あと一人ぐらい、お前のよく知らない女神さまとか……」

縋《すが》るような思いで問いかけると、エルヴィナは眦《まなじり》を決して応えた。

「いないわ。それは間違いない。つまりあなたが幼い頃に逢《あ》ったという女神が、邪悪女神《ゾディアクス》の誰かであるということは——覆しようのない事実よ」

突き放すような言葉だった。微かな希望すら払い飛ばす、容赦のない宣告だった。

「……そう、か……」

記憶の中の優しい女神と現実の女神とで食い違いがあるだけなら、まだいい。本当に万が一ではあるが、自分が思い出を美化しているだけの可能性もあり得るからだ。

しかし、その女神が人間界を支配しようと企む派閥の一員である事実だけは、どうしても呑《の》み込むことができない。

そして照魔《しょうま》の中で再び感情がせめぎ合い……女神への憧れが勝ってしまう。

落ち込んでいても仕方がない。今はとにかく、女神についてもっとよく知ることだ。彼女たちのことをしっかりと理解することで、納得のいく答えが見つかると信じるのだ。

「……だからこそ、六枚翼《エクストリーム》のいない神聖女神《セイヴァリド》は群れて私にかかってくるしかなかった」

側近女神たちを含めた全ての女神が揃《そろ》って睨《にら》み付けるが、エルヴィナは涼しい顔で受け流した。

「何とでも言いなさい。元よりわたくしたちは争いを好まない……それに、六枚翼《エクストリーム》の中ですらあなたの強さは異常なのです、エルヴィナ」

苦みを伴った吐気を落とすマザリィ。

「エルヴィナは女神であって悪魔と呼ばれた、天界の暴れ馬。わたくしたちも散々手を焼かされてきました。『終焉《しゅうえん》の女神』……『意思を持った破滅』……『クールぶった蛮族』……『空飛ぶ中二病』……『そんなエッチな身体《からだ》で女神は無理でしょ』……その忌み名は、枚挙《まいきょ》に遑《いとま》がありません」

意味不明な二つ名もあるが、エルヴィナがどれだけ畏れられているかは理解できた。

「だけど……二つの派閥が対立してるのは聞いたけど、どうしてエルヴィナが集中的に狙われたんだ？」

「早い話が、代表同士による決定戦みたいなものよ。邪悪女神《ゾディアクス》からは私が、神聖女神《セイヴァリド》からはマザリィが。それぞれの代表、つまり大将を守りながら両陣営が戦って、敵の大将を倒した方が勝者。今回の女神大戦は、そういうシンプルなルールに定められたの」

照魔はそのルールを聞いてつい、運動会の棒倒し競争を連想してしまった。

「悔しいですが、確かに正面から戦って六枚翼《エクストリーム》を相手に勝ち目はありません。わたくしたちは天界に古来より伝わる最大の禁呪を用いて、この暴力女神を封印することを決意したのです」

マザリィは悔しがっているが、そもそも翼の数が絶対的な強さの違いならば、四枚翼《エクシード》と六枚翼《エクストリーム》それぞれを代表にして戦わせることがそもそも不公平だ。

不利な側が策を弄《ろう》するのは、当然の権利ではないだろうか。

「しかしさすがは天界最強の誉れ高き六枚翼《エクストリーム》のエルヴィナ。いかなる女神であろうと封印すると言われる、数万年に一度しか使えない禁呪をその身に受けてもなお、攻撃の手を止めなかった」

マザリィの評を受けたエルヴィナは、微妙な心持ちを表すかのように柳眉を小さく歪《ゆが》める。

「ところがなまじ禁呪に抵抗できてしまったばかりに、封印では済まず肉体が消滅を始めた。照魔《しょうま》くん、あなたが手を差し伸べたのは、まさにその瞬間だったのです」

「俺が……」

「だいぶ気持ちも落ち着いてきたようですし、そろそろ本題に移りましょう」

話をしている間にも隙あらば照魔ににじり寄る側近女神たちを引き剝がしながら、マザリィが表情を引き締めた。

「照魔くん。今まで話したことはあくまで全て、わたくしたち天界の事情。あなたにとって最も重要なのは、今あなたの身に起こっている災厄なのです」

「災厄って……おどかさないでくださいよ」

思わずぶるっと震える照魔。関係ないが今、後ろにいる女神に尻を撫《な》でられた気がする。

「いいえ、聞けば自覚するはずです。禁呪に抵抗して消滅するはずだったエルヴィナが、こうして無事でいることを、疑問に思いませんか？」

「そ、そういえば……」

当たり前のようにエルヴィナがこの場に溶け込んでいるので、無事で良かった、ぐらいにしか思っていなかったが――。

マザリィは当惑する照魔の目を真っ直ぐに見据え、とんでもない事実を告げた。

「創条《そうじょう》照魔くん……あなたは自分の生命をエルヴィナに分け与えることで、彼女を生き存《なが》えさせた。一つの生命を、二人で共有しているのです」

「え……えええええええええええええええ!?」

今まで聞かされた全ての話を、照魔は神々による遠い世界のものとして受け取っていた。だがここに来て急に人間である自分が関わってしまったことで、むしろさらに現実感が無くなってしまった。

「俺、そんな特別な力とかありませんよ!?」

「もちろんそうでしょう……ですが、事実なのです」

最長老の女神ですら匙《さじ》を投げる異常事態。その渦中に自分がいることを自覚し、照魔は言葉を失う。

「ただし……人間の心は、時に大いなる力を生み出すことがあります。照魔くんの女神への強い思いが奇跡を起こした……そうとしか考えられません」

照魔の胸に、熱いものがこみ上げる。

人間として死んだも同然などと言われて、最初はかなり動揺してしまったが……女神を想うこの強い気持ちで一人の女神を救えたのなら、自分を誇らしく想う。

「私が神聖女神《セイヴアリド》と仲良く並んで立ってる理由が、これでわかった？　私は一瞬とはいえ完全に息絶えた――つまり、女神大戦は勝者無しで決して、私たちが争う理由が無くなったのよ」

「何しれっとドローにしているのです、エルヴィナ。あなたが一瞬とはいえ絶命したのならば、女神大戦の勝者はわたくし、そして神聖女神《セイヴアリド》の陣営です」

「もしそれが本当なら、天界があなたを創造神にしているはずでしょう。けれど、そうはならなかった。照魔《しょうま》という異物が混入したことで、女神大戦が正式に終了せず有耶無耶《うやむや》に終わった何よりの証拠よ」

「創造神になると、何か変わるのか？」

「ええ、翼がさらに二枚増えると言い伝えられているわ。私がなったら前人未踏の八枚の翼よ。ただ六枚になるだけのマザリィより、絶対私の方がいいじゃない」

真剣な話の途中だが、エルヴィナの願いがあまりに無邪気なので、照魔は吹き出しそうになった。

「……とにかく、正式に創造神にならなかったとはいえ、わたくしは女神大戦の勝者としての権限を行使するつもりです。まずはこの天界から、争いを無くしていきます」

ズボンを脱がされかけたことで第一印象がうっかり上書きされかけたが、この凜々《りり》しく威厳溢《あふ》れる姿を見ると、マザリィが女神の最長老であるという事実を再認識させられる。

「――そしてエルヴィナ、あなたをこの天界から追放します」

その女神の長は、峻厳《しゅんげん》な面持ちでエルヴィナへと通告した。

「ええ、私もそのつもりよ」

照魔が動揺する間もなく、エルヴィナもあっさりとそれを認めた。

「えっ……どうして⁉」

「生命を共有したあなたたち二人は、離れ離れになるとどちらもともに死んでしまいます。ならば、どちらかの生きる世界でともに一生を過ごすしかない。照魔くん、あなたは永遠にこの天界にいる覚悟はありますか？」

「俺が、天界でずっと暮らす……」

大の女神好きの照魔にとって、天界はまさに天国だ。そこにずっといられるなら、こんな幸せなことはない。そもそも、初恋の女神が誰かはまだわかっていないのだ。

「――――俺は……」

一方でその決断は、照魔の大切な家族との、従者との、友達との決別を意味する。

「いようよー」

「女神がいっぱいだよー？」

激しい葛藤《かっとう》に揺れる少年を、周りのお姉さん方の無情な甘い囁《ささや》きが襲う。

「意味のない問いで照魔を惑わさないで。私が人間界に行くと決めた、それが全てよ」

エルヴィナはその女神たちの前に強引に割り入ると、照魔《しょうま》の肩を叩いた。

「というわけだから……今からさっそく人間界に案内してもらうわよ、照魔」

「待て！　そんな早く決めなくても……俺も家族が心配してるだろうけど、まだちょっとはここにいても大丈夫だ」

照魔も、本音ではもうちょっとここにいたいのだ。

「それにエルヴィナにだって、最後に話しておきたい人とかいるだろ？」

「いないわ。別に友達もいないし……女神には、家族もいない」

わざわざマザリィたちを振り返ってそう言うエルヴィナ。

「お前を好敵手だって呼んでる女神がいたじゃないか」

照魔は、エルヴィナと凄《すさ》まじい戦いを繰り広げていた小さな女神を思い出す。

「あいつらとは邪悪女神《ゾディアクス》として同じ括《くく》りにされてるだけ、親しくもなんともないわ」

あいつら、と言ったのが引っかかった。照魔が神殿の中に入った後、何かがあったのだろうか。たとえば……照魔が目撃できなかっただけで、さらにもう一人の強力な邪悪女神《ゾディアクス》が出現した、など……。

マザリィはエルヴィナの決意の固さ……いや、軽さと言うべきか。それを見て取ったのか、厳しい口調で告げた。

「好都合です。面倒なことになる前に、あなたはすぐにこの天界を離れなさい」

「そうさせてもらうわ」

「ただし、当然のことながらしばらくは監視の目をつけさせてもらいます」

「お好きにどうぞ」

「……では天界の門番に会いに行きなさい。その門番には、私が念話で伝えておきます」

マザリィたちとの別れに際し、照魔はスーツのポケットからあるものを取り出した。

「あの……俺、会社の社長をやってるんで。もし人間界に遊びに来たら、この名刺を頼りに訪ねてきてください!!」

自分の会社の名刺だ。マザリィに一枚配ったのを皮切りに、他の女神たちも率先して欲しがり、受け取っていく。名刺の収納枚数ギリギリで何とか間に合った。

「『女神と逢《あ》おう株式会社（仮）』……？」

不思議そうに読み上げるマザリィに、照魔は照れがましく肩を竦《すく》める。

照魔は、これを今生の別れとするつもりはない。

確かに、さきほど聞いた天界の厳格な掟からすれば、女神たちが気軽に人間界に遊びに来ることはまずあり得ない。だが、それはあくまで今までの話だ。

一瞬、躊躇《ちゅうちょ》するように手を引っ込めそうになったが……照魔の熱意が伝わったのだろう。

マザリィは、嫋《たお》やかに微笑《ほほえ》みながら名刺を受け取った。

「ありがとう、照魔くん。これから色々大変だと思いますが……強く生きてください」

最後はエルヴィナに対しても少しだけ口調を和らげ、マザリィは別れの言葉を手向《たむ》ける。

天界の、大勢の女神たちを代表して。

「さようなら、エルヴィナ。せめて人間界では、心安らかな日々を」

○ ●

神聖女神《セイヴァリド》の拠点から人間界に帰るための〝装置〟がある場所へは、不眠不休で歩いても五〇日はかかるという。

そこでマザリィは、転送術を使って照魔《しょうま》とエルヴィナを一瞬で移動させてくれた。

その場所で照魔が目にした〝装置〟とは、そびえ立つ巨大な門だった。

それは神樹都《かみきど》にある並のビルよりも大きく、何よりインパクト抜群なのはその見た目だ。

「なんか、すげー禍々《まがまが》しい見た目だぞ」

ドス黒い紫色に、角や血管や、目玉を連想させる模様が浮き出ている。

人間の世界にある世界遺産的な建造物の方が、むしろ神々しさを感じるほどだ。

「これは嘆きの門と呼ばれているわ」

「地獄から持ってきたんじゃないよな、この門……」

何という不協和音か。女神たちの楽園に在るべきオブジェではない。

「天界の外は地獄だ、と警告する意図もあるんじゃないかしら。普通の感性の女神なら、近づくことすら嫌でしょうね」

「……天界の外って、俺たちの世界のことか」

女神が人間の世界をそこまで警戒する理由は何なのだろうか。

「ちなみにここが、天界唯一の出入り口よ。もっとも、これまで外部からの来訪者は一度もなかったのだから、唯一の出口――と呼ぶべきかしら」

エルヴィナは妙に得意げな微笑《ほほえ》みを向けてきた。

何だったら、軽くドヤ顔をしているようにさえ見える。

「……だったら、今からは天界唯一の出入り口で問題ないだろ？　俺たちがそうするんだ」

照魔が調子を合わせて返したからだろうか、一瞬エルヴィナの表情がぱあっと華やいだように見えた。

照魔の目標がまた一つ増えた。このおどろおどろしい門を、いつか天界と人間界との架け橋にするのだ。自分の会社の力で。

さらに近づくと、門の前には正しく天界に相応《ふさわ》しい神々しい存在が鎮座していた。

巨大な鳥だ。孔雀《くじゃく》のような見た目の赤く輝く鳥が、卵を温めるように羽根を閉じ、門の前に静かに座っている。

「キラキラに光る、大きな鳥だ……」

照魔《しょうま》は感嘆の声をもらした。恐竜図鑑で見た、太古の翼竜ぐらいの大きさがある。

光り輝く星、恒星がもっとも安定して強力な光を放つのは赤色《せきしょく》の段階だというが……この赤い巨鳥の放つ輝きも、それに似ている。普遍の強さを象徴しているように感じられた。

照魔の姿を認めるや、光の鳥は高雅な口調で語りかけてきた。

〈よくぞこの嘆きの門へと辿《たど》り着いた、人間の少年。そして最強の女神よ〉

煌《きら》びやかで美しい外見とは裏腹、何とも渋くダンディな声だ。

最長老の力で秒で飛んできたので、大いなる試練を突破してついに辿り着いたような万感を込められても困るのだが……。

〈我の名は、エクストリーム・メサイア〉

名乗ると同時に広げた翼は胴体以上に巨大なもので、照魔は面食らう。何よりその翼の数に驚いた。

「！　翼が六枚ある！　だから六枚翼《エクストリーム》・メサイアか……。それじゃああなたも、邪悪女神《ゾディアクス》の一員なのか⁉」

紅い鳥は失笑気味に鼻を鳴らし、その端正な貌《かお》を横に振った。

〈そんな児戯のような派閥が生まれたのはここ最近のことだ。我はもっと気の遠くなるような昔——天界が生まれた頃より存在している。いかなる派閥や小競り合いとも無縁の存在だ〉

マザリィの話では、二勢力が生まれてから数万年は経っているはず。

　この赤い鳥にとっては、数万年すらも一瞬のことだというのか。

〈それにしても、そこのやんちゃな小娘と同格に見られるとは。君は我の誇りをいたく傷つけたぞ、少年よ〉

　名指しされたエルヴィナは、僅かに眉根を寄せた。

「ごめん、鳥さん……!!」

　わりと本気で悲しそうにしているので、照魔は慌てて謝る。

〈いや鳥さんではない、エクストリーム・メサイアだ〉

「エクス鳥《とり》さん……!!」

〈わかった、いったんエクス鳥さんで妥協しておこう。フッ、交渉がうまい少年だ〉

　妥協を引き出したつもりはないが、勝手に納得されてしまった。

「あの……俺、この門をくぐった時の記憶がないんです。その時の状況を教えてもらえませんか？」

〈それはできない。なぜなら君は、この門を通って天界にやって来てはいないからだ〉

　照魔は不審に思ってエルヴィナに向き直るが、我関せずという面持ちでやり過ごされた。

「そんなはずは……！　だってエルヴィナが、この門は『天界唯一の出入り口』って……」

〈間違いない。だからこそ不思議なのだよ。天界最強の力を持った六枚翼《エクストリーム》でさえ、直接人間界へ瞬間移動したり、逆に人間を天界へ召喚することは不可能だ。君はなにか、特別な力でも

持っているのかな?〉

半ば冗談めかした口調で尋ねるエクス鳥《とり》。

マザリィにも同じことを言われたが、照魔《しょうま》には特別な力など無い。人と違うものがあるとすれば、女神との縁、そして女神への思いだけだ。

「六年前、六枚の翼の女神が人間界に来たんです……きっとこの門を通って。それが誰か教えてくれませんか!? その人なら、俺がどうしてここに来たのか知ってるかもしれない!!」

〈……それを教えるには、女神個人情報保護法に基づく開示請求を必要とする〉

エクス鳥は左の翼をお腹の毛並の中に差し入れてごそごそ探し始めると、一枚の紙を引き抜いた。

〈では少年、まずはこの書類の……今から我が赤で印をつけるところに記入してくれたまえ〉

「マジか……紙の書類って久々に見るな……」

生まれた時よりフルデジタル世代の照魔にとって、紙に何かを記入すること自体が稀《まれ》だ。

しかしこれはこれで、神話の中のやり取りっぽくてわくわくする。

〈だがおそらくその女神が見つかったとしても、君の望む答えは得られないはずだぞ。それでもいいのか?〉

「それでも俺、その女神が初恋の人なんで、ちゃんと知っておきたくて……」

「…………」

エクス鳥から照魔が受け取った書類を、エルヴィナが乱暴に奪い取った。

そして、二つに四つにと入念に破いてしまう。

「おい何すんだよエルヴィナ!!」

「……あなたの思い出の女神とやらは、邪悪女神《ゾディアクス》の十二神のうちの誰かであることは間違いないのよ。その中には、本当にどうしようもない性格の奴もいる。人間と関わらせるわけにはいかないわ」

「……そんな……俺は、その女神がどんな人か、ちゃんと覚えているのに……」

「照魔から聞いた女神像と、私を含めた一二人の女神の人となりが、どうしても一致しないのよ。地上であなたと逢《あ》った女神は、自分を偽っていた可能性が高いわ」

戦うことが大好きで、躊躇《ちゅうちょ》なく他の女神を倒していたエルヴィナをしてどうしようもない奴だと言わしめるのだ、邪悪女神《ゾディアクス》にはよほどの人間性……いや、女神性の者がいるのだろう。

もしそうだったとしても、受け止める覚悟はできているが……エルヴィナがここまで嫌がる以上、照魔もここで食い下がるつもりはなかった。

「……わかったよ。今は、エルヴィナの忠告を聞いておく」

焦らずとも、いつかちゃんと知る機会は訪れるはずだ。

〈君は、数年前に地上に降りた女神が初恋の相手だと……今でも覚えているのか〉

「はい、覚えてますけど……」

何故か驚いたように照魔《しょうま》を見つめるエクス鳥《とり》。

〈それは妙だな。少なくとも、この門をくぐって地上に降りた女神は、天界に帰って来る際に人間界での記憶を消去される掟となっている。穢《けが》れた知識を持ち込ませぬためという名目だが……本来であれば女神と関わってしまった人間も、合わせて記憶が消えるはずなのだ〉

エクス鳥は世間話程度の気軽さで、照魔の人生そのものを揺らがせるほどの真理を明かした。

〈――つまり少年よ、君の思い出の女神とやらは、六枚の翼を持つ邪悪女神《ゾディアクス》一二人の中に間違いなく存在するが……おそらく、君のことを覚えてはいないはずだ〉

「……そん、な……」

衝撃の事実を受け止めきれず、消沈する照魔。その肩に、そっと手が添えられた。

「あなたは覚えているのだから、それでいいじゃない。十分奇跡的なことなのだから」

「……うん」

エルヴィナの言うとおりだ。むしろ、自分も六枚の翼や交わした会話だけを覚えている理由が、これで納得できた。やはり、本来であれば消えてしまうはずの記憶だったのだ。

だったらむしろ、自分は天界の掟を超えてまで女神との思い出を残していられたすごい男なのだと――思い切りポジティブに考えればいい。

そして肩に触れた手の平の温もりが、次第次第に強くなっていく錯覚を覚える。

――人間界での記憶が消えるのなら……エルヴィナが初恋の女神である可能性も、あり得るということなのだ。彼女はそれを自覚しているから、先ほど書類を破いたのだろう。

〈我も君に少し興味が湧いてきた。確かに君は、奇跡を体現した人間なのかもしれないな〉

エクス鳥はすぐに立ち直ってやる気を漲《みなぎ》らせる照魔を見て、微笑《ほほえ》みを浮かべた。

「要するに、あなたがマザリィの言っていた私の監視役ということでいいのね……？」

〈不服そうな顔をするな、我も戸惑っている。我は天界が生まれたその時から、この門を守ってきた。そして朽ち果てることなく、未来永劫《えいごう》この場に座するものだと思っていたが――〉

「嫌なら別について来なくてもいいわよ」

〈そういうわけにはいかぬさ。我は天界の意志に従う。天界一の暴れん坊の監視役をするとなれば、我以外に適任はおらぬ〉

すごい自信だ。エルヴィナのとてつもない力を間近で見ている照魔からすれば、それを抑えられると自負するエクス鳥も相当な実力者なのだとわかる。

「話半分で聞いておきなさい。私が本気になれば、こんなやつ指一本で倒せるわ」

〈……自信は女神の美徳だが、お前のそれは度を超えている。それが此度《こたび》の女神大戦の敗因だな、エルヴィナ〉

エクス鳥は大人の余裕でエルヴィナをあしらうと、右の翼の一枚を挙手するように掲げる。

すると、極彩色の皮膜が門の内側に貼られ、門を中心に光がドーム状に広がっていく。

周囲のおよそ一〇〇メートル四方が光の半球で包まれた。

外界と門を繫《つな》げる前に、バリアーのようなもので一帯を覆う。門が別の世界と繫がる瞬間、万一にも外敵を侵入させないための工夫だろう。

照魔《しょうま》とエルヴィナ、エクス鳥《とり》の身体《からだ》が宙に浮き、門に貼られた光の膜に引き寄せられていく。

門を潜《くぐ》る前に、照魔は振り返って天界をその目に焼き付けた。

マザリィはもう二度と来られないような口ぶりだったが……照魔はもともと、自力で天界に行くのが夢だった。だからいつかきっと、またここに来る。

抑えきれない寂しさごと、照魔の意識が光に包まれていく――。

○●

光を越えた先に出たのは、緑と花に囲まれた場所だった。

照魔には覚えがある。創条《そうじょう》家の別邸にほど近い自然公園の一画だ。ここからなら、徒歩で帰れるだろう。

ポケットからスマホを取り出すと、ちゃんと電波が繫がっていた。照魔は安堵《あんど》し、人間界に帰ってきた実感に包まれる。

エルヴィナは周囲を見わたしながら、身体の調子を確かめるように軽く手を動かしていた。

「地上は重力が軽いわね。それに、空気が少し濁っているわ」

「そういうものか？　俺は天界で身体が重いとも、特別空気がおいしいとも感じなかったけど……あ、でも時間の経ち方はどちらの世界も同じぐらいじゃないか？」

照魔がスマホで日時を確認すると、別邸に引っ越した次の日の午前だった。

浦島太郎のように、元の世界に帰って来たら何十年も経っていた――ということはない。

「そうね、時間の流れは同じだと思うわよ。それが良いか悪いかは別としてね」

意味深に微笑《ほほえ》むエルヴィナ。

ふと照魔は、もう一人の同行者の姿がないことに気づいた。

「おい、エクス鳥さんがいないぞ！　一緒に門を潜ったよな!?」

エルヴィナも軽く周りを検《あらた》めるが、やはりエクス鳥の姿はどこにもない。

「……監視役が真っ先に迷子になるって、本当にどうしようもないわね……まあ、無駄に使命感が強いヤツだから、そのうち意地でも合流してくるでしょう」

そう結論付ける。これも一種の信頼だろうか。

「ここが、人間界――」

そう呟《つぶや》いてからしばらくの間、エルヴィナは静かに空を見つめていた。

そよぐ程度の風を受けてさえ、羽のようになびく髪。地上に降り立ってなお、人の理《ことわり》を超えた美しさは健在だ。

その胸の内には、どんな思いが去来しているのだろうか。

「本当に天界を出てよかったのか……次の一番偉い女神さまを決める戦いの途中だったんだろ」

エルヴィナの横顔を見ていると、何故だか申し訳ない気持ちになり、照魔《しょうま》はつい、そんなことを尋ねてしまった。

「もう、終わったことよ。私はただ戦いたかっただけ。創造神の座に執着はないわ」

「そっか……」

照魔は事情を知った今でも、女神同士が血で血を洗う戦いを繰り広げることを好ましく思っていない。

しかしそれはあくまで人間の持つ価値観であって、女神にとっては大切な儀式だったことも理解できる。

エルヴィナはその戦いにおいて、あと少しで女神の頂点に立てるところまで来ていた。ゴールテープまでもう半歩の位置での逆転負け。強制リタイアと言っていいかもしれない。

その無念さは、察するに余りある。

そんな照魔の懸念を払拭するかのように、エルヴィナは少し楽しげに声を弾ませた。

「さて、これから何をしようかしら」

それは今日、今すぐのことではなく、これから先の長い人生を見据えての言葉だろう。

まだ強がっているだけかもしれないが、エルヴィナは人間界での暮らしに前向きでいるように感じた。

成り行きとはいえ、生命を共有して生きていくことになってしまったのだ。照魔は、全力でエルヴィナの生活をサポートするつもりだった。

「俺が協力するよ。天界での暮らしに負けないぐらい、楽しい生活になるように」

「天界での暮らし、そんなに楽しくなかったわよ」

「じゃあ、けっこうハードル低いな！」

照魔はそれを聞いて、ほっとした。

「んっ」

そして右手をズボンで軽く拭った後で、エルヴィナへと差し出した。

人間界にようこそ、これからよろしく、という握手をしようとしたのだ。

「ん……？」

エルヴィナはハテナ顔になり、抱擁を受け容れるように両手を広げた。

「もしかして、握手って知らない？」

照魔はエスコートをするようにしてエルヴィナの手を取り、握手をしかけたのだが――

「手と手を握り合うこと？　天界では『今から殺し合いましょう』の合図よ」

すんでのところでそう聞いて、慌てて手を引っ込めた。

せっかくお互い九死に一生を得たというのに、殺し合う仲になるだなどと縁起でもない。

早速躓《つまず》きかけてしまった。女神との異文化交流は、まだ始まったばかりだ。

MYTH：3 地上の女神

無事に人間界に戻って来られて、まずは一安心だが……問題はここからだ。

「エルヴィナ。これから俺の家に一緒に来てもらうけど、いいよな？」

「ええ。行き先はあなたに任せるわ」

屋敷にいるのは、信用のおける従者だけだ。下手に取り繕うつもりはない。

「一緒に暮らしている俺の家族にいろいろ聞かれると思うけど、変に誤魔化したりしなくていい。全部本当のことを話してくれ」

「それで大丈夫なのね？」

「俺、周りにさんざん言ってるからさ。ガキの頃女神さまに逢《あ》ったことも……その人が初恋の相手だってことも。だから本当に女神に逢えたって話も、きっと信じてもらえる」

エルヴィナは自分の胸を拳で軽く叩き、不敵に微笑した。

「——じゃあ、私がその〝初恋の女神〟を演じるわ。任せなさい」

「ははっ、その意気だ！　——いやその意気じゃなかった何言ってんの!?」

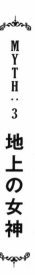

あまりにも頼もしすぎる宣言だったせいで、うっかり笑顔で激励してしまった。照魔《しょうま》のツッコミが斬撃めいた鋭さを帯びる。

「全部本当のこと話してって言ったばっかりだろ！」

「少なくとも、一二分の一の確率で私があなたの初恋の女神であることは間違いないのだから、嘘ではないでしょう。演じるとは言ったけど、私で当たりの可能性もあるのよ？」

もっともな意見だが、確率は完全な一二分の一ではない。様々な変動要素がある。

エルヴィナは一二人の誰であっても性格を偽っている可能性があると言ったが……それでも、これだけ恋い焦がれ続けた女神だ。再会すれば、何かが心に響くのではないか。

エルヴィナは確かに途方もなくきれいだが、どうしても思い出の女神と印象が重ならない。

「エルヴィナ……初恋の思い出は俺にとってすごく大切なものだし、だからこそ、お前にも仕方なくでそんなことを演じてほしくはないんだ」

照魔は自分の本気を証明するべく瞳に力を込め、真っ直ぐにエルヴィナと向き合った。

「……女神と生命を共有した意味の重さを、まだ呑《の》み込めていないようね」

しかしそれを受け止めるエルヴィナの眼差しは――悲嘆めいた感情に揺れていた。諦観にも似た、淡い覚悟を宿しながら。

「照魔……この先私とあなたは、ずっとそばにいることになる。ずっと一緒なのよ」

エルヴィナは静かに手を伸ばすと、照魔の頬《ほお》に手の平を触れさせた。

「あなたがいつかその初恋と決別する日が来ても……半身である私とは、別れることができない。最期《さいご》の瞬間まで、寄り添い生き続けるしかない。その寄り添う相手が、あなたにとって大切な存在でなければ……苦しむのは、あなただけじゃない。あなたの家族もでしょう?」

「――――!!」

エルヴィナの言うとおりだ。離れ離れになったら死ぬということは、何があろうとも一緒にいなければならないということ。

「だから私は、永遠にあなたの初恋の女神を演じるべきなの。あなたの傍らで――」

この先もし、照魔《しょうま》が――あり得ないと自分では思っているが――初恋を諦め、ふつうの女の子に恋をし、結婚をするとしても。その傍らには、エルヴィナがいることになる。

そんな照魔の生涯を見届ける周囲の人間はつらいだろうが、誰よりも哀しいのは、エルヴィナ自身だ。

照魔はもう普通の人間としての人生は送れないという、マザリィの言葉が頭をよぎった。

「私はただ、自分に責任を持ちたいだけよ。記憶していないだけで……人間界にやって来て、人間と交流を持ってしまって……。初恋で、その人間の人生を縛ってしまった張本人なのかもしれないのだから」

そしてエルヴィナが生命の共有に対して感じている後ろめたさを、ようやく理解することができた。自分が、どれだけ軽率なことを言ってしまったのかも。

「——創条《そうじょう》照魔。女神は……人間《あなた》に恋をさせてしまった責任を取らなければいけない」

まさに天上天下唯我独尊を体現したような、傲岸不遜の女神が……たった一人の人間に対して、自分にあるかどうかも定かではない責任で悔やんでいる。

この先の人生への覚悟を問われるより、そのことの方がずっとつらかった。

「責任なんて、言わないでくれ!!」

照魔は未だ自分の頬《ほお》に触れられたままのエルヴィナの手に自身の手の平を重ね、今一度強い決意を湛《たた》えた目で熱く見つめ返した。

「俺は、女神に人生を縛られたなんて一度も思ったことはないし……エルヴィナを助けたのだって、俺自身が決めたことだ。この先何があっても、絶対に後悔しないって約束する!!」

「……照魔……あなたは本当に、それでいいのね……?」

女神の氷の眼差しが、少年の純粋な眼差しの熱で融解していく。

「ああ！　エルヴィナの厚意、ありがたく受け取らせてもらうよ。家族には、エルヴィナのことを初恋の女神だって紹介する!!」

「ふふ……。それでいいわ……いっぱい思い出話を聞かせてあげなさい。特に、私を抱き締めて『消えるな！』と叫んだところは、心を込めて語るのよ」

エルヴィナの口調に茶目っ気が戻って、照魔はほっと胸を撫《な》で下ろした。

というか緊迫感を感じていたのは自分だけで、彼女は最初からずっと自分の世界に没入していただけのような気もするが、さすがに気のせいだろう。

あとエルヴィナは何故こうまでも、抱き締めた事実を推しまくってくるのだろうか……。

○
●

公園を後にする前に、無事を連絡しておいたからだろう。別邸の正面玄関の扉の前には、照魔《しょうま》の帰りを今か今かと待つように、燐《りん》と詩亜《しあ》が揃《そろ》って立っていた。二人の後ろでは、比較的落ち着いた佇《たたず》まいで里茶《りさ》も控えている。

「坊ちゃ――」

「照魔さま～～～～～～～～～～～～～～～っ!!」

照魔の姿を認めるや、燐に先んじて駆けだした詩亜が大きく両手を広げて向かってくる。

そのまま再会の抱擁を――

「…………………すっごく心配したんですけど……！　照魔さまが別邸に来ていきなり行方不明なんてことになったら、詩亜たち責任取らされるどころの話じゃないんですけどおおおおおおおお!!」

するといきや、その手で照魔のほっぺを適度な力加減で伸ばし始めた。詩亜の得意技だ。

「ふぁい！　ごもっとも！　しゅみません！　でもこれにはワケが!!」

「待ちたまえ、恵雲《えくも》くん。坊ちゃまが理由があると仰《おつしや》っています」

靴音も立てずに忍び寄った燐が、詩亜を諌《いさ》める。

さらに里茶もやって来て、人心地ついたように嘆息した。

「……猶夏《なおか》さまはしょっちゅう家出紛《まが》いの脱走やらかしてましたから、わたくしはあまり心配していませんでしたけど……でも坊ちゃまはこんなことは初めてですもの、燐と詩亜が慌てるのもわかりますわよ」

意外なことに、里茶は冷静だった。血は争えないというふうに思っていたのかも知れない。

照魔は指で軽く揉《も》んで頰《ほお》を整えると、ようやく一息ついた。

「連絡できなかったことは謝る。けど、色々と事情があったんだ」

そこで詩亜は、照魔の後ろに一歩下がって立っていたエルヴィナを見た。

「えっと、その人誰ですかあ？」

見知らぬ人へ向ける以上の警戒に満ちた目で、エルヴィナを凝視している。

しかしあれだけ自信たっぷりだったのだ、よほど納得のいく説明をしてくれるのだろう。

固唾《かたず》を吞《の》んで見守る照魔の前で、エルヴィナはクールに髪をかき上げた。

「初めまして。私は〝照魔の初恋の女神〟――――エルヴィナよ」

ドヤっている。めちゃくちゃドヤっている。表情の変化が乏しいエルヴィナにできる、最大級のドヤ顔ではないだろうか。

そのドヤ顔から放たれた衝撃の自己紹介は、燐《りん》と詩亜《しあ》、里茶《りさ》を存分に絶句させた。

「……失礼ですが、それはつまり、あなたは坊ちゃまが六年前お逢《あ》いになり、再会の約束をしていたという……女神、さま……なのですか」

真っ先にフリーズから再起動を果たし、恐る恐るエルヴィナに質問する燐。

さすが『日本アイアンメンタル選手権』において金賞の獲得経験がある男。鋼の精神を持つだけのことはある。

「……ええ、その女神で間違いないわ。そして今日、その再会の約束を果たした形になるわね。そうでしょう、照魔《しょうま》？」

「ああ、そうなんだ！　劇的再会を果たして、俺たち付き合うことになった!!」

「は――」

「は!?」

「声でっか!!」

詩亜の驚き声をかき消すほどの驚き声を上げるエルヴィナ。詩亜はさらにびっくりしてエルヴィナへと高速で向き直った。

何かを誤魔化すように、エルヴィナはしらじらしく咳払いを落とす。

「そ、そ、そうよね、そうだったわ。初恋の相手と逢ったのだから……付き合うわよね。それが自然な流れよね」

その眼差しで全てを凍てつかせる氷の女帝の目が、妙に元気よく泳いでいる。

「……ごめんエルヴィナ、さっきのお前の話、半身とか、寄り添い生きるとか、そういう意味だと思ったんだけど……俺の解釈が間違ってたかな……」

「違うはずがないでしょう……！　付き合うわよ、照魔。どんときなさい……!!」

先走りすぎて嫌な思いをさせてしまったかと心配した照魔だが、エルヴィナがここまで強く言うのだから、それは杞憂《きゆう》だったようだ。

照魔が雰囲気に呑《の》まれていただけで、客観的に見るとエルヴィナはだいぶ自分に酔っ払って深く考えずに思わせぶりなことを羅列していただけなのだが、それを当人は知る由もない。

「……まあ、そういうことだから……うん。俺たち、付き合うことになった!!」

照魔は燐たちに向き直って、強調するように復唱する。

仲良しをアピールするためか、エルヴィナが照魔の肩に自分の腕をちょこんと触れさせた。

畳みかけるように事実説明をしたはいいが、従者たちが逆に困惑を深めていくのをひしひしと感じる。特に詩亜は、疑いの眼差しを隠しもせずエルヴィナへと注いでいた。

「ツッコミどこが積載量オーバー気味なんすけど……その思い出の女《ひと》が、どーしてウチに？」

「あなたは？」

「照魔さまの専属メイド、恵雲《えくも》詩亜ですぅっ！　詩亜たちには、照魔さまの安全を守る義務がありますので！　こっちの質問にもちゃんと答えてもらえますかあ!?」

エルヴィナは詩亜《しあ》をしばし観察した後、平然とした口調で問いに答えた。

「私と照魔《しょうま》、ちょっといろいろあって、生命を共有したの。つまり……常に一緒にいないと死ぬ体質になってしまったのよ。だから私も今日から照魔と一緒に住むことになったわ。よろしくお願いするわね、メイドさん」

「いやよろしくできるわけないっしょ、んな電波みマックス発言されてっ!!」

一層鼻白む詩亜とは裏腹、里茶《りさ》は生命と聞いて途端に狼狽《ろうばい》し始めた。

「坊ちゃま……い、生命を共にしてしまったというのは……離れれば死ぬというのは……」

「……本当だよ、ばあちゃん。俺が自分で決めて、エルヴィナに生命を半分あげたんだ。俺たちは、一蓮托生なんだ」

長年照魔を見守ってきた里茶は、彼が嘘をついている時はたちどころに見抜いてしまう。だからこそ、今の照魔の言葉に何一つ偽りがないことを、はっきりと確信してしまった。

「…………そん、な……」

立ちくらみを起こしてよろめく里茶を、詩亜が力強く抱き留める。

「ちょ、ババア……じゃなかった従者長しっかりしてください！」

「坊ちゃま……晴れの旅立ちの矢先に、何ということに……」

虚空を掴《つか》むように弱々しく差し出された里茶の手を握り締めながら、詩亜はエルヴィナをさらに睨《にら》み付けた。

「ほらそこの自称女神ー！　オトコと全然付き合えないまま人生折り返しキメた従者長を煽《あお》り散らかして申し訳ないと思わないんですかっ⁉」

「あなたの背骨に折り返しキメてもよいのですよ、詩亜……」

「ヒエッ」

かばったはずの里茶に己の背骨をターゲッティングされ、詩亜は引きつった声を上げる。

里茶が悲嘆しているのは、照魔が独り立ちして即、同棲相手を連れてきたことではない。

自分の生命を、わけのわからない危険に晒《さら》してしまったことだ。

「何てこと……猶夏《なおか》ちゃんはね、手に負えないくらい腕白《わんぱく》だったけど、生命だけは大切にしてくれましたのに……ああ、猶夏ちゃん……」

口から魂が抜けかけながら、ショックのあまり混乱して猶夏の専属メイドだった頃の呼び方が出てしまっている里茶。

そんな彼女を見て、照魔は良心の呵責《かしゃく》に苛《さいな》まれたが……嘘をつき続けていつかばれるよりは、今明かす方が絶対にいいはずなのだ。それに照魔とて、自分の生命を粗末にしたつもりはない。

一緒にもっと詳しく説明をしようと、エルヴィナに振り返ると——

「……自称とはどういうこと？　私は本物の女神よ」

めちゃくちゃ目が据わっていた。

「証明できるんですかーそれをー！　創条家《そうじょう》の御曹司《おんぞうし》が女神大好きだって情報は知ってる人めちゃギガ多いので！　今までにどんだけ女神を自称する女が近づいてきたかわかりますかあ!?　そしてその女どもから詩亜《しあ》が」

「恵雲《えくも》くん」

燐《りん》に窘《たしな》められ、詩亜は唐突にぶりっ子の表情になって誤魔化した。

「証拠が欲しいなら、数分以内にこの辺一帯を火の海にしてあげるけれど」

「女神の存在証明の仕方としておかしいんだよそれは!!」

エルヴィナの天界での暴れぶりも記憶に新しい照魔《しょうま》は、慌てて止めに入る。

女神とはプライドの高い存在だ。まして天界最強の女神であるエルヴィナにとって、自分を紛《まが》いものだなどと言われるのは看過できない侮辱なのだろう。

「……とにかく、いつまでも坊ちゃまとお客人を外に立たせておくわけにはいきません。邸内にご案内しましょう、恵雲くん」

「客かどうかわかったもんじゃないから通さなかったんですけど!?」

むくれる詩亜だが、客はともかく照魔のために私憤を収めるプロ意識はしっかりと持ち合わせている。未だに体調が悪そうにしている里茶《りさ》に肩を貸して、屋敷の中に入っていった。

燐は苦笑すると、照魔とエルヴィナを邸内へと丁重に案内する。

○
●

応接間に入った照魔は、エルヴィナと並んでテーブルについた。何も言わないと立って控えていようとするので、燐たち三人にはちゃんと席について話を聞くようにと促しておく。体調を崩している里茶を立たせておくわけにはいかないという、照魔の気配りでもある。そして天界で起きたことの全てを、従者たちに打ち明けた。

主人が話をしている間、従者たちは余計な口を挟むことはない。ただ、その表情が三者三様の困惑へと移り変わっていった。

「……にわかには信じがたいことですが……これで納得がいきました」

照魔が全てを話し終わると、燐は胸に手をやって安堵《あんど》の微笑《ほほえ》みを見せた。

「昨日、坊ちゃまが部屋を出られる時、廊下に屋外の風景が広がっているのが見えたのです。慌てて追いかけドアを開けてもすでに坊ちゃまの姿はなく、廊下も元通りで……」

天界に迷い込む直前、照魔が燐に呼ばれたような気がしたのは気のせいではなかった。燐もあの時、照魔の自室のドアが天界と繋《つな》がってしまった瞬間を目撃していたのだ。

「坊ちゃまのスマホや時計のGPSの反応が突如として消失し、我が目を疑いました。創条の個人衛星を通じてくまなく探査しましたが、まるで見つからない。それは、本当に地球上にいるかも怪しいくらいに危機的な状況です」

いつも沈着冷静な燐《りん》が焦ったと口にする以上、それは本当に前代未聞の緊急事態だったのだろう。衛星まで使って捜したというのも頷《うなず》ける。

「この世界から反応が消えた……か。やっぱりそんな状態になっていたんだな、俺。母上たちには知らせてしまったか？」

「無論、速やかにお伝えいたしました。ですが奥様は、『大丈夫だから、とりあえず明日まで待ってみな』と……」

照魔《しょうま》の心配の一つは、従者の燐たちが自分を警護できなかった責任を取らされることだった。それが杞憂《きゆう》に終わってほっとしたと同時、あらためて自分の母親の豪胆さに驚かされる。

息子の反応が地球上から消えたと聞いても、どっしり構えていろと言ってのけるのだから。

実際に照魔は天界で半日ほど過ごし、こうして翌日の朝に人間界に帰ってきたのだから、母の豪気な当てずっぽうも馬鹿にならないものだ。

「母上は俺と同じ年の頃にはもっともっと危険な毎日を送っていたからな。多分、俺が失踪したのも何か考えがあってのことだって信じてくれたんだろう」

「…………」

あえて反論こそしてこなかったが、燐はどこか釈然としない様子だった。

「詩亜《しあ》はまだその人が女神だって、信じてませんからね！」

詩亜に至っては、包み隠さず疑念を口にしている。

「俺がこの目で見てきたんだぞ!?　天界も、そこに住む女神たちも！　エルヴィナがどれだけ強いかも……!!」

　それを認めないということは主人である照魔の言葉を疑ってかかるも同然の不敬なのだが、詩亜が専属メイドとしての責任感からエルヴィナを警戒していることもわかるので、照魔も強く咎《とが》めることはできない。

　エルヴィナは上品に嘆息すると、対面に座っている詩亜に挑戦的な視線を投げかけた。

「じゃあ、この家にある中で一番頑丈な物を持ってきなさい。疑われたままでは私の沽券《こけん》に関わるわ」

　こうなってしまうと、エルヴィナは自分が本物の女神だと証明するまで収まらないだろう。照魔は観念することにした。

「……燐、頼む」

「承知いたしました」

　燐ならばさして時間をかけずに何かを用意できるだろうと考えて頼んだのだが、常に主人の期待以上の働きをするのが一流の執事。燐は部屋を出ることすらなく、ジャケットの内ポケットから取り出した一品を以て主人の要望に応えてみせた。

　差し出された手の平大の光り輝く石に、全員の視線が集まる。

「最新技術で生成された、三〇〇カラットのＥＬＥＭ《エレム》焼結ダイヤでございます。通常のダイヤモンドを遥《はる》かに上回る硬度を誇る、この家はおろか現在の世界で最硬の物質です」

その世界最硬物質をたまたま執事服のポッケに入れていた燐《りん》が謎だが、やはりそれも執事の嗜《たしな》みなのだろう。

「ちょっと待て、銀製のカップとかそういうの想像してたんだけど!?」

「……問題ないわ、照魔《しょうま》」

エルヴィナは燐から手渡された人工ダイヤを手の平で軽く弄《もてあそ》んでいたが、おもむろに握り締めた。

程なくゴリッ、という鈍い音が響き、詩亜《しあ》は悲鳴を上げかける。

「うわマジかこいつ、素手でダイヤ握り潰したし……！」

エルヴィナはゆっくりと手の平を開き、砕いたダイヤをこれ見よがしにちょっとずつ床に落とす。

「これが人間界で最硬の物質なの？　天界にはこの二〇倍は硬い鉱石がざらにあるわよ」

端正な顔立ちだから許されるものの、だいぶドヤ度が高い。

「そして息を吸うようにマウント……！　やっぱ詩亜この人苦手ですっ!!」

「苦手で構わないけど、これで私が本物の女神だと信じるわね？」

「ぬぐぐ……!!」

さすがに詩亜もこんなとんでもない握力を見せられては、エルヴィナが人間を超えた存在だと認めざるを得ないようだった。

「お見事にございます、エルヴィナさま。数々の無礼、お詫《わ》びいたします」

上品な嘆声とともに微笑し、燐は丁重に礼をした。

「うううううう無礼《ぶれ》ってるの詩亜なのに、燐くんに代わりにお詫びされんのキッツ……。わかりましたよう……エルちゃん、疑ってソリソリ……」

おそらく謝罪のソーリーを砕けた言い回しにした言葉だろう。「詩亜語」は時に難解だが、主人である照魔はフィーリングで理解することができる。

「とにかく、エルヴィナはこれから人間界で穏やかに暮らしていくのが望みだ！　父上と母上にはおいおい話す。正直、俺とエルヴィナ自身、まだわからないことだらけだからな。だから燐と詩亜には俺だけでなく、エルヴィナの生活もサポートしてくれると助かる」

「承知いたしました。エルヴィナさま……これより創条《そうじょう》家従者一同、本物の女神に相応《ふさわ》しい最高のもてなしをお約束いたします」

「かしこま無し寄りですー……でもかしこまりましたぁ」

納得がいかない気持ちにもプロとして区切りをつけ、詩亜も頷《うなず》いた。

そして照魔は、ソファーへ静かに身体《からだ》を預けている里茶《りさ》へと小さく頭を下げた。

「……里茶ばあちゃんごめん、心配かけて」

「わたくしこそ、狼狽《うろた》えてしまって申し訳ありません。本当に、年ですわね……」

「かもな。ばあちゃんが驚くところなんて、今までそうそう見られるもんじゃなかったし」

「坊ちゃまが御自分の夢を叶える第一歩を踏み出された。それは、とても素晴らしいことですもの……」

呼気を一つ落とすやスイッチを入れ直したように凛然《りんぜん》とした居住まいを取り戻した里茶《りさ》は、満面の笑みで言った。

「おめでとうございます、坊ちゃま」

「ありがとう、里茶ばあちゃん！」

二人のやりとりを見ていた燐《りん》と詩亜《しあ》は、はっとして自分たちの至らなさを恥じ入った。

照魔《しょうま》の話を聞いて自分たちが真っ先にすべきは、心配や真偽を確かめることなどではない。

まず「おめでとう」と祝福することだったのだ。

子供の努力を褒《ほ》める母のように慈愛に満ちた表情の里茶を見て、燐と詩亜は襟を正す思いだった。

早速、燐は執事としての本分を尽くすべく行動する。

「ではまず、エルヴィナさまの部屋をご用意しなければ。客室に寝具は一通り揃《そろ》っておりますが……」

「ああ。これから、街を案内がてらエルヴィナに必要なものを買い揃えようと思う」

幸い今日は土曜日だ。時間をかけてショッピングするには丁度いい。

「んでさーエルちゃん」

「エルちゃん……？」

　さすがのコミュ力で早くも愛称で呼んでくる詩亜に、エルヴィナも反応に困っている。

「手荷物とか無さげだし、着の身着のまま来たんだよね？　まずは着替えっしょ」

「不要よ、着替えなんて。まして人間の作った服飾を身につけるなんて、あり得ない」

「や、そこはねー、もろもろの私情抜きにして、詩亜もきちんとお仕事させてもらいますからねっ！　照魔さまの客人がお風呂にも入らない、服も着っ放しの不潔さんとか、あり得ないんで!!」

「もちろん私自身は沐浴《もくよく》するわ。だけど私の装衣は女神力《めがみりょく》で編み込まれたものだから、洗う必要がないと言っているの」

「こっちもその格好やめて普通の服着ろって言ってるんですけど、オブラート厚《あ》っつく重ねすぎましたぁ!?　何でか形は浮いてないけどその胸、ブラしてないでしょ！　そーゆーの、照魔さまの教育によくないんで!!」

　二人の矢継ぎ早の言い争いは過熱の一途を辿《たど》り、照魔はとても口を挟めない。

「ブラ……？」

「ブラ――ブラジャー。女性が胸部に着ける下着で、胸の形が崩れるのを防ぐ補整具の役割も果たす衣料品ですわ」

首を傾げるエルヴィナに、年長者の里茶《りさ》が辞典めいた正確な回答を捧げる。

エルヴィナは得心して腕を組んで胸を持ち上げ、女神の威光をたっぷりと人間に示す。

「私にそんなものは必要ないわ」

「空の上のぬるっちょろいお花畑で甘やかされたボディが人間の世界に適応できると思ってるんですかぁ？　今でこそそんな大っきくて張りあって形いい胸でも、そのうち無惨に垂れ散らかすんじゃないっすかねえ!!」

「私の胸が地球ごときの重力に屈すると思っているの？　むしろ重力の方が私に平伏するわ」

女神とメイドの、誇り高き自負心が火花を散らす。

だがそれをそばで聞かされる男としては非常にバツが悪かった。

「燐《りん》……女性が胸の話をしている時、男はどうすればいいんだ」

「興味あるふりをするのもないふりをするのも悪手でございます。通知があったふりをしてスマホをいじりだす、これがベターでございましょう」

「なるほど。……あっ燐からRAIN《ライン》来た！」

「あっ坊ちゃまからRAINでございます」

こうして照魔《しょうま》と燐は肩を並べ、いそいそとスマホをいじりだす。

しかしそんな男の気遣いも虚しく、エルヴィナは照魔のスマホに興味を示してきた。

「さっきから何度か手にしているわね。それは何？」

「あ、ああ、これはスマホ……スマートフォンっていう通信機器だよ。離れていても会話できたり、メッセージを送ったりできるんだ」

マザリィから、女神は念話という力で離れた相手と話せると聞いた。それを機械で再現するものだと補足すると、エルヴィナはすぐに理解したようだった。

「まだ話は終わってないんですけどー!!」

後ろで詩亜《しあ》がダンスじみたコミカルな動きで怒りを表現している。

「……そうか……エルヴィナに真っ先に必要なものは、スマホか！　燐、詩亜、さっそく出かける準備だ!!」

照魔は善は急げとばかり、燐に車の用意を頼むのだった。

○　●

照魔たちを乗せたリムジンは、舗装された真新しい車道を滑るように静かな走行で進む。

車内は運転席に燐、向かい合った後部座席では対面に詩亜が。照魔とエルヴィナが最後部に並んで座っていた。

里茶は同行せず、屋敷での留守番を申し出た。少し体調を崩しているのもあるが、本人が言っていたとおり、これからの仕事は全て燐と詩亜に任せているからだ。

詩亜《しあ》は未だにエルヴィナを警戒しているのか、やや険しめな面持ちで彼女を見つめている。

エルヴィナはというと、ルームミラーに映る運転席の燐《りん》に視線を送っていた。

「あなた、そこそこ位のある従者なのでしょう？　乗り物の運転手は他にいると思ったわ」

防音性の高い車内は、周囲の雑音やすれ違う車の走行音すらも遮断しており、エルヴィナの透き通った声がよく響く。

「乗り物を運転するということは、乗員の生命を預かるということ。坊ちゃまの乗るものは可能な限り、僕が運転すると決めているんです」

燐のその口ぶりからは、穏やかさの中に絶対の自信が窺《うかが》える。

事実、燐の運転する車にはマシンの性能の限界を超えた快適さがある。技術でいったら、専門の運転手どころかプロのレーサーにすらひけを取らない。

「燐の運転する車に乗っていれば、今すぐ天変地異が起こったって逃げ延びられるさ！」

照魔《しょうま》は我がことを誇るように言葉を重ねる。

たとえば今、突然バズーカ砲でこのリムジンを狙い撃たれたとしても、燐ならば鮮やかに回避してのけるだろう。照魔は、燐のドライビングにならば安心して生命を預けられる。

「そう。信頼してるのね、彼のことを」

エルヴィナは素っ気なく言い捨て、窓の外に視線をやった。

照魔にとっては耳の痛い言葉だ。彼はまだ、エルヴィナのことを完全には信頼できていない。というよりも、よく知らないのだ。

それなのに対外的には恋人関係を装い、生活を共にすることになったのだから、不安なのも無理はない。

だからせめて、少しずつ理解していく努力をしなければ。照魔もエルヴィナが向いているのと同じ窓に目を向ける。

通行人や建物が次々と後ろに流れては消えていっても、街の中心に立つセフィロト・シャフトは変わらずに存在を誇示し続ける。

エルヴィナの眼差しは、いつしかそこに注がれていた。

「……照魔。あの塔は何？」

「あれはセフィロト・シャフト。この街のシンボルで、世界復興の要の一つさ。俺もあそこで何してるか全てを把握しているわけじゃないんだけど、会社を経営をするようになったら色々知っていくことになるだろうって、母上たちも言ってた」

「――ええ、そうね。よく知る必要がありそうだわ」

「……エルヴィナ？」

薄く細められたエルヴィナの瞳に何か決意めいたものを感じ、照魔は無意識に呼びかけてしまっていた。

「ところで、会社を経営って？」

「そう言えば言ってなかったな……会社っていうのは、人間が集まって働くための組織だよ。その長に俺がなったっていうこと。神聖女神《セイヴアリド》のマザリィさんみたいな立場だ」

マザリィを例えに出したからか、エルヴィナは一瞬鼻白む。

「それで、できればエルヴィナもその会社に入って欲しいんだ」

「構わないわ。どの道、あなたと離れるわけにはいかないのだし」

いきなり働けというのだから反発されるかと思いきや、エルヴィナはあっさりと了承した。

「意外ー。絶対嫌がると思ってました、エルちゃん」

無言でエルヴィナを見ていた詩亜《しあ》が、ようやく口を開いた。

「もちろん、つまらなかったらやめるわ。けど今はとりあえず、何でも試してみたいのよ。期待はしていないけれど、私にとって、この世界の全てが未体験だから」

それを聞いた詩亜は、憚《はばか》ることなく大仰に眉を顰《ひそ》めた。

「わー、いちいち上から目線。さっすがお空に住んでた人は違いますねー、まあ今は地上人さんですけど」

「もしかして……嫌味を言っているのかしら？」

エルヴィナは不敵に微笑《ほほえ》み、詩亜のからかいを受けて立った。

「響かないわね……メイドさん。私をいびりたければ、神にも等しき力が必要なのよ」

「やっぱ上から目線！　いつか泣かしますっ!!」

「泣かす――ね。それは叶わないわ。私は生まれてこの方、泣いたことなど一度もない。完全体として生を受ける女神は、産声すら上げることはないのだから」

「たまに芝居がかるの何なん!?　しゃらくさなんですけど！」

実のところ、照魔《しようま》もけっこう前から同じように思っていた。

エルヴィナは、何故か持って回ったような言い方をすることが多い。それは、女神としての威厳の発露なのだろうか。

しかし、こうして詩亜がエルヴィナと気軽に話せるようになったのは、照魔にとっても喜ばしいことだ。

ルームミラー越しにこちらを窺《うかが》っていた燐《りん》も、そう思ったのだろう。控え目に微笑すると、

「フッ……。僕は、一日に一度は坊ちゃまのために涙を流さなければ、その日が終わったという気がしませんが」

気さくなジョークで場を和ませる。多分……ジョーク、だろう。あまりそう聞こえないのが怖いが。

「…………」

照魔はふと隣のエルヴィナと反対を向くと、
緊張を吐息に託して、そっと吐き出す。

近くに詩亜がいるため、まだ気が紛れているが……車内という狭い密室ではエルヴィナの

いい匂いを妙に意識してしまって、落ち着かない。

詩亜《しあ》に対しても、いつもいい匂いがすると思ってはいたが……エルヴィナのそれは、おそらくコロンや石鹸《せっけん》の香りではないだろう。嗅覚《きゅうかく》以外の感覚ももろともに刺激し、惑わせてくる。

彼女の存在そのものが華やかに匂い立ち、周囲を支配しているような感覚だ。

意識すればするほど、エルヴィナの存在は照魔《しょうま》の平常心を侵食する。

車酔いならぬエルヴィナ酔いで、照魔は軽い目眩《めまい》に襲われ、よろめいた。

手の平に柔らかな感触が広がり、はっとする。

バランスを崩し、エルヴィナの太股に手をついていたのだ。

「わっ……ご、ごめんっ…………!!」

照魔は戒めるように自分の手首を摑《つか》み、ドアに背中をぶつけるほどに後退《あとずさ》った。

このエルヴィナは、照魔の女神に対するイメージをこれでもかというほど瓦解させた張本人。空を焦がし、大地を吹き飛ばして回っていた闘争の化身。

しかしその肌はあまりにも柔らかく……そして、温かかった。

「……？　何を慌てているの？」

照魔とは真逆に、エルヴィナは僅かな動揺さえ見せず、小さく首を傾げる。

「わざとじゃないからな！　本当だぞ!!」

女性の柔肌にみだりに手を触れるなど、創条《そうじょう》の紳士にあるまじき行いだ。猶夏《なおか》が知れば、おしおきの高貴《ノブレス》ラリアットをかましてくるだろう。

「……もしかして、私の身体《からだ》に触れたから？」

「触れたっていうか気づいたら手がそこにあったっていうか一時的に置かせてもらっ……」

「この程度の物理的接触で動揺しているなんて、先が思いやられるわね。これからずっと、一緒に生活をしていくのよ？」

「わ、わかってるよ……!!」

エルヴィナは呆れたように嘆息する。しかも、わざとではないだろうが、照魔の行いを言葉で反芻《はんすう》させて。

照魔はそこに年上の女性が持つ余裕のようなものを勝手に感じ、胸のざわめきを覚えた。焦りと言ってもいいかもしれない。

「照魔さま！　バランスを崩した時は、詩亜にもたれかかってくださいねっ！　それがメイドのお仕事ですので!!」

咎《とが》めるような口調で照魔に詰め寄る詩亜。

「いや、ちょっとふらついただけだから、気にしないでくれ……」

「！　坊ちゃま、心拍数が──」

「大丈夫だ……！」

燐《りん》の心配げな言葉を半ばで遮《さえぎ》る照魔。

照魔《しようま》はスマートウォッチを通して、体温や心拍数、血中酸素濃度などのバイタルを全て燐《りん》にモニターされている。健康状態の管理も、執事の仕事だからだ。

燐が思わず声をかけてしまうほどに、照魔の心拍数が上昇したということだろう。

女性に少し触れただけで動揺している様を執事に知られてしまうのもまた、照魔の焦りを加速させる。完全な悪循環に陥ろうとしていたちょうどその時、車が目的地に到着した。

「カメラ電機、神樹都《かみきど》本店にございます」


リムジンが駐車場に停まると、詩亜《しあ》が速やかに車を降り、ドアを開けたまま待つ。エルヴィナがその艶《つや》やかな髪を揺らして降り立ち、照魔も後に続いた。

カメラ電機は、この街で最大を誇る家電量販店。休日だけあって店内は客で溢《あふ》れていたが、照魔たちがエントランスに入るや、四方八方から視線が集中した。

「なんだあ!?　執事にメイドさんに……黒スーツに白ドレスの一団が!?」

「映画の撮影か!?」

照魔や燐のスーツ、詩亜の派手なメイド服、エルヴィナの独創的なドレス。何よりそれをまとう各々が銀幕から飛び出してきたような美男美女であることとの相乗効果で、存分に注目を集めてしまっているようだ。

「うーん、目立ってるな、俺たち……この服のせいか……?」

照魔は、自分の着ているスリーピーススーツに目を落とす。

「照魔坊ちゃま、どうかお慣れを。いずれこの街の全ては、坊ちゃまが管理されることとなります。自分の家の庭を歩くのに、ドレスコードを気にする住人はいません」

「……わかった。堂々とする!!」

燐の激励を受け、照魔は胸を張った。

クラスにも「ランドセルとかダッセーよな」とか言っている男子がいるが……何かを悪《あ》し様《ざま》に言うことで大人に近づけると思っている者を、照魔は決して好かない。

ランドセルは機能性、軽量性、堅牢性――あらゆる面で優れた、万能の運搬具だ。

むしろ小学校の六年間、見事にランドセルを使いこなして初めて、次の中学生《ステップ》に進む資格を得られるのだと考えている。

自分のスーツも同じだ。

仕事着で買い物に出かけることの、何が恥ずかしいものか。

「――それがあなたの覇道《はどう》、ね……」

照魔の考えを読んだように、エルヴィナが薄く笑う。

――ただ同じ〝仕事着〟であっても、やはりエルヴィナの服装は常軌を逸して目立っている。

この店でスマホを買ったら、次はエルヴィナの服を買いに行こう。そう決めてもう一度振り返った時、彼女の姿はそこにはなかった。

「……エルヴィナ？」

「見て、照魔《しようま》。入り口の扉、私が近づくとひとりでに開くわ」

エルヴィナは、エントランスの自動ドアに興味津々だった。

「あ、ああ。最初に入店した時は燐《りん》が先行してたから気づかなかったのか……。これは自動ドアっていって、人が近づくとセンサーが反応して開閉するんだ」

一階は駐車場と直結したエントランスがメインのフロアだ。まずは二階以降に上がらなければ始まらないのだが、エルヴィナが何かに興味を示すのは照魔も見ていて楽しい。

「これも、科学が急速に進歩したあなたの世界の産物というわけね」

「いや一世紀前から存在してるよ……。俺はてっきり、天界の方が人間界よりずっと技術が発達しているもんだとばかり。柔らかい石とか、めちゃくちゃ明るい蠟燭《ろうそく》とかあったよな？」

「そういうものは全て、女神力《めがみりよく》で生み出すなり加工するなりしたものよ。科学技術とはまた別でしょう？」

依るものが魔法と科学の違いということだろうか。自分の力だけで色々なことをできてしまう女神が暮らす世界では、科学が発展する「必要がない」のは、むしろ納得できることだ。

エルヴィナは自動ドアに気を良くしたのか、何度も出たり入ったりしている。

父親に手を引かれた五歳ぐらいの女の子が、「ふふふ無邪気で可愛い子ね」と言いながら横を通り過ぎていった。

「自動ドアだけであんなにはしゃぎ散らすとか、女神ってマンモス狩って生きてる人たちですか……!?」

「恵雲《えくも》くん」

客人であるエルヴィナを原始人呼ばわりする詩亜《しあ》を窘《たしな》めながら、燐は照魔とエルヴィナのやり取りを微笑《ほほえ》ましく見守っていた。

まさに、これから新生活をスタートするのだという初々しさに満ちている。

「つまりこの商店の方が、照魔の家よりも強いのね」

「えっ」

が、そこは戦いの中に生きてきた女神、エルヴィナ。はしゃぐだけでは終わらない。

悪気はないのだろうが、照魔の家のドアと強さで比較をしてしまった。

「あなたの家も、車も、自動でドアは開かない。従者が手動で開けていたじゃない」

「なっ……！」

エルヴィナは、今度はエントランスのエスカレーターに注目。買い物客が上階に運ばれていく様を、飽きもせず観察していた。

「見て照魔、階段も自動で動くわ。空を飛べない人間の知恵というわけね」

「……そうだな……俺ん家の階段は自動じゃないな……」

家電量販店に雄《オス》としての敗北感を味わわされ、照魔は意気消沈してしまっていた。

「人生初の彼女さんモドキを家に招いたと思ったら、直後に家電量販店にNTR《ネトラレ》るとか……照魔《しょうま》さまの性癖歪《ゆが》んじゃいそうですねー……みひひ」

こんな軽口を叩くや、すかさず「恵雲《えくも》くん」と注意されるのが常だが、何故か燐《りん》は無言で俯《うつむ》いていた。気になって詩亜《しあ》が顔を覗き込むと、

「……照魔坊ちゃまが悲しまれている……！　屋敷に帰ったらすぐに正面玄関の扉を自動ドアに改造しなくては……！　階段はエスカレーターに換装して、廊下もオートウォークに……ふぅー……ふぅー……!!」

切れ長の目をいっぱいに見開いて息を荒らげていた。

「燐くん」

詩亜は事務的に同僚を窘《たしな》めると、これ以上エルヴィナがはしゃがないように手早く上階にある目的の販売フロアへ案内することに決めた。

「ほら、エルちゃんいつまでもガン見してないで……行きますよ！」

詩亜にエスカレーターに乗るよう促されても、エルヴィナは上っていく階段を凝視したまま動こうとしない。やがて、熱湯風呂の温度を確かめるかのように爪先をちょこんと触れさせ、すぐに引っ込める。

「さっさと乗れぁ━━━━━━詩亜の前で詩亜以上の可愛いを振り撒《ま》くんじゃねえええええええ!!」

詩亜はエルヴィナの背中を押して強引にエスカレーターに乗せた。

「っ……あ……」

最初はバランスを崩しかけてその場で何度か足踏みしていたエルヴィナだが、持ち前の戦闘センスで人類の叡智《えいち》にも即座に順応。

左手を腰に当て、右手で優雅に髪をかき上げながら、上階へと運ばれていった。

やれやれと大きく溜息をつく詩亜だが、エスカレーターで上階への半ばまで到達したエルヴィナの後ろ姿を見上げてぎょっとした。

エルヴィナの衣装はほとんどが身体《からだ》に密着したボディスーツ。腰回りにドレスのように広がるスカートパーツは側面しか隠しておらず、後ろから見るとラインが強調されたお尻が丸見えなのだ。

「ちょ————エルちゃん後ろも身体のライン浮ッき浮きじゃないですか！　エスカレーターの下からのアオリがやべえ————ッ!!」

自動で他階へ運ぶ階段という人類の叡智に反逆し、詩亜は数段飛ばしでダッシュ。

エルヴィナに追いついて背後に密着し、階下のアオリの視線からガードする。

しかしそんな詩亜の気苦労を余所に、男性陣はエスカレーター前で立ち止まってブツブツと独り言を呟《つぶや》いている。

「俺ん家が……家電量販店に負けた……」

「かっこよさを追求した自動ドアならば……二層式にして順に上下、左右に……」

これからの買い物に、早くも不安を覚える詩亜《しあ》だった。

○
●

来店の一番の目的である、携帯電話の販売フロアへとやって来た照魔《しょうま》たち。

洗濯機や冷蔵庫が生活必需品の最優先とされた時代もあったそうだが……現代人のもっとも使用頻度が高いものといえば、スマートフォンだ。

「さあ、エルヴィナが自分で使うものだから、好きなのを選んでくれよな!!」

「別に、何でもいいわ」

「本人がこう仰《おっしゃ》ってますから、ちょう安《や》っすい型落ちの投げ売り品にしましょう!」

主人の心遣いをふいにするエルヴィナに、詩亜の口調が嫌味っぽくなるのも無理からぬことだ。しかし若輩とはいえ、一企業の社長となった身。わざわざ安い投げ売り品を、と言われ、照魔の誇りが刺激された。

「初めてのスマホで見るネットがもっさりしていたら、感動も半減だろう! 息抜きのゲームだって、動作が覚束《おぼつか》なかったら台無しだ!」

自然、口調も強いものとなってしまう。

「いいかエルヴィナ、何でも最初はいいものを買え！　まして仕事でも使う物なんだから、妥協するな！　節約はすべきところですればいいんだ!!」

これは、母・猶夏《なおか》の教えでもある。

貧した時でも、仕事道具への投資は惜しまなかった。それが猶夏の成功に繋《つな》がったのだ。

「別にあなたの懐事情を気遣っているわけじゃないわ。新しいも古いもない……私たち女神にとって、人間の創造物はこの先一〇〇年後のものであっても等しく型落ち品なのよ」

地上の家電量販店の只中で、天上の女神が一つの真理を示す。

「ハッ、ゆーてあなたたちの存在の方がとっくに型落ちってんじゃないんですかー？　エスカレーターにビビり散らしてたくせによく言いますわぁー」

さすがに詩亜を窘《たしな》めようとする燐《りん》を、照魔はそっと制止する。

「恵雲《えくも》くん。少し言葉を慎んで――」

「いや……いいよ、燐。二人の会話は参考になる」

詩亜も、本気で敵意を込めてエルヴィナと言い合っているわけではない。それは照魔にも何となくわかっている。

詩亜はむしろ孤高の存在である女神と、積極的に対等の立場たらんとしているのではないか、と。同じ女子同士、詩亜とエルヴィナのやり取りに学ぶことは多いだろう。

「それより燐。俺のカードの限度額は把握しているか？」

燐《りん》は懐のポケットからカードケースを取り出し、その中に仕舞われていた真新しいクレジットカードを照魔《しょうま》に手渡した。

「創条家《そうじょう》のブラックカードに限度額は存在しませんが……恐れながら、照魔坊ちゃまがお持ちのものは旦那様の家族カード。ある程度の上限額は設けられているかと」

燐に操作方法を聞き、照魔はカードの指紋認証チップに親指を触れさせた。

すると券面の下部に、現在の使用可能額と限度額が表示される。

クレジットカードの限度額——一億円。

それを見て、照魔は自分がまだ社会的立場の弱い、小学生だということを否応なしに実感させられた。スマホを買うだけなら足りるだろうが、これからエルヴィナの生活必需品を揃《そろ》えていくにあたって心許ないかもしれない。

「連れに甲斐性《かいしょう》無しと思われては、創条家の名折れだ。もしもの時はカード会社に連絡して、限度額の一時引き上げをしてもらうことも視野に入れておくぞ！」

「承知いたしました」

燐は、打てば響くような速やかさで深々と首肯《しゅこう》する。

父・将字《しょうじ》が言っていた。見栄を張るまでもないぐらい大きな人間になりなさい。しかし必要な時は、惜しまず見栄を張りなさい——と。

今、この場において照魔の見栄とは……カードの限度額だ。

「この金銭感覚のズレっぷりがメイドの母性本能をめっちゃくすぐるんすわ……」

詩亜《しあ》が、ほえほえと弛緩《しかん》した表情で照魔を見つめている。

エルヴィナはというと、並の人間ならば首の筋を違えてしまうのではないかという高速であちこちを観察し始めた。

「ご本人の希望らしいんでー、思いっきり安いやつにしましょ☆　堕天した女神さまが持つのは、画面バッキバキのバッテリー即切れ中古スマホで十分ですよね？」

「バッテリー即切れは俺が困る。連絡したい時に繋《つな》がらないいんじゃ、電話を持ってもらう意味がない」

「りょですー。すいっませーん！　思春期の男子学生が動画観るのに使い倒したあと特に消毒もせずに売っ払った何か色々付着してるような小汚い年季ものの中古スマホくださーいな」

照魔の懸念をちゃんと聞いたはずなのだが、詩亜は近くにいた女性店員にいたく限定的な注文をしていた。

「申し訳ありません、当店では中古商品の扱いはございませんので……」

「あ、なら自分らで選ぶんで大丈夫す、何か聞きたいことあったら呼びますんで放置プレイでよろー」

そう言われても量販店の店員となるともう少し食い下がってきそうなものだが、やはり照魔たちの格好が目立ちすぎて少々近づきがたいのか……それ以上、何も言ってこなかった。

通信業者別、メーカー別にズラリとスマートフォンが並んだ展示台の前で、エルヴィナが足を止める。

「あなたのおすすめはあるの？　照魔《しょうま》」

「うーん……黎明期《れいめいき》はかなり当たり外れも多かったらしいけど、今はどのスマホを買っても仕事に使えないってことはないと思う。それこそ、好みのものを選べばいいんじゃないのか」

ＥＬＥＭ《エレム》技術の発展によって様々な家電品が進化しつつあるが、元より一時は性能が頭打ちになったと言われていたスマートフォン業界は、今はまだ大きな変革期の手前。画面を立体映像にして投影するなどの機能は実用化目前であり、これからが楽しみな分野である。

「好み、ね……」

エルヴィナはまず、一番手近にあったスマホを手に取った。

おそらく世界一有名な、果物のロゴが背面についた機種だ。

重さを確かめるためか右手に持ったスマホを軽く上下させた後、ペン回しのペンのように手の平の上で回し始めた。

エルヴィナなら落として壊すことはないだろうが、人工ダイヤを握り潰したのを見たばかりなので、照魔はちょっと心配になる。

「わかるわ、涙ぐましい努力を重ねて小さくした部品が、内部《なか》にひしめき合っているのを感じる。この板が、現行人類の通信装置なのね」

それは決して人間を見下した言い回しではなく。

むしろ、子供の手柄を優しく褒《ほ》める母親のように、慈愛に満ちていた。

だからこそ、照魔は心を鬼にして伝えなければならないことがあった。

「それ、モックだから中身入ってないけど」

「………モック……？」

「動作しない、ただの見本品」

「…………」

「…………」

照魔とエルヴィナは見つめ合い、しばし無言の時間が流れる。

「何を言っているの？　これは本物でしょう？」

エルヴィナはいつの間にか、左手にケーブルで繋《つな》がれた実機の方を手にしていた。

そして、右手に持っていたモックを手早く台に戻す。

超高速の照れ隠し――照魔と同じように、エルヴィナもまた張るべき時にはしっかりと見栄を張るということなのだろう。

「けれど私、金属はあまり好きじゃないの」

実機のスマホも元あった場所に戻し、エルヴィナはそう呟《つぶや》いた。

「そうは言ってもさ、スマホのフレームはたいていが金属製だぞ。気にするほど鉄鉄《てってつ》してる、って感じでもないし、そこは妥協できないか」

「木木《もくもく》ならいいわよ」

照魔《しょうま》は困り果て、外装が木製のスマホがないか探してみる。その一方で、エルヴィナが天界で戦っていた時に銃を手にしていたのを思い出した。あれは金属製ではないのだろうか。

助け船を出したのは、詩亜《しあ》だった。

「じゃあ、手帳カバーとかつければいいじゃないんですかー？　素材、革とかでしょ」

確かに、カバーを付ければ少なくとも手に触れる部分は金属ではなくなる。

「ナイスアイディアだ、詩亜！」

「えへへー、詩亜への好感度はめっちゃ積む積むしといてくださいね～」

もっとも、スマホはカバーをつければ何とかなるが、人間の生活などいたる所に金属が満ち溢《あふ》れている。気にしていけばキリがない。

少しずつ慣れていってもらうしかないだろう。

「そうだ、エルヴィナ。本体の色もバリエーションがあるから、そこも考慮した方がいいぞ」

エルヴィナは機種別に手に取って確認しているが、そのどれもが黒だ。

白にピンク、赤でもいい。もっと華やかな色の方が、彼女に合うのではないだろうか。

「こんな白の衣をまとっているから、勘違いしているかもしれないけれど……」

だがエルヴィナは、意外な好みを吐露してきた。

「――私はね、照魔。黒が好きなの」

「じゃあ、黒でいいんじゃないか？」

本人の好きな色が一番だ。照魔は即答する。

「女神はとかく神聖たれ、清廉《せいれん》たれと理想を押しつけられるものよ。けれどその実、私の中には常に抑え難い戦闘衝動が蠢《うごめ》いている。黒よりも深い、闇色の意思がね――」

「俺も黒でいいと思うぞ！」

「だから、身につける物以外で手にするものは、できるだけ黒と決めているの」

「どんなメーカーのスマホにも、だいたい黒はあるぞ！」

会話が嚙《か》み合っているようで嚙み合っていない。

まるで、今の二人をそのまま表しているかのようだった。

エルヴィナは商品説明の札を指差して、照魔へと振り向いた。

「この数字たちは何かしら。それぞれのスマホの戦闘能力値を表しているの？」

照魔は内心焦った。スペックについての質問をされても、自分もよくわからないのだ。

理解できているのは、ＲＯＭという数字が大きければ、写真などをいっぱい保存できるということぐらいだ。

「ええ、戦闘力と言って差し支えないでしょう」

そこですかさず燐《りん》が解説を申し出た。

「CPUは、戦う人間の基礎的な戦力。RAMとはその人間の移動速度。このバッテリー容量というのが……戦い方にもよりますが、スタミナです」

「なるほどね」

頷《うなず》きながら、モックの下のスペック表を凝視していくエルヴィナ。

その先も、燐《りん》はあらゆる数値をしっかりと戦いに喩《たと》えて説明していく。

さすが、機械いじりが趣味なだけはある。

燐の言葉に、真剣に耳を傾けるエルヴィナを見ていると、どうしてか照魔《しょうま》は自分も何かを教えたいと思ってしまった。

「あとさ……カメラの性能を重視するのもいいんじゃないかな」

「カメラ？　ええと……転写機のことよね。どうして性能が必要なの？」

「だってエルヴィナは、そんなに綺麗なんだ。それを写すカメラは、高性能な方がいいだろ」

照魔はふと思う。

女神の美しさを閉じこめるには、いったいどれだけの画素数が必要なのだろう、と——。

「……ふうん。まあ、ヒトの作ったもので女神の美を十全に切り取れるとは思わないけれど」

涼しい顔でそう言い捨て、エルヴィナは照魔の顔をじっと見つめてきた。女神にとって、美しく在ることは生態。特段、褒《ほ》められて照れるということはないのかもしれない。

「このＰＯＮＹって会社《メーカー》のものにするわ」

店に展示されている機種を全て見て回った後、エルヴィナが手にしたのは定番の国産メーカー品。その最上位機種だった。もちろん、カラーは黒だ。

選ぶ決め手になったわけではないかもしれないが、照魔がカメラのことを説明する時に試しで手にした機種でもある。

「これが何となく手に馴染《なじ》む、そんな気がするわ」

「結局クソ高なスマホ選んでるんですけど……エルちゃんさあ、一五万円稼ぐのがどんだけ大変かわかってんの⁉」

「恵雲《えくも》くんが三日メイドしたら手に入る金額では」

「や、詩亜《しあ》はちゃんと三日で一五万の働きしてるんで！　大変なんで！　そこは一旦置いといてーの！」

具体的な金額をストレートでブン投げてきた燐の言葉を捕球するような仕草で受け止めた詩亜は、それを脇に置いた。

「エルちゃん何でもいいって言ったじゃん⁉　せめてそこは遠慮して同じメーカーでも安っすい型落ち選んどきませんかねえ⁉」

「型落ちなんて雑魚《ざこ》いスマホは人間が使いなさい。女神には新型スマホこそ相応《ふさわ》しいわ」

「人間の造ったモンなんてもれなく型落ちとかもほざいてたっしょ⁉」

確かに、言ってることが早くも矛盾している。

もしかするとエルヴィナが思わせぶりに言うことは、大して気にしなくてもいいのかもしれない。

「エルヴィナがこれを気に入ったなら、これでいいじゃないか」

照魔《しょうま》はエルヴィナの気が変わらないうちに、契約と会計を済ませることにした。

自分で何かを選んで買うという体験が大事なのだ。選んだものを、他者の意見で曲げる必要はない。

カバーやメモリーカードなども一緒に買って、それでも二〇万円以内。

入念に暗算をするまでもなく、限度額内に収まった。

自分のスマホは両親に買ってもらったため、照魔は今日初めて、スマホの契約一式は小学生が持つクレジットカードで足りる金額だと学んだのだった。

○　●

照魔たちは、係員がスマホの受け渡し準備をしている間、他にもエルヴィナに必要なものがないか店内を回った。

何だかんだで、ドライヤーは共用じゃないものが必要なんじゃないか——など、その都度助言をするのは詩亜《しあ》だった。

人間の創造物は等しく型落ち品だなどと嘯《うそぶ》きつつも、その実エルヴィナは目にするもの全てを興味深げに注視している。

家電製品を手に取るのも、観察するのも、全てが初めての体験。新鮮なのだろう。

照魔には、今のエルヴィナの気持ちがよくわかる。

家電量販店、ホームセンター、たくさんのもので溢《あふ》れている店というのは、来るだけでわくわくする。

何より、人生で初めて手にする道具は、それだけで興奮するものだ。

図工に使う彫刻刀、様々な道具がひしめき合う裁縫箱、写生大会に持っていく画板……それらすべてが、初めて出逢《であ》う度に照魔の胸を熱くした。

エルヴィナにも、これからそんな経験をたくさんして欲しい。

戦いが全てだと断じた女神に、普通に生きることの喜びを知って欲しい――。

「すっかり家電製品が好きになったんじゃないか？」

「ありえないわね。私が人間の創造物に心惹《ひ》かれるなんて。もし万一にもそんなことになったら、あなたの命令を何でも一つ聞いてあげる」

そんな照魔の願いも虚しく、当然のように否定されたが……これもきっと照れ隠しだろう。

「別にお前にしたい命令なんてないけど、言ったからには守れよ」

家電量販店で買える必要品を見繕い終えて携帯電話売り場のカウンターに戻り、初期設定が完了したスマホを受け取る。

結局、カバーを付ける前にエルヴィナは買ったばかりのスマホを手に取っていた。

金属嫌いはどうした……と思うものの、心なしか表情が弾んでいるように見えた。

「はいはい、初スマホおめでとね。んでさ、連絡先知っとかないと不便だから――」

「恵雲《えくも》くん」

メイド服のスカートのポケットからスマホを取り出そうとした詩亜《しあ》を、燐《りん》がさりげなく止める。

何かを言い出そうとしてもじもじしている照魔《しょうま》を、如才無く見て取ったからだった。

胸に抱き締めるように両手でスマホを持っているエルヴィナが、ひどく可愛らしく見える。

それを認めてしまうのも何故か悔しくて、照魔は言葉を詰まらせた。

「あのっ……エルヴィナ……!!」

照魔が改まったように切り出すものだから、エルヴィナは不思議そうに見つめ返した。

「ラ、ライ……ライッ……」

きっと、心拍数の上昇をまた燐に把握されてしまっているのだろう。

「RAIN《ライン》のID……交換し……するぞっ!!」

意味もなく胸の前で拳を構えながら、照魔はそう宣言した。

体裁を繕うために装った恋人関係とはいえ……エルヴィナのスマホに初めて連絡先を登録する男は──自分でありたい。

それもまた、照魔の譲れない、譲ってはいけない〝見栄〟だった。

「……？ よく知らないから、あなたに任せるわ」

スマホで何かをするということはわかったのだろう、エルヴィナははい、と差し出してくる。

照魔は全身から緊張が抜けていき、思わず崩れ落ちそうになる。

詩亜はぐぬぬ、と歯噛《はが》みしながら、エルヴィナを睨《にら》んでいた。

ちなみに一日一回照魔のために泣かないと快眠できないという燐は、ハンカチで目許を拭っていた。とりあえず、今晩は快眠が約束された。

○ ●

スマホや生活用品を買い揃《そろ》えるまでは良かった。

だが、難航したのが着替えの購入だった。服飾に関しては完全に詩亜にお任せで、口を出さず一歩引いて見守ることにしたのだが……何にでも好奇心を示してきたエルヴィナが、アパレルショップへだけは入店を拒んだのだ。

「人間が身にまとっているものに、女神であるこの私が肌を委ねると思う？」

「人間が作ったスマホにお手々委ねたんだからあと一息っしょ!?　そこで意地張んなし!!」

神樹都《かみきど》一大きなデパートの中にある、詩亜《しあ》おすすめのブランド服飾店の入り口前で立ち止まったまま、エルヴィナは一歩も動こうとしない。予防注射を嫌がる子供以上の頑なさだった。

「そんな痴女っ気たっぷりめの服でいつまでも往来歩かれたら、客人として迎えた創条家《そうじょうけ》の沽券《こけん》にかかわるんですぅー!!」

「これは、その創条家の照魔《しょうま》が心を奪われている女神という存在の正装よ？」

「ぐぬぬどんどん口の達者っぷりが人間界モードになってきやがってますしこの人……!!」

どうしたものかと悩んでいた照魔は、友人の護《まもる》が言っていたことを思い出した。

「――でも俺は、エルヴィナが人間の服を着たらどんな感じか、見てみたいけど」

ああしてくれこうしてくれと言うのではなく、「見てみたい」とおねだりするのが効果的だというのが、護の持論だ。持つべきものは友人だ。

「……照魔は、見たいの？　私が人間と同じ衣装を身にまとうところを」

「ああ、見たい！　頼む!!」

エルヴィナに念を押すように聞き返され、照魔は前のめりに懇願した。

「……はあ、仕方がないわね。ずっとは着続けないわよ」

「ご立派でございます、照魔坊ちゃま……」

女性のあしらい方を覚え始めた主人の頼もしさに、かなり早いスパンで再び目許にハンカチをやる燐《りん》。

やっとエルヴィナが態度を軟化させたところで、詩亜が別の問題に思い至った。

「あ……そーだ。照魔さま、エルちゃんノーブラノーパンですから、先に下着買っちゃった方がいいと思います」

真顔でそう言われても、照魔は「そ、そうか」としどろもどろに返すのがやっとだ。

「だから、下着なんて必要ないわ」

「いやいやいやいやそのヘンテココスプレ衣装ならともかく、人間さまのお洋服着て下着無しとかあり得ないですから！　ほら、近くのランジェリーショップ行きますよ!!」

詩亜はテナントの二軒隣にあるランジェリーショップを指差している。

ショーウインドウに展示されている上下の下着を着けたマネキンを見ただけで、照魔は顔を真っ赤にしてしまった。

「エルヴィナ、詩亜についていってくれ。俺はこの辺で待ってるから」

軽く手を振り、近くにあったベンチに向かう照魔。

彼の手首が、背後からがっしりと握り締められた。

「あなたも来るのよ、照魔《しょうま》。そのランジェリーショップとやらに」

「嫌だよおおおおおおおおおおおおおおおおおおお!!」

しかしダイヤを握り潰す腕力に抵抗できるはずもなく、照魔は予防注射を嫌がるワンちゃんも同然に引きずられていった。

はっきり言って、照魔は今時の小学生にしては女性に対しての免疫がない。幼い頃から女神への恋に一途《いちず》だったせいで、周りの女の子と接点を持てなかったり、あるいは引かれてきたことが関係しているのだろう。

水着姿の女性タレントを、テレビ番組でちょっと目にしただけで照れてしまうほどだ。

女性下着の専門店などに連れて行かれたら、気を失うかもしれない。

「………これを、胸に着けるの……?」

エルヴィナは店頭のハンガーラックに掛かっていた紫色のブラジャーを手に取り、照魔に見せつけてきた。

「見せなくていい！　そうだよ、そういうのを着けるの！」

しかも自分の胸の位置に重ねるようにして掲げるものだから、どうしても意識してしまう。

ショップの店員が、ニコニコしながら照魔たちを見守っていた。もしかしたら、姉弟で仲良く買い物に来たとでも思われているのかもしれない。

エルヴィナの奇抜な衣装を見ても驚いた反応を見せないのは、プロ意識なのだろうか。

「ほぇあー照魔《しょうま》さまクッソ可愛い……」

その一方で、頼りにしているプロ意識の塊のはずのメイドがなかなか加勢してくれない。羞恥に悶える照魔の様子を見て、だらしなく口端を吊り上げている。

「そうね……照魔がどうしてもと言うのなら、ブラジャーを着けるのもやぶさかではないわ」

怜悧《れいり》な美貌を茶目っ気で崩すことはなく、極めて真面目な表情のままエルヴィナは言った。

「は、恥ずかしいっ……そんなの言えるわけないだろ!!」

「さあ、言うのよ」

生命を共有した者に、等しき覚悟をも求めるような言葉の重圧だった。

私はブラジャーを着ける覚悟をした。だからあなたは、私にブラジャーを着けさせる覚悟をしなさい――と。

「照魔は?」

照魔は拳を握り締め、ゆっくりと口を開く。

「……お、俺は……」

「私に?」

「エルヴィナに……」

「ブラジャーを?」

「ブ、ブラジャー……を……」

「着けて？」

「着けて……」

「ほしい？」

「ほしい、です……」

「もっと大きな声で、最初から一まとめにして」

「ッ……俺は、エルヴィナに、ブラジャーを、着けて、ほしい……!!」

「──よく言えたわね、照魔」

エルヴィナは満足げに微笑《ほほえ》み、照魔の肩に手を置いた。彼女が持ったままのブラジャーが、照魔の首筋に当たる。

そこですかさず詩亜《しあ》が割って入り、エルヴィナを照魔から引き剥がした。

「うおおおおおおおおおおおおおおおおい！　いたいけな少年に難易度クソ鬼ヤバのプレイ強要してんじゃねーぞこの雲の上の淫乱!!」

「最後まで聞き終わってから義務感で注意するのはやめなさい、メイドさん」

「そーゆーとこはよく見てる系だしこいつ!!」

雰囲気に呑《の》まれて言ってしまったが、照魔は二人のやりとりを聞いてさすがにむっとする。

「遊戯《プレイ》……？　お前、俺をからかったのか!?」

だが、エルヴィナは真面目な顔つきのままだ。

「誕生して以来、何万年もの間着けなかったものを初めてこの身に着ける……それはとても勇気のいることよ。だから生命の共有者であるあなたに、背中を押して欲しかっただけ。遊んでなどいないわ」

「そ、そっか……そうだよな……！　エルヴィナだって頑張ってるんだ！　恥ずかしがってごめん……!!」

離れた位置で見守っていた燐《りん》は、素直に謝る主人の純真さに心打たれながらも、一抹の不安を抱いているようでもあった。

「とりあえず僕は、いよいよとなったらこの身に代えても坊ちゃまをお守りいたします」

ランジェリーショップの店内で悶着《もんちゃく》するメイド、スーツ姿の少年、純白のドレスの少女。少し離れた場所でそれを見つめる、執事服の青年。

いつの間にか照魔《しょうま》たちはかなりの衆目を集めていたが、それもやむなきことと言える。

店員の代わりに採寸を引き受けた詩亜《しあ》が、エルヴィナとともに試着室に入っていく。

結局店の中まで連れ込まれた照魔は、試着室の前で二人を待つことになってしまった。

耳まで真っ赤にして所在なく立ち尽くしていると、店内にいる女性客たちが次々に照魔へと視線を向ける。

（ああ……きっと男がこんなとこにいて嫌なんだろうな……ごめんなさい……）

申し訳なさで俯《うつむ》いてしまう照魔だが、その周囲の女性客たちの目つきが天界の神殿で自分を見ている時の女神たちとそっくりなことに、彼は気づいていない。

『ちょい、エルちゃん。採寸するから脱いで』

『装衣を解《ほど》けばいいのね？』

『わ、めっちゃ便利、一瞬で服消したり出したりできるんですね――――や、全裸にはならなくていいから！』

『採寸をするなら早くして。照魔を待たせているのよ』

声が聞こえることで、カーテン一枚隔てた位置に裸のエルヴィナがいることを強く意識してしまう。恥ずかしさが天井知らずで、いっそ気を失ってしまいたいとさえ思った。

そして気のせいか、周囲のお姉さんたちがじわじわと自分の元に近づいてきている。

『はぁぁぁぁぁあ!?　何すかこの理想の形……ツヤ……張り……！　これ、してんだろ！修正！　いじったっしょ絶対!!』

『あなたと一緒にしないで』

『や詩亜はいじってねーし!!』

乱暴にカーテンが開けられ、照魔はぎょっとして振り返る。

もちろんエルヴィナは女神服を着直していたが、詩亜の機嫌が露骨に悪くなっていた。

その形相に怯《ひる》み、照魔の傍ににじり寄って来ていたお姉さんたちが霧散していく。

「畜生……畜生……この非実在生物めぇ……詩亜《しあ》が……詩亜がこのスタイル維持すんのですらどんだけ苦労してっと……」

どんなに苛立《いらだ》っていても、そこはプロのメイド。詩亜は採寸を基にして、店員と一緒に素早くブラジャーを選んでいく。

「照魔《しょうま》さま〜」

ショーツも合わせて何セットかを見繕い終えた後、詩亜は照魔をレジへと手招きした。

「…………カードで……」

創条《そうじょう》照魔、一二歳。

彼はこの日生まれて初めて、自分のクレジットカードで女性用の下着の会計をした。

○●

邪悪女神《ゾディアクス》。

それは天界を二分する女神の派閥のうち、闘争による人間界の支配を理念として掲げる存在。

そんな彼女たちが、エルヴィナとマザリィの間で消化不良のうちに決着してしまった此度《こたび》の女神大戦を快く思うはずもない。

前日までの争いの爪痕が生々しく天界全土に燻《くすぶ》る中、邪悪女神《ゾディアクス》の一人が神聖女神《セイヴアリド》の拠点神殿の前へとやって来ていた。

錫杖《しやくじよう》のような武器を手にした女神が、出迎えるようにして神殿の入り口前に立っている。

最長老・マザリィだ。

「……シェアメルト」

マザリィは険しい表情で、石階段の下に立つ邪悪女神《ゾディアクス》——シェアメルトを見つめた。

深い藍色の髪は艶《つや》やかに整っていながら不自然に乱れており、胸や肩に絡みつくようにかかっている。前髪もきれいに切り揃《そろ》っていながら所々ざっくりと分かれていて、彼女の髪の毛は多脚の生物の脚を見るような妖しさを感じさせた。

「私は邪悪女神《ゾディアクス》の中でも、理性的なほうだと自負しているつもりだ。だが、他の連中はそうもいかん。女神大戦の終結など関係ない、神聖女神《セイヴアリド》を全てブッ潰すと息巻いている者までいる有様だ」

仰々《ぎようぎよう》しい口調をしているが、見た目はエルヴィナと同じぐらいの年若い女神だ。

しかしまとっている雰囲気はエルヴィナ以上に硬質で、ある種の不気味ささえ漂わせている。

「ディスティムに至っては、好敵手と定めたエルヴィナが決着を着けぬまま天界から姿を消したせいで、だいぶ苛立っている。おかげで、仲裁に入った私が逆恨みされる始末だ」

エルヴィナがこの神聖女神《セイヴアリド》の神殿に攻め入った時、ディスティムという名の邪悪女神《ゾディアクス》の最高幹部のひとりが横槍《よこやり》を入れてきた。女神大戦そっちのけで本気の戦いを繰り広げる二人の間に力尽《ちからず》くで割って入り、ディスティムを諫《いさ》めてエルヴィナを先に行かせたのが誰あろう、このシェアメルトだ。

彼女もまた、最強の証明であり、そして創条照魔《そうじょうしょうま》の初恋の相手の手がかりでもある六枚の翼を背に持つ女神——六枚翼《エクストリーム》だった。

「天界の意志が定めた女神大戦の結果に不服を申し立てるのは、天界に叛意《はんい》を向けるも同義。いかに六枚翼《エクストリーム》のあなたでも、天界に生きる女神である以上、それは許されません」

毅然とした口調でマザリィに諭され、一層鼻白むシェアメルト。

「だが結局、創造神は生まれていないんだ。邪悪女神《ゾディアクス》の他の連中が納得するはずがない」

邪悪女神《ゾディアクス》は、マザリィを女神大戦の勝者だとは認めていない。むしろ、創造神が生まれていない以上は戦いを継続すべきだというスタンスだった。

「お前の権限でエルヴィナを人間界に追放したというのは本当か？　答えろマザリィ」

「ええ、本人も進んでそれを受け容れましたとも」

「嘘だな。あのエルヴィナが、女神大戦に敗北したからといって素直に天界追放を受け容れるはずがない。あいつはな、そんな屈辱的な結末を迎えるぐらいならば、最後の最後まで抵抗して消滅を選ぶような奴だ」

「彼女のことをよく理解していますね……まさにその通り。彼女はわたくしの使った禁呪に抵抗し、生命尽きるその瞬間までわたくしの首を獲ろうと向かってきました」

「では何故だ！　貴様が、卑劣な取引でも持ちかけたのではないのか!!」

マザリィは迷った末、隠すことなく照魔のことを話すことにした。

「……実は女神大戦の終局において、予期せぬ闖入者《ちんにゅうしゃ》が現れたのです」

納得のいく答えを用意しなければ、邪悪女神《ゾディアクス》たちは自力で真相を探ろうとするはずだ。下手に隠蔽すると、彼女たち独自の調査で照魔の存在が露見した時、逆に彼の立場を危うくしてしまうかもしれない。

マザリィが語る事の顚末を興味深そうに聞いていたシェアメルトだったが、やがてその表情が徐々に驚きから怒りへと遷移していき――

「――――男と駆け落ちしただとおおおおおおおおおおおおおおおおおおおおお!?」

とうとう、爆発した。

「ちなみに私も、彼に求婚されました」

本人がいないのをいいことに、女神の長が無責任極まる繰り言を吐き散らしている。

「何っ……私は求婚されていないぞ!!」

「彼と会っていませんからね」

シェアメルトは怒りに拳を震わせ、空にうっすらと浮かぶ無数の地球を睨《にら》み付けた。

「この『天界の恋愛博士』と謳《うた》われたシェアメルトを差し置いて、男を作っただと!?　あの、エルヴィナが⁉　かっこよさを追及しすぎて数十年かけて銃の構え方を二兆通り試したあの！　エルヴィナがか⁉」

本人がいないのをいいことに、同僚が比較的機密性を重んじるべき情報を漏洩《ろうえい》している。

「よいですか、シェアメルト。人間の男性が天界へ迷い込むなど、天界始まって以来の不祥事。これも全て、天界の不安定さが看過できぬところまで来たことの証左。わたくしたち女神は争いを止めて協力し合い、一刻も早く天界の調和を取り戻さなくてはなりません」

これは邪悪女神《ゾディアクス》に対しての牽制《けんせい》の意図もあった。

このままいたずらに争いを続けて天界そのものがさらに疲弊していけば、同じような不祥事がいつまた起きないとも限らないのだ——と。

マザリィの目論見《もくろみ》はある意味成功し、そしてある意味大失敗した。

「うっ……うおおおおおおおおおおおおおおおおおおおおおお‼」

シェアメルトはもはやマザリィなど眼中になく、踵《きびす》を返して走りだした。悔しさの溢《あふ》れた雄叫びを上げながら。

その後ろ姿を見送るマザリィは、言い知れぬ胸騒ぎに襲われていた。

天界のこれからについて、邪悪女神《ゾディアクス》の代表と平和に話し合う——どころではない。

新たな脅威が、静かに到来しようとしていた。

役職：創条家従者長

麻囲《あさい》 里茶《りさ》

猶夏と照魔、二代にわたり創条家跡取りの
専属従者を務めた伝説のメイド。
数年前に大病を患ったが、
ELEMを活かした医療技術により快復することができた。

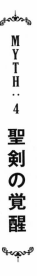

MYTH：4 聖剣の覚醒

下着選びで照魔《しょうま》がほんの少し致命傷を負いはしたものの、エルヴィナを伴っての初めてのショッピングはつつがなく終了した。屋敷に帰り、照魔とエルヴィナの新生活の準備が始まる。

二階にある客室の一つがエルヴィナの私室に割り当てられ、詩亜《しあ》がルームメイクを担当。

燐《りん》と里茶《りさ》は別の仕事をしているので、私室内には照魔とエルヴィナを合わせて三人だ。

備え付けのソファーに深く腰を下ろし、一息つく照魔。

「必要最低限のものは揃《そろ》えた。あと必要なものは、都度買い加えていこう」

照魔が声をかけてもエルヴィナは反応せず、天井や壁を何度も見わたしている。

何か気になる点があるのだろうか。カーテンやカーペットまで全部、自分の好きな黒一色に統一しようとしたのを詩亜が止めていたが……部屋の配色が不満だとか。

「…………照魔、この部屋の大きさだけど……」

「ほんの八〇帖《じょう》ほどだが……狭かったか？」

気になるのは広さのようだ。照魔の部屋の隣にあるということで迷わずここを選んだのだが、女神には物足りない広さなのかもしれない。

「逆よ。広い。この一〇分の一もあれば十分だわ」

と思いきや、エルヴィナの注文は全くの真逆だった。

「八帖って……そんなんじゃ、部屋の中で縄跳びの練習もできないぞ!?」

「外でやりなさい」

「エルヴィナならむしろ、部屋は広ければ広い方が喜ぶと思ったんだけど」

「……私とあなたは生命が繋《つな》がっている。隣り合った部屋だからといって、離れすぎるのはよくないでしょう」

どうやらエルヴィナは、照魔との物理的距離が開くことを気にしているようだ。

「その離れすぎると危ないってやつ、ある程度の基準を知っておかないと不便じゃないか？」

「そうね。少なくとも数メートルでは互いの体調に影響がないことはわかったのだし、ちょっとずつ実験して限界範囲を探っていきましょう」

本物の夫婦や恋人ではないのだから、あまり近くにい続けるわけにもいかない。

これからの生活に支障が出ないよう、どれだけ離れても大丈夫かは知っておく必要がある。

「さて、今日はこれから何をしようか」

照魔はエルヴィナ自身に差し当たってやりたいことがないか、提案してみた。

「沐浴《もくよく》をしたいわ。お風呂に案内してちょうだい」

即答だった。

慣れない人間界で買い物をして回ったのだ、エルヴィナも疲れているのかもしれないが……。

「夜ご飯食べてからでよくないか？」

「食事って、してもしなくてもいいから、優先順位低いのよね」

「……マジで⁉」

不意打ち気味にとんでもない事実を告げられ、照魔《しょうま》は反応に困った。

確かに……思い返してみても、初恋の女神が何かを食べていた記憶は一つもない。

離れて問題ない距離の把握もそうだが、女神の生態についても都度知っていかないといけないようだ。

「でも、してもしなくてもいいなら、した方がよくないか？　人間にとって、食事っていうのは日々の楽しみの一つなんだけど……女神にとっては違うのか？」

「あなた、天界がどれだけ娯楽の乏しい場所だと思っているの。お風呂に入るか他の女神と戦うぐらいしか暇潰しの方法なんてないわよ。いよいよ退屈な時なんて日に三〇回ぐらい沐浴《もくよく》していたわ」

「極端すぎんだろ！　もっと日々の中に楽しみを見つけろ‼」

三〇回もあがったり入ったりするなら、三回ぐらいにまとめて長めに入った方が効率がよいはずだが……暇潰し目的でもあるので、回数が重要なのだろう。

「あれが駄目、これが駄目、って……女神はみんな無駄にプライドが高くて新しいものを拒むから、天界は全然発展しないのよね」

女神が押し並《おな》べて誇り高い人たちなのは、照魔もこの二日間でよく理解したつもりだ。

「みんな退屈していた。女神大戦も、数万年分の鬱憤《うっぷん》が爆発した結果としか思えないわ」

「お前それ、あんま笑い話にならないぞ……」

あまりに刺激がなく、停滞した世界――天界。その調和が失われ始めたのを口実に、女神たちは話し合いではなく争いという刺激を選択してしまった。

もしそうだとしたら、哀しすぎる。

「俺が六年前に逢《あ》った女神は、人間界の知識を積極的に吸収しようとしていたように見えたんだけどな。それって、新しいものを受け容れようとしていたんじゃないのか？」

――例えば今日、エルヴィナが人間界にしかない様々な家電や日用品を受け容れたのと同じように。

「――――」

「…………」

照魔とエルヴィナの視線が、磁力に引かれたように同時に交錯した。

甘やかな既視感を伴う眼差しが、照魔を再び幼い頃の記憶へと誘《いざな》う。

やはり自分の初恋の相手は、このエルヴィナではないのか。それを確定させる術を持たないことが、たまらなくもどかしい。

照魔《しょうま》はかぶりを振り、心を落ち着けた。焦る必要はない。自分は憧れの女神と出逢《であ》えて、エルヴィナと過ごす時間は楽しい。今は、その事実だけで十分だ。

「そういえばさ。俺たち、逢ってから二人でゆっくり話す機会がなかっただろう。お風呂に入ったら、お茶でも飲みながら話そう！」

「……そうね」

話題を逸《そ》らす意味もあった何気ない提案だったのだが、エルヴィナは何故か瞬きの回数が妙に増えた。

「そのスーツ姿、似合っているわね」

「ありがとう」

照魔は自分のスーツ姿に自信がなかったので、エルヴィナに褒《ほ》められてほっとした。

ただ、何故今急に、そんなことを。

「ところで照魔。一応聞いておきたいのだけど……」

エルヴィナは優雅に髪をかき上げると、

「人間の男女は、同棲をすると一緒にお風呂に入ると教えられたわ。私とあなたはどうするべきかしら。一緒に入る？」

眉一つ動かさず、そんな提案をした。

「えっ……いや、それは——」

照魔が言葉に詰まっていると、横からバッファローが草原を駆けるような雄々しい足音が響いてきた。防音性に優れた厚いカーペットのはずなのだが……。

「いーえんなド破廉恥《はれんち》ンな決まりありーゃっせーお風呂案内しゃーす!!」

やる気の無さを表現した学生バイトのような謎めいた言語体系で、詩亜《しあ》がエルヴィナの背中を押して部屋を出ていった。お風呂に案内します、というあたりは何とか聞き取れた。

静まり返った部屋で一人、照魔はソファーに深く腰掛け直した。

自分の頬《ほお》に触れると、たっぷりと熱を持っていた。

照魔が思わず太股に触れてしまった時も、下着を買いに行った時も、一緒にお風呂に入ろうと提案する時も。エルヴィナは照魔と違い、一切の照れや動揺を見せることはなかった。

人間界での暮らしがスムーズに運ぶよう、〝照魔の初恋の女神〟という設定を演じているだけ。照魔には何の感情も持っていないのだろう。

エルヴィナと話せば話すほど、彼女が初恋の女神ではないかという確信を深めていく照魔とは、まさに対照的だった。

今頃エルヴィナは、一階の浴場に案内されている頃だろうか。

二人の物理的距離の維持を気にしていたが、この部屋と一階にある浴場ぐらいまでの距離ならば、何ら問題ないようだ。

自分の部屋に戻って部屋着に着替えようと、照魔《しょうま》がソファーから立ち上がった瞬間。

「ふう、さっぱりしたわ」

部屋のドアが開き、湯上がりエルヴィナさんが入って来た。

「速ぇな!?」

まだ五分も経っていない。この神速入浴ならば、日に三〇回転なぞ造作もないだろう。

さらににツッコミを入れようとした照魔だったが、エルヴィナの格好を認識した途端、言葉を失った。

「————」

今日の買い物で買ったパジャマを着ていたのだ。

エルヴィナと出逢《であ》ってから、彼女の鎧《よろい》のようにスカートが広がった女神装衣……まさに戦闘服《バトルジャケット》と言うべき格好しか見てこなかった照魔にとって、パジャマ姿は未知の領域だった。

神々しさとは無縁の、ポップな水玉柄のパステルブルーのパジャマ。その胸元に、少し濡れたままの髪が張り付いている。

せっかく専用のドライヤーを買ったのに、使わなかったようだ。いや、使い方を教えていないのだから当然か。

そういえば女神装衣の時はヒールが高いブーツだったが、今はもこもこの室内スリッパを履いている。

今まで見てきたエルヴィナとのギャップがありすぎて、現実感が希薄だった。

「そう言えばさっき答えを聞かず仕舞いだったけど……私と一緒にお風呂に入るの？　入らないの？」

「入らなくていい！　今は大丈夫!!」

咄嗟《とっさ》に「今は」などと口にしてしまったことに気づき、照魔は赤面する。

無理もない。この姿のエルヴィナが醸し出す雰囲気は、男であれば誰でも正常な思考力を奪われるだろう。

それに女神が人間の着る衣装に着替えた姿を見ることすら、照魔にとっては初めての経験なのだ。

「そう……おかしいわね、同棲する男女がお風呂に一緒に入るのは常識と聞いていたのに」

「そんなこと教えたの、誰だよ……。俺もそういうのは詳しくないけど、たぶん常識じゃないぞ」

エルヴィナはしばし考えこんだ後、

「私の同僚、邪悪女神《ゾディアクス》の一人……シェアメルトよ。『天界の恋愛博士』を自称していたわ」

天を見上げながら答えた。

「――――今頃、何をしているのかしらね」

○●

神聖女神《セイヴアリド》には拠点として創条照魔《そうじようしようま》が運ばれた神殿があるように、邪悪女神《ゾディアクス》にも当然、本拠地が存在する。

神聖女神《セイヴアリド》の拠点神殿から、距離にして地球をおよそ七周り半。

峻厳《しゆんげん》な岩山の頂上に、その城は存在した。

紫水晶を深く濃くしたような外壁の色は城の内部にまで及んでおり、禍々《まがまが》しさと神々しさを等しく兼ね備えている。

城の中心にある壮麗かつ奇妙な形状の一室が、一際《ひときわ》大きな存在感を放つ。

そこは、球体型の部屋だった。

まるで天球儀の内部にいるように、壁一面に数多《あまた》の星々が刻まれている。

天井の一部が薄く透けており、天界の空に輝く無数の地球を一望できる。

そして中央付近には、上下左右不等間隔に円形の椅子たちが浮かんでいる。

その数——一二。

人間の世界でいうところの黄道一二星座のシンボルマークに似た紋様がそれぞれの椅子に描かれており、様々な色に光り輝いている。

ただ一つ、乙女座の椅子だけが輝きを失っていた。

この部屋は邪悪女神《ゾディアクス》の誇る一二人の六枚翼《エクストリーム》が集う、いわば女神の会議場だ。

だが今、この場所にいるのはたった二人だけだった。

「エルヴィナが男と駆け落ちしたああああああああああああああああ⁉」

足を踏み入れただけで凍り付きそうなほどに張り詰めた空気を、一人の少女の声が斬り裂く。

エルヴィナが神聖女神《セイヴァリド》の神殿に突入する直前に横槍《よこやり》を入れた張本人。

幼い容貌の女神、ディスティムだった。

「フッ……その反応は私がもうした」

もう一人、脚を組んで隣の椅子に座っているのは、シェアメルトだ。

「早い者勝ちじゃないだろ！　私もする‼」

天界屈指の実力者二人が揃《そろ》いながら和気藹々《わきあいあい》とした雰囲気になっているように見えるが、実情は違う。

今、この空間には並の女神ならば近づいただけで消滅しかねない凄《すさ》まじい力場が発生していた。ディスティムとシェアメルトが発散する、行き場のない感情のせいだ。

「……集まり悪くないか……これからのことを話し合うって言っただろ」

「皆、納得がいっていないようだからな。それにお前がエルヴィナを恋しがって暴れるから、誰も近寄りたくないんだろう」

「お前は残ってくれてサンキュな、シェアメルト‼」

「いや正直私も今のお前には近寄りたくない」

エルヴィナとの決着に水を差された形のディスティムは、シェアメルトに相当な不平不満を連ねてきた。こうして話し合いの場に来てくれただけ、シェアメルトは人格者だった。

「それに集まりが悪いのは、人間の祈りも同じだ。このままでは、天界は早晩滅びを迎える」

天界の調和を取り戻すために、まず絶対の存在である創造神を選出するために始まった女神大戦。

両派閥の代表を倒すことを決着方法としていたのに、結果的にどちらの代表も生き延びており、しかも創造神は生まれていない。

戦いに付き合わされた両陣営の戦士たちは、全くの骨折り損。そんな状況で神聖女神《セイヴァアリド》側が今後の方針も打ち出さずのんびりしているのだから、邪悪女神《ゾディアクス》側に不満が募っていくのは当然のことだ。

「とにかく許せんのは、エルヴィナが彼氏持ちになったことだ。これは天界数千万年の歴史を揺るがす一大不祥事。……しかもこの、『天界の恋愛博士』シェアメルトを差し置いて!!」

「……お前が許せないのは、差し置いて、のところだけだろー?」

呆れ顔になるディスティムだが、確かに女性しかいない天界では、『彼氏持ち』はまず生まれようがない。エルヴィナは意識している様子はないが、女神の人間界への追放と合わせて前代未聞の事件といってもよかった。

「てか、神聖女神《セイヴアリド》の連中はアホしかいないのか……普通に考えて怪しすぎるだろー！　女神大戦の終局に人間が天界に迷い込んで、封印されかけたエルヴィナと生命を共有して！　おまけにエルヴィナを連れて人間界に帰った……だからこれにて女神大戦は終了です、って！　こんな説明で私たちが納得するって本気で思ってんのかーっ!?」

「────あるいはその人間自体が、神聖女神《セイヴアリド》の用意した切り札だとしたら？」

冷めた目で仮説を立てるシェアメルト。

「エルヴィナはあれで甘いやつだ。敵対する女神が相手でも無闇に消滅させようとはしない。まして何も知らず連れて来られた人間を盾にされて、マザリィを攻撃できると思うか？」

「まさか……全部、神聖女神《セイヴアリド》が仕組んだことか!?」

「……神聖女神《セイヴアリド》はそもそも戦闘力で私たちより遥《はる》かに劣っている。だから何かしらの搦《から》め手で来ることは予想してはいたが……人間を生贄《いけにえ》にしてエルヴィナを排除したとも考えられる」

ディスティムは拳を震わせ、形相を怒りに歪《ゆが》ませた。

「ふっざけやがってぇ……！　私が今すぐマザリィをブッ潰してやる!!」

「待て、ただの憶測だ。そもそも仮とはいえ女神大戦の勝者のマザリィに、私たちはもう手出しすることはできん。──私たちは、な」

シェアメルトの声音にこもった意図を汲み、怒り心頭だったディスティムも表情を和らげて意味ありげに眼を細めた。

「エルヴィナを探し出して、再びこの天界に連れ戻す。そうすれば、新たな女神大戦を始めることも可能になるはずだ」

「できるかなぁ～？」

「絶対的な力を持つ創造神は、今の天界に必要な存在だ。天界とて、今のどちらつかずな状況は望むところではないはずだ」

まだ、全てが仮説の段階だ。行動を起こしても徒労に終わる可能性もある。

だが、このまま胡乱《うろん》な状況を座視するよりは、ずっといい。

力によって天界の調和を取り戻そうとしていた、邪悪女神《ゾディアクス》たちにとっては。

「目下の難題は、嘆きの門をどう突破するかだ。門番にはすでにエクストリーム・メサイアの後釜が着任しているのだ、生半な理由では天界を出ることはできない」

シェアメルトの懸念を聞いてしばらく考えこんだ後――ディスティムは、密《ひそ》やかに口端を吊り上げた。

「……あー。その、後任の門番……な。そいつもすぐどっかに行っちゃったらしいぞ。だからぶっちゃけ今、門は通りたい放題ってこと」

「無茶苦茶だな……」

「どっちかっていうと、どの人間界に行くかの方が問題だろ？　ある程度アタリをつけて探すにしたって、あまりにも数が多すぎる」

ディスティムは、天井に映る空を振り仰いだ。一面の蒼穹《そうきゅう》に輝く、無数の地球を。

「そちらも問題ない。私の部下に目の利くやつがいる」

方針は決まった。シェアメルトは椅子から立ち、空《くう》を歩いて出入り口へと向かった。

「ホントは私たちが人間界に行けたら、一番いいのにな〜」

妙に空々しい口調で語りかけられ、シェアメルトは苦笑した。

「私たち六枚翼《エクストリーム》が人間界に赴くなど……その世界に攻め入る時以外にはありえんさ」

「……かもね。そんなことしたら、人間界で女神大戦が始まっちゃうよー。邪悪女神《ソディアクス》は、人間界を支配する目的で集まったんだからさ――」

意味ありげな微笑を湛《たた》えるディスティムに見送られ、シェアメルトは粛々《しゅくしゅく》と退出する。

一人になったディスティムは、虚空に一瞥をくれた。遥《はる》か先に、嘆きの門がある方角へ。

天球のホールを出てすぐ、紫色の廊下に、白い光の帯が降り注いだ。

光の帯は人の形を取り、シェアメルトの前に跪《ひざまず》いた。

肩上に切り揃《そろ》えられた髪の色と同じ、四叉に分かたれた赤紫のマント。

そして長い尾のように垂れる装飾布。

何より印象的なのは、今まさに花開く瞬間の花弁を見るような、ただならぬ力強さを秘めた眼光だ。

「アロガディス……お前に特命を託す。エルヴィナは、天界になくてはならない存在だ」

「お任せください。この任務、必ずや果たしてみせます」

不敵に吊り上がった双眸《そうぼう》が、自分を売り込むようにシェアメルトを見つめる。

「それで、エルヴィナさまと生命を共有したという人間の方はどうします？」

「一緒に連れて来ざるを得ないが……用があるのはエルヴィナだけだ。人間の坊やは、生命を奪わない限りはお前の好きにしていい」

「フフッ……。了、解」

シェアメルトの部下・アロガディスは、邪悪女神《ゾディアクス》の名に恥じぬ邪《よこしま》な笑みを浮かべた——。

○　●

日用品を買いに出かけた翌日、日曜日の正午。

照魔《しょうま》とエルヴィナ、里茶《りさ》と燐《りん》と詩亜《しあ》の五人は、創条《そうじょう》神樹都《かみきど》ツインタワービルを訪れていた。

両親との会談以来、僅か数日ぶりの来訪だが、その時とは照魔の立場が違う。

今やこの超高層ビルは、照魔の所有物。そして、照魔たちの会社のビルなのだ。

「これが創条神樹都ツインタワービル。俺たちの職場だ」

ビルのことを説明しながら、照魔はまたもエルヴィナの格好に目を吸い寄せられていた。

エルヴィナが今日着ているのは、女性用のビジネススーツ。昨日店にオーダーしていたものを朝一番で詩亜が受け取ったものだ。

照魔のスーツの色と同じチャコールブラックが、エルヴィナの全身をより硬質に引き締めている。タイトスカートからすらりと伸びた脚は、ベージュのストッキングに包まれているとはいえ、普段は白のボディスーツに隠されているため殊更に珍しさを感じる。

何より、スーツに合わせてか後ろ髪を中ほどで縛っているのがまた新鮮だった。

エルヴィナは実年齢こそ数万歳だが、外見は人間の女子高生ぐらいだ。

照魔も人のことは言えないのだが、スーツ姿は何ともフレッシュな雰囲気がある。

「着付けといて何ですけど、エルちゃんよくすんなりスーツ着ましたね、昨日あんだけ嫌がってたのに」

「人間界で暮らす以上、仕方のないことだと受け容れただけよ。それに、色が黒なのが気に入ったわ」

エルヴィナほどの実力者であっても、女神装衣の基本色が白なのを変更することはできない。人間の作った服に肌を任せる行為に抵抗があるのは変わらなくても、自分の好きな色のものを身につけられることに気づき、その喜びの方が勝ったということだろう。

「……似合っ……」

照魔がさりげなくスーツ姿を褒《ほ》めようとしたところで、ちょうど振り返ったエルヴィナと目が逢《あ》ってしまった。仕方なく大袈裟《おおげさ》にビルを仰ぎ、誤魔化した。

「それにしても……デカいビルだよなあ！」

照魔《しょうま》も本音では、最初に持つのは二階建てぐらいの雑居ビルなどがよかった。

ここは神樹都《かみきど》でも屈指の大きさを誇るオフィスビルだ。絶対に持て余してしまうだろう。

山に張ったテントが最初の職場だった母・猶夏《なおか》と、ギャップがありすぎる。

このビル内に十全に従業員を配置して就業してもらうとなると、一体何千人必要だろうか。

「…………」

エルヴィナの視線が、ビルの球体棟とそこから連なる二棟へと熱く注がれている。

ビルとビルの間を吹き抜ける強めの風が、彼女の髪だけは気をつけて優しく揺らしているように錯覚してしまう。結わえた髪が、ふわりと空に舞っていた。

「か、変わった形だろ？　母上は『何かそういうのを造りたかったから』って……俺はすっごい好きな見た目なんだけど……ＥＬＥＭ《エレム》を使った世界最先端の免震技術が投入されているらしいし、全体の強度も折り紙付きだ」

このビルが自分の所有物となる事実に気圧《けお》されていることもあって、照魔は聞かれてもいないのに言い訳をするように説明を捲《まく》し立ててしまう。

しかし、エルヴィナの感想は意外なものだった。

「落ち着くわ。天界にも、こういう見た目の建物があったから」

「えっ、そうなの⁉」

確かに、ツインタワーを見上げるエルヴィナの横顔は、よく見ると郷愁で綻んでいる。穏やかで、そこはかとなく嬉しそうだ。

天界を案内してもらう時間はなかったが、せめてその建物だけでも見てみたかった……。

真新しい匂いが抜け切っていないエントランスフロアに、五人で入る。五階までは二棟が繫《つな》がっているので、エントランスはかなりの広さだ。

受付は無人。壁の大型モニターも消灯したまま、何も表示されていない。

警備員だけは配備されているので、里茶《りさ》が説明に向かい、セキュリティゲートを一時的に解放してもらっていた。

本格的に会社が稼働すれば、このゲートは社員証やスマホを使って解除するようになる。

エレベーターに乗り込み、ライトタワーの上階へ向かう。

エルヴィナは人間界の様々なものに関心を持っているが、特に機械ものに興味津々らしい。

ボタンを片っ端から押そうとしては詩亜《しあ》に止められ、「緊急時には長押ししてください」と注意書きのある非常ボタンを緊急時でもないのに長押ししようとして詩亜に止められ、と、数秒の搭乗でその好奇心の一端を垣間見ることができた。

辿《たど》り着いたのは五八階。最上階である六五階からは少し離れているが、球体棟へのアクセスがよいフロアだ。

室内には、予備も含めてグレーのオフィスデスクが一〇基。うち一基は少し離れて窓際に置いてある。

「とりあえずこのライトタワー五八階をメインオフィスにしようと思う。俺も最初のうちは社長室とか作らずに、みんなと一緒にここで机を合わせて働こうと思うんだ！」

照魔《しょうま》は現場主義の社長を気取るわけではなく、単純に寂しいだけだった。

だだっ広い専用部屋に日がな一日一人で座って業務をこなすのは、仕事に十分慣れてからにするつもりだ。

一通りフロア内を見て回った後、照魔はエルヴィナも交えて業務内容について話し合おうとした。しかしいつの間にか、フロアのどこにもエルヴィナの姿がない。

「エルヴィナさまなら、ビル内を探検すると仰《おっしゃ》られて、先ほど」

燐《りん》はフロアの出入り口を手の平で指し示した。

「俺には離れんなって言っておいて、あいつ……」

照魔は慌ててエルヴィナのスマホに電話するが、電源が入っていないとアナウンスされた。

彼女がわざわざ電源を切るとも思えないので、バッテリー切れかもしれない。

ビルから出はしないだろうが、エルヴィナはエレベーターを気に入っていた。うっかり一階まで降りたら、三〇〇メートル以上照魔と離れることになってしまう。

さすがにその距離は危険かもしれない。照魔はエルヴィナを追いかけることにした。

○
●

エルヴィナも当然、照魔との距離は気に留めている。

彼女は吹き抜けの廊下から見えた階下のレストエリアが気にかかり、吹き抜けから階下へと飛び降りていた。一階下程度なら離れても問題ないのは、照魔の家で確認済みだ。

何よりまず目を引いたのは、ずらりと並んだ自販機だ。それも、エルヴィナは知る由もないシステムだが、従業員へのサービスで無料開放されている。

そこにはエレベーターと同じく、無数のボタンが整然と備え付けてある。

試しに近くのボタンを一つ押すと、コーヒー豆の焙煎《ばいせん》が始まった。

「————!!」

突然駆動音を響かせ始めた自販機を前に、エルヴィナはしなやかなファイティングポーズを取る。

程なく機械に敵意がないことを悟り、コーヒーの抽出が終わっても、今度はどうすればいいかわからず立ち尽くす。

「申し訳ありません、飲み物もお出しせず……」

取り出し口に横から手を伸ばしたのは、里茶《りさ》だった。

「この自販機には燐《りん》のこだわりが詰まったコーヒーメーカーを備え付けてあります。わたくしも太鼓判を押しておりますのよ」

「……別に、何か飲みたかったわけではないわ。女神は喉が渇かないもの」

エルヴィナは差し出されたコーヒーカップを受け取り、口許に運ぶ。

「っ……?」

その美麗な眉が、一瞬で険しくなった。

「エルヴィナさまは、この世界の飲食物に慣れていらっしゃらないのでしょう？　コーヒーには、砂糖とミルクを入れた方がよろしいですわね」

里茶はエルヴィナからそっとカップを受け取ると、別のコーヒーを抽出。再びエルヴィナへと手渡した。

すでに苦みを経験したエルヴィナは一瞬躊躇《ちゅうちょ》するも、挑むようにカップに口を寄せる。

その表情に、ささやかな安堵《あんど》が浮かんだ。

「……これなら飲めるわ。たった一度でよく調整できたわね」

この自販機は、ミルクと砂糖の量をかなり細かく調整できる。

里茶はエルヴィナの表情からどの程度苦みに拒否反応を示したのかを察し、甘さと飲みやすさを調整したのだ。熟練のメイドの為《な》せる業だった。

里茶はレストエリア備え付けのベンチにエルヴィナを案内し、一緒に座る。

「坊ちゃまを……照魔《しょうま》さまをよろしくお願いしますね、エルヴィナさま。あの方は本当に、ずっと、ずっと女神さまのことを一途《いちず》に思って頑張ってこられたのですから」

照魔の成長を見守り続けてきたメイドの里茶は、乳母も同然の女性。

彼女の言葉には、まさに子を見送る母の万感が込められていた。

「その一途な思いが、消えかかっていなければいいけど。この数日で、随分と女神に幻滅したと思うわ」

「そのように気にしてくださっているのでしたら、安心ですわね」

「あなたこそ……もっと自分の身体《からだ》を大事にするべきね。人間は、女神ほど頑丈ではないのだから」

エルヴィナは、里茶の病状を見抜いた上で忠告していた。

創条《そうじょう》家のメイドという大役を何十年も務め、一度大病も患っている里茶の身体は、本人や周囲が思っている以上に弱ってきているからだ。

「大事にしてきましたよ。けれどね、人間は数十年生きただけで、どんなに大事にしてきた身体にもガタが来てしまうものなのです。時期に個人差はあっても、それはみんな同じ。それが人間なのですよ」

「……そう。人間は、誰もが変化していくものなのね」

羨むように呟《つぶや》くエルヴィナを見て、里茶《りさ》は嫋《たお》やかな微笑《ほほえ》みを浮かべる。

それから二人は、しばらく無言でコーヒーを飲んでいた。

数十年生きた初老の女性と、数万年生きた少女が、並んでベンチに座る。

交わす言葉はなくとも、そこには優しく美しい時間が流れていた。

○
●

捜し疲れた照魔《しょうま》が元いたフロアに戻って来るのと、エルヴィナが帰ってくるのはほぼ同時だった。問い質《ただ》すと、一階下に行って自販機を見てきただけだという。

見つけてくれたのは里茶で、本人はそのレストエリアで今少し休んでいるとも聞いた。

エルヴィナには、今度からどこかに出かける時は行き先を告げるか、誰かを伴うことを十分に言い含めておく。

「よし、じゃあ本格的に、『女神と逢《あ》おう株式会社』の活動、始めていくか!!」

照魔が宣言すると、エルヴィナはフロアに並べてあるデスクを見ていた。

「私のデスクはどこかしら。多くは望まないけれど、椅子にクッションは利かせてもらうわよ。人間の技術でできる範囲で構わないわ」

ちょっとした会議を始めるつもりだったのだが、エルヴィナも気合い十分のようだ。

「……そういえばここ、まだ椅子が無いんだな」

「ええ。デスクはともかくオフィスチェアに関しては、今のエルヴィナさまのように個々人での希望を募って発注しようかと。ランバーサポートやフットレストの有無、座面はメッシュが良いか革が良いかなど……。個人的に、椅子にはこだわりを持つべきだと思っております」

「さすがだ、燐《りん》！　じゃあ俺、背もたれがめっちゃ倒れるやつ！」

「承知いたしました。三六〇度のリクライニング機能を、職人に言い含めておきます」

胸に手を添え、恭《うやうや》しく礼をする燐。

主人の願望を叶えたすぎて、背もたれが禁断の一回転を果たそうとしている。

「エルちゃんはお尻のクッションよく利いてそうなんでぇ、パイプ椅子の上に一〇〇均の薄っすい座布団敷いたやつで十分だと思いますよー」

仕事モードで口数少なだった詩亜《しあ》だが、先ほどのエルヴィナの要望を茶化しだした。

「お尻のクッションはあなたには負けるわ、メイドさん」

「つはぁ――――っ!?　胸のクッションじゃー勝ってるて言いたげに聞こえるんですけどぉ!?」

「そう言いたかったわけじゃないけど、勝っているわ」

「女神ってホンッット謙遜って言葉知りませんよねぇ!!」

「へりくだるのはあなたたち人間独特の処世術でしょう。私たち女神は、謙遜はむしろ相手への侮辱と考えるわ」

「ぬぐぐ……ディスコミぱねーし……!!」

エルヴィナと詩亜《しあ》との口論の中で、さりげなく女神の主義《イズム》を識《し》る照魔《しょうま》。

気配に気づいたのか、エルヴィナが凝視仕返してきた。

「そのスーツ姿、似合っているわね」

「ありがとう」

既視感を覚える。このやり取りは、昨日もしなかっただろうか。

エルヴィナは何かを察知したようにはっとすると、全面ガラスの窓を睨《にら》み付けた。

「────!」

「……まさか。こんなにも早く……」

意味ありげな呟《つぶや》きに不安を覚え、照魔は思わず近づいていく。

「どうしたエルヴィナ、何か気になるものでもあったか?」

「ええ、とびきり気になるものが──ね」

エルヴィナは、窓を差した指で大きく円を描いた。

すると窓に、まるで空き巣がガラス切りで切ったかのようにきれいな正円の穴が空いた。

「ちょ、おおおおおおおおおおおおおおおいっ!?」

照魔の叫びが空気に押される。切り取られたガラス片が内側に倒れ、室内に勢いよく風が吹き込んで来たのだ。

まだろくにものを搬入してなかったからよかったものの、これでデスクの上に書類や本が置いてあったら大変なことになっていた。

「馬鹿、何してんだぁ――――――――――っ!!」

抗議を一顧だにせず、エルヴィナは照魔のスーツの後襟を鷲摑《わしづか》みにした。

「燐《りん》、直しついでにこの窓、人が通れるぐらい開閉できるようにしておいて。ただ元通りに直すだけだと、またこうしないといけなくなるかもしれないわよ」

「――――――――！　承知いたしました、エルヴィナさま」

燐は何かを悟ったのか顔つきを引き締め、エルヴィナの要望を受諾した。

「うぉぉいっ！　器物破損の現行犯がなに目許キリキリ口許ドヤドヤのコンボ決めちゃってんですかぁ!?」

しかしさすがに詩亜は怒り心頭だ。メイド服が乱れないように手で押さえながら叫んでいる。

「いくわよ、照魔」

地上数百メートル、セフィロト・シャフトを望み、眼下に神樹都《かみきど》の街並みが広がる大空へ……エルヴィナは、照魔を摑んだまま何の躊躇《ちゅうちょ》も無く跳躍した。

「あ、わあああああああああああああああああ!?」

照魔さまー、という詩亜の絶叫が、瞬く間に遠ざかっていった。

高層ビルが立ち並ぶ神樹都《かみきど》の全景を、エルヴィナの跳躍の軌跡が斬り裂く。

人間界に来てからも、度々常人離れした力を見ることはあった。

それでも照魔《しょうま》は、人間界に順応し始めたエルヴィナを目にして、普通の女の子になったように錯覚してしまっていた。

しかし、それは間違っていた。女神大戦が終結して人間界に〝追放〟された今も、彼女は人間が及びもつかない天上の存在。

女神のままなのだ。

「照魔。あなたの『女神と逢《あ》おう株式会社』……仮名だそうだけど、看板どおりの仕事ができているみたいよ」

「どういうことだ!? そろそろ説明してくれ!!」

エルヴィナの背に翼はない。これは飛翔《ひしょう》でなく、本当にただの一跳びだ。

照魔が覚悟した衝撃は訪れることもなく、羽毛のような軽やかさで地上に降り立った。

足が受け容れた優しめの衝撃とは裏腹。

真っ先に目に飛び込んできたのは、人間の世界にあり得ざる異形だった。

続けて、その異形から逃げ惑う街の人々の姿も。

「……あれは……」

その人は、裸身に最低限の布だけをまとったような、彫像めいて整った上半身をしている。

だが下半身は――巨大な蜘蛛《くも》だった。

それが十数体、四車線の道路いっぱいに広がって闊歩《かっぽ》している。

地獄の一幕を切り取ったような、悪夢そのものだった。

目をぎゅっと瞑《つむ》って開いたり、目許を擦《こす》ったり、夢から醒めるための行動を取ってみても無駄だ。エルヴィナがこの怪物を察知してここまでやって来たのは、明白だった。

周囲の悲鳴がどんどん小さくなっていく。近くにいたほとんどの人が避難したのだろう。

「あの、蜘蛛の脚を持った女神……同じようなのを、女神大戦で見たぞ！」

「天界から送り込まれた追っ手、といったところかしら。狙いは私か……それとも、あなたか」

エルヴィナは手の平の上に、黄色い菱形《ひしがた》の光を練り上げた。

宝石のように輝く光を地面に落とすと、そこから生命の樹を思わせるような光輝く柱が迫り上がってくる。

その光の柱へと、エルヴィナは薙《な》ぐようにして手を差し入れる。

「ディーアムド、ルシハーデス」

光の柱から引き抜いた彼女の手には、照魔が天界で見たのと同じ黒い二挺《ちょう》拳銃が握られていた。あたかも、武器庫から武器を取り出したかのように。

「おい、追っ手って何だよ!?　お前だって、ちゃんと神聖女神《セイヴァアリド》の許可をもらって人間界に来たじゃないか!!」

「他の邪悪女神《ゾディアクス》とは話をつけずにね」

「……嘆きの門は!? 今は、エクス鳥《とり》さんの後任が門番についてるって言ってただろ!?」

「門番はあくまで門番。あなたのビルの入り口にもいたでしょう。正当な理由を持った者が許可を申請すれば、ちゃんと門は通すのよ」

「じゃあ天界は、理由さえあれば人間界に怪物を送り込むこともできるっていうのか!?」

一方的に質問を繰り返す照魔《しょうま》に、エルヴィナは呆れた様子で嘆息した。

「照魔。私はもう天界と関係がないのよ。今、あちらの事情がどうなっているかを聞かれても答えようがないわ」

照魔が返す言葉もなく立ち尽くしていると、一番近くにいた蜘蛛《くも》女神がこちらの姿を認めた。

「いた……エルヴィナァ――――――ッ！ キシャ――――――ッ!!」

「少なくとも、あいつらの捜し物の中に私が入っていることは間違いなさそうね」

ほんの一日前にスマホを嬉しそうに選んでいた時の、普通の女の子と同じ穏やかな微笑《ほほえ》みは幻だったのかと思うほど。

エルヴィナは今、完全に闘争者の貌《かお》つきへと変わっていた。

「――それと、アレは怪物じゃない……女神よ」

言われて、照魔は自分が思わず女神を怪物と口にしてしまっていたことに気づく。

そう、たとえ下半身が巨大な蜘蛛でも、キシャーとか奇声を発していても……彼女もまた、天界の住人、女神なのだ。

「いややっぱり下半身が蜘蛛なら怪物じゃねーか!?」

この日少年は、算数の教科書には載っていない等式を発見してしまった。

女神と怪物は、イコールで結ぶことが可能だと。

「事情を知らなくても目の前に敵がいる以上、まずは戦う。そうすれば、求める答えもいずれ見つかるわ――!!」

照魔のもっともなツッコミを置き去りにし、エルヴィナは駆け出した。

走りざまに両手の拳銃を連射。あっという間に、一体の蜘蛛女神を倒してしまった。

エルヴィナの真理は、平和な人間界で暮らしてきた照魔にはまさに別世界の産物だった。

言葉を失い立ち尽くす照魔へ、女神らしき何かが二体にじり寄ってくる。

「男……こいつがそうだ……！」

「女神との、生命の共有者……!!」

八本の蜘蛛脚の先端は、研ぎ澄まされた刀剣そのもの。

ただ無造作に歩みを進めるだけで、自重によって道路のアスファルトに深々と斬痕が刻まれていく。

菱形《ひしがた》の刀傷が道路に整然と並ぶ様は、さながら肉食恐竜の噛《か》み跡を思わせた。

「うわっ……わ、わあっ……!!」

逃げなければ、踏み潰される……いや、脚に串刺しにされる。

さらに三体、四体と次々に集まってきて、ただ走るだけでは逃げきれない。挙げ句躓《つまず》いて転倒してしまい、芋虫のように地面を転がるしか、照魔《しょうま》に生き延びる術はなかった。

仕立てたばかりのスーツがボロボロに擦《す》り切れていくが、そんなことを気にしている場合ではない。

「立ちなさい、照魔。こんな二枚翼《エクサ》ふぜいに手こずっていたら、この世界に未来《さき》はないわよ」

「どういうことだ……狙いは俺とお前じゃないのか!?」

エルヴィナの檄《げき》に困惑している間に、蜘蛛《くも》女神の一体は何を思ったか照魔に背を向けた。

そのまま天界へ帰ってくれる……などということはもちろんなく。前傾姿勢を取ると、こともあろうに蜘蛛の出糸突起を……平たく言うと尻《けつ》を向けてきた。

果たして白い光線が放射状に発射され、街路樹に、街灯に接着された。

女神が尻を一振りすると、畑で芋を収穫するような容易《たやす》さでそれらが根こそぎ引き抜かれて宙を舞い、次々と照魔の頭上に落下。悲鳴もかき消える轟音《ごうおん》の只中を、必死に走り抜ける。

砕けたアスファルトの欠片《かけら》が飛んできて、頰《ほお》を打つ。

すでに、見渡す限りの道路が爆撃でもあったかのように破壊し尽くされている。

あまりの現実感の無さに、照魔の脚はどんどん重くなっていく。

「尻の穴からは、強靱《きょうじん》な粘着糸を射出してくるようね。照魔、アレに触れないで！」

冷静に敵の戦力分析をするエルヴィナ。

一方照魔は瞼《まぶた》を閉じるだけでは足りず、両手で顔を覆い眼前の現実をシャットアウトした。

「やめて……もうやめて……女神……俺の憧れ……俺の初恋……」

エルヴィナはそんな照魔を突き飛ばすと、手にした拳銃のトリガーを引いた。

現実逃避している間に、照魔に向けて粘着糸が発射されていたのだ。エルヴィナは拳銃を撃って、迫り来る糸の軌道を逸《そ》らした。

「いい加減腹を括《くく》りなさい――これから、ああいう女神がわらわらやってくるわよ!!」

「何でだよおおおおおおおおおおおおお!!」

照魔の叫びも、嘆きすらも押し潰し――蜘蛛女神の攻撃が街を、世界を蹂躙《じゅうりん》していく。

それはさながら、照魔が天界で目の当たりにした女神大戦の再現だった。

エルヴィナはさらに拳銃を連射。光の弾丸が弧を描いて飛翔《ひしょう》し、ビルの外壁に取り付いていた蜘蛛女神を吹き飛ばした。

しかし、目測であと一〇体近い蜘蛛女神が蠢《うごめ》いている。照魔とエルヴィナをじわじわと包囲するように散開していた。

「……………相当力が落ちているわね。全力が出せれば、この程度の二枚翼《エクサ》なんて一撃で全員吹き飛ばしてやれるのに」

エルヴィナが明らかに全力を出せていないのは、照魔にもわかった。

「あなたと生命を共有したということは、生命も二等分。発揮できる女神力《めがみりょく》も二等分ということよ」

「理屈はよくわかんないけど、エルヴィナは今までの半分しか力が出せないのか……」

「……そう。私は全盛期の半分しか、力を出せない……」

何かを促すように、照魔《しょうま》へとしきりに視線を送るエルヴィナ。どうしてか動きが妙に仰々《ぎょうぎょう》しく、芝居がかったものになってきた。

「力の残りの半分は、どこに行ったのかしら……」

「頑張れ、エルヴィナ！」

「！　生命を半分に別《わか》ったということは……私の力も——!!」

「たとえ力が半分になったたって、お前はめちゃくちゃ強いぞ!!」

「……………」

エルヴィナは何故かちょっと不機嫌そうに照魔を睨《にら》み付けた。

その隙に飛びかかってきた一体の蜘蛛《くも》女神を、ノールックで銃撃して爆散させる。

「私の力の半分があなたにもある！　あなたも戦えるはずだと言っているのよ……!!」

「俺に!?」

痺《しび》れを切らして真実を告げるエルヴィナ。どうしても照魔本人に気づいて欲しかったようだが、蜘蛛女神がわさわさと迫ってくる今の状況では仕方がない。

「戦いなさい、照魔！　あなた天界で、自分も女神になりたいと言ったでしょう！　女神になるということは——戦うということよ……!!」

「うおおおおやだ……そんな女神はやだ……!!」

「あなたが戦わなければ、この街も、家族も、友人も……全てあの蜘蛛女神たちに蹂躙《じゅうりん》されてしまうわよ!!」

いや普通にお前が戦ってくれれば問題ないだろ、と言いかけて、照魔はぐっと呑《の》み込んだ。

「……そうだ……俺はいずれ、この街をもっともっとデカくしていくんだ……！」

照魔とエルヴィナを分断するように空中から急降下する蜘蛛女神。

攻撃をかい潜《くぐ》って走った果てに、照魔の身体《からだ》は壁に突き当たった。

いや……それは行き止まりの壁ではなく、次の世界へ誘《いざな》う新たな扉だったのかもしれない。

照魔の背を支えたのは、出しっぱなしにされたままの光の柱だった。

「こんな尻から糸を発射してくる女神に、これ以上神樹都《かみきど》を壊されてたまるか!!」

エルヴィナがこれに触れて黒い拳銃を取り出していたことを思い出した瞬間、照魔は導かれるようにして光の中に手を伸ばしていた。

「男……女神を攫《さら》った、男……ケェアアアアア————ッ」

気づいた時にはもう、眼前の蜘蛛女神から糸が発射されていた。

大木すら引き抜くあの糸が身体に降り注いだら、もはや生命は無い。

刹那《せつな》の先に迫る死を打破するには、何があればいい。

盾か？　それとも、エルヴィナと同じ銃か？

……違う。剣だ。何でも斬れる剣が欲しいと、照魔《しょうま》は強く願った。

光の柱に触れた腕を振り抜いた瞬間。

激しい閃光《せんこう》が放射され、視界いっぱいの糸を容易《たやす》く切り裂き、霧散させてしまった。

照魔の手に握られた、ひと振りの大剣によって。


「オーバージェネシス」


誰に宣言するでもなく、照魔は自分の意志を超えた反射の領域でそう呟《つぶや》いていた。

まるで槍《やり》のように長い柄《つか》と、刻まれた模様だけが黒く、あとはただ汚れなく真っ白な刀身。

それが、陽光を受けて煌《きら》めいている。

女神の勉強をしている時たびたび目にした、伝説上の聖剣を思わせる厳かな全容だった。

「出したわね、照魔。女神の武器——ディーアムドを」

エルヴィナは特に驚いた様子もなく、ただ興味深げに照魔の剣に目を向けている。

というかむしろ、我がことのようなドヤ顔で不敵に微笑《ほほえ》んでいた。

「わかってて煽《あお》ってたのか、俺にこんなことができるって」

「私が失った力が照魔の体内《なか》で胎動しているのは、ずっと感じていたわ。なら、きっかけさえあれば引き出せるはずでしょう？　あなたは、誰よりも女神を空想《おも》える人間なのだから」

照魔はにじり寄る蜘蛛《くも》女神を威圧するように、剣を空薙《からな》ぎする。

慣性によって確実に来るはずの重量が、腕に訪れない。奇妙な違和感に、あらためて手にした聖剣を見つめた。

「こんなに大きな剣なのに、丸めた新聞紙みたいな軽さだ……」

「面白い喩《たと》えね。戦いの素質ありそうよ、あなた」

いま、少しだけわかったことがある。

エルヴィナは、照魔が口にすることを子供っぽいと笑わない。

いや……照魔自身のことを、一度も子供扱いしなかった。

こうして戦火の只中に身を置く今も、対等な存在として見てくれている。

ならば、いつまでも子供のように戸惑ってばかりはいられない――――!!

決意に呼応するように、照魔自身の身体《からだ》にも変化が起こっていた。

「翼……!?」

左背から、形も長さも違う三枚の翼が広がった。

そして時同じくして、対を為《な》すもう三枚がエルヴィナの右背に輝いている。

「そう……あなたは今、翼を手にした。私が失った翼を。女神の半身を、その身に宿した」

照魔《しょうま》はエルヴィナと同じ翼を……憧れた女神たちの証を、生命とともに共有したのだ。

右目が燃えるように熱い。事実、右の視界が着火している。

今までどおりの日常を映す左目。

変わり果ててしまった非日常を投影する右目。

現世と幻想の狭間《はざま》にその身を置くかのように、照魔の視界は真っ二つに分断されてしまった。

たまらず右目を手の平で押さえながら蹲《うずくま》ると、頭の上から厳しい声が投げかけられた。

「両目を開けて、前をよく見なさい。どちらも、これからあなたが歩んでいく光景よ」

見上げた女神は、翼とは違い照魔と同じに右目が金色に燃えていた。

エルヴィナ——天界最強の女神の瞳が、照魔を人智を超えた戦い、神の領域へと誘《いざな》う。

「ケァアアアア————————ッ!!」

蜘蛛《くも》女神は照魔たちに尻を向け、粘着糸を最大威力で噴射してきた。

空中で投網のように拡がって降り注ぐ粘着糸の軌跡を、今度は冷静に見極める。

照魔が白き聖剣を振るうと、糸はただ斬られただけではなく消滅という致命傷を刻み込まれ、完全に霧散した。

困惑しながら振り返る蜘蛛女神に、一気呵成《いっきかせい》に攻め込む。

まるで背の翼がブースターの役割を果たすように、照魔の身体《からだ》を強く前に押し出す。

「だああああああああああああっ!!」

オーバージェネシスを渾身《こんしん》の力で振り下ろした刹那《せつな》。蜘蛛《くも》女神の胴を袈裟懸《けさが》けに別《わか》つように光の線が走り、一拍遅れて道路にも光の亀裂が刻まれていった。

蜘蛛女神は呪詛《じゅそ》の言葉を残す暇《いとま》すらなく、あっという間に光の粒子に変わり、消えた。

「――上出来よ」

翼を取り戻したエルヴィナもまた、踊るように飛翔《ひしょう》し、ルシハーデスを連射。残っていた数体の蜘蛛女神を、次々に爆散させていった――。

静寂を取り戻した街の中。照魔《しょうま》は複雑な思いで、破壊の爪痕が残された道路を見つめていた。

この先も女神がやって来るとしたら、被害はこんなものでは済まなくなるかもしれない。

そして手にした大剣に注ぐ眼差しにも、同じようなやり切れなさが込められていた。

「あまり嬉しそうではないわね、照魔。また一つ、憧れの女神に近づいたっていうのに」

エルヴィナは対照的に、ルシハーデスのトリガーガードに指をかけて軽快に回していた。自分の武器をとてつもなくかっこいいと思っている者だけができる淀みなさで。

「オーバージェネシスを手にしたことが……？　俺は、女神の強さに憧れたんじゃないぞ！」

「けれど、厳然とした事実よ。女神は太古の昔、暴力で覇を競っていた。人間の崇拝を受ける偶像として慈愛溢《あふ》れる存在を装っていただけで、一皮剝《む》けばみんなこんなもの。ディーアムドとは、腑抜けた女神が取り戻した牙なのよ――」

強さこそが、女神。エルヴィナはクッソ得意げに語っているが、照魔は目眩《めまい》に襲われた。

身体《からだ》を支える杖があって助かった。いやオーバージェネシスだった。

もうちょっとこう自分たちの武器に、聖なるとか輝けるとか、そんな神々しい修飾をできないものか。牙て。

「女神が温厚で、荒事とは無縁の存在……そんなものは、人間の造り上げた虚像なのよ。目が合ったら殴り合い、自分の目の前をとろとろ飛んでいる女神がいたらピッタリ後ろにつけて蛇行し、そのうち痺《しび》れを切らした相手と嬉々として殴り合う……。それが女神よ」

『それが女神よ』と結ぶには、あまりにも難易度が高い言葉が連ねられていた。

「俺が簡単には受け容れられない気持ちも理解してくれよ……！　俺の初恋の女神はすっごく優しかったぞ⁉　武器なんて、一度も出して見せたりしなかった‼」

「それは照魔、幼い頃のあなたが戦うに値しない相手だったからというだけよ。六枚翼《エクストリーム》な以上、あなたの初恋の女神とやらも間違いなくディーアムドを持っているわ」

せめて初恋の女神のディーアムドは、野蛮なものでないように願う。

ぬいぐるみだって、剣のように構えることはできる。カラフルなポシェットを振り回すとかでもいい。とにかく、ファンシーな感じの武器で手を打って欲しい。

照魔の女々しい嘆きを感じ取ってか、エルヴィナは寂しげに溜息をついた。

「女神が好きだ、憧れだ、と言っておいて……女神の本質を受け容れようとしないのね」

「いや俺だいぶ頑張って憧れを下方修正してるつもりだけど、まだ足りないかな!?」

二二歳の少年にしては、かなり頑張って理想と現実に折り合いをつけているのだが……。

照魔《しょうま》は自分の理想を女神に押しつけるつもりはない。しかし、譲れない一線もある。

とはいえ、尻から糸を発射してくる女神と相対して、だいぶ耐性がついたようにも思える。

尻から糸といえば――。照魔は、先ほどの戦闘中にエルヴィナが言ったことを思い出した。

「なあ、エルヴィナ。どうして俺たちに、追っ手が差し向けられたんだと思う?」

「今はまだ確証は持てない。けれど単純に私にとどめを刺したいとか、そういう理由じゃなさそうだわ」

照魔は手の平に視線を落とす。さっきまで剣を握り、その剣を人の顔をした者に振り下ろした手を。

「……俺は、女神の生命をこの手で奪ってしまったのか」

「女神は消滅しても、魂は天界に還る……長い年月を経て、いずれ蘇ることはできるのよ。あなたは何も奪っていない。自分の生命と、この街を守っただけ」

エルヴィナが敵陣営とはいえ同胞を容赦無く銃撃していたことから、そういう絡繰《からく》りがあるのだろうとは思っていたが……はっきりと提示されて、ほっとした。

もちろん、だからといって女神と戦うことを肯定するわけではない。

「憧れの女神と戦うのは、嫌?」

「相手が何だって、戦うのは嫌だよ」

ここは人間から気力が失われ、やっと復興してきた世界だ。そもそも、争いが根絶された平和な社会だった。

照魔とて、同年代の男の子と殴り合いの喧嘩《けんか》をしたことなど一度もない。

「それじゃあ、あなたは――」

エルヴィナの言葉を遮《さえぎ》るように、照魔は決意を湛《たた》えた眼差しを向ける。

「俺を甘く見るなよ。エルヴィナの言うとおり……家族や友達、そしてこの街を守るため……何より、女神への憧れを守るためなら――俺は、女神とだって戦う」

嫌だからといって、やらなくていい理由にはならない。

若くして社長となった照魔には、責任感が備わっていた。

「……けっこうよ。私は今までどおり、気軽に戦うわ」

エルヴィナは微笑《ほほえ》みながら言い残し、踵《きびす》を返した。彼女の三枚の翼に、照魔の視線が吸い寄せられる。そして肩越しに背中を確認し、その翼が自分にもあるのだということをあらためて自覚した。

照魔はくわっと目を見開き――自分の左背にある翼に手を延ばした。

だが、微妙に届かない。右手でも左手でも、あとちょっとで届かない。無意識のうちに身体《からだ》が回転しだす。特に左肩を動かすと、連動するようにして翼もちょっと後ろにいってしまう。

もっと柔軟運動に力を入れておくべきだったか。

照魔《しょうま》が追いついてこないのを不審に思ったエルヴィナが、足を止めて振り返る。

「……？　何をしているの？」

「つ、翼って……どんな手触りなのかなあって思ってっ……!!」

照魔はもはや、自分の尻尾が気になって回転する犬のようになっていた。

「…………ここにも翼はあるわよ。触りたいのなら、触れば？」

見かねたエルヴィナが、自分の翼を指差す。

「いや！　気を使わなくていいよ……俺のがあるんだから、俺のを触るから!!」

翼とはいえ、女性の身体《からだ》の一部だ。むやみやたらに手を触れるわけにはいかない。

貰い自給自足の精神で厚意を断った照魔だが、当のエルヴィナはむっとして自分の翼を消してしまった。

施しを拒否され、女神としてのプライドを傷つけてしまったのだろうか。照魔は反省しつつも、それからしばらくの間、自分の翼を相手に格闘していた。

○●

神樹都《かみきど》には高層ビルが多い。気取られることなく対象を監視するにはうってつけの場所だ。

地上三〇〇メートルのビルの屋上……眼下で戦うエルヴィナの姿など、豆粒ほどにも視認できないはずのその高所で、一人の少女がほくそ笑んでいた。

「――シェアメルトさま。エルヴィナさまのいる人間界を発見しました」

天界より送り出されたシェアメルトの部下、アロガディスだ。

「やはり、力は失っていませんでした。万全の状態ではないようですが……二枚翼《エクサ》を十数人、苦もなく撃破しています。ええ、もちろん無事に連れ帰りますとも。お任せください」

手には何も持っていないが、電話をするように離れた相手へと話しかけている。口ぶりから、相手がシェアメルトなのは明白だった。

「……それともう一つ。素晴らしい情報があります。これを素晴らしいというのはいささか不謹慎かもしれませんが……天界の調和を乱す原因の一端が判明したかと」

忠実に任務を遂行し、尊敬する上司へと経過報告をしているはずなのに、彼女の口調は何故か、空々しさが含まれているように感じられた。

「――この人間界そのものが、天界への反逆者です。ゆえに私がいたします……征、伐」

街の中心にそびえるセフィロト・シャフトを望みながら、アロガディスは邪悪な微笑《ほほえ》みを浮かべた。

MYTH：5 生命の共有

戦いを終え、照魔《しょうま》はエルヴィナとともにツインタワービルへと戻ってきた。

エルヴィナはエントランス前の広場で立ち止まり、周りに立つ木々に目を留める。

細かな形こそ違えど、木なら天界にもたくさん生えていた。むしろ自然の美しさなら、あちらの方が本場と言って差し支えないほどだ。何がそんなに気になるのだろう。

「見て照魔、木の枝に何かが引っかかっているわ」

エルヴィナの指摘を受け、照魔は目を凝らした。木の一つに、赤い風船が引っかかっている。

「本当だ、あれは風船だな。どこから飛んできたんだろう？」

どうやらエルヴィナは、木ではなく風船に興味を示したようだ。微笑《ほほえ》ましく思いながら照魔が近づくと、球体はよろよろと反転。円《つぶ》らな瞳と菱形《ひしがた》の嘴《くちばし》がお目見えした。

「なんだこのおもしろ生物は！　まさか、邪悪女神《ゾディアクス》の追っ手か!?」

照魔はただちにファイティングポーズを取るが――

〈ヘルプ……ヘルプ我……〉

赤い球体は、聞き覚えのあるダンディな声を発した。

「その声、エクス鳥《とり》さん!?」

照魔は母直伝の高貴木登り《ノブレス》を駆使し、枝に挟まっていた風船じみたＵＭＡ《ウーマ》を救出した。

「……あれが？　気のせいでしょう？」

場所が場所だけに照魔はエルヴィナの言葉を一瞬「木の精」と聞き間違えてしまった。

怪訝《けげん》な目で見つめるエルヴィナに、謎風船は勇ましく名乗り上げる。

〈我が名はエクストリーム・メサイア〉

「やっぱそうだ！　よく見ればエクス鳥さんだ!!」

燃え立つような紅《くれない》の眩《まぶ》しき、雄々しく巨大な光の鳥の勇姿は強盗にでも遭ったのか。

もはや声と身体《からだ》の色ぐらいしか共通点はなく、エクス鳥は完全に風船に成り下がっていた。

赤い球体の身体に、二歳児が全力でアートしたような目と嘴。側面にはデフォルメされた絵文字レベルに縮小された六枚の翼がギリある程度だ。風船としか言いようがない。

エクス鳥はとてつもなく小さくなった六枚の翼をぷるぷると震わせながら、自分の身に降りかかった事件について語った。

〈人間界に来るにあたって、少し身体を縮めようと試みたのだ……。人間界は天界に比べてずっと狭い。大きい姿のままでは迷惑がかかるからな……〉

「さすがの心配りだ……!!」

出会った時からエクス鳥《とり》の人となりに敬意を払っている照魔《しょうま》は、その程度のことにさえ感銘を受ける。

〈ところが思った以上に小さくなり過ぎて、制御が利かなくなり……転送が完了する瞬間の風圧に飛ばされ、この街を彷徨《さまよ》っていた……さしもの我も、これまでかと思ったぞ〉

「気持ちはわかります。俺も天界に迷い込んだばかりの頃は、どうしていいかわからなくて焦りましたから！　でも無事で何よりです、ようこそ人間界へ!!」

照魔たちと合流するまでにまる一日かかったとはいえ、偶然このビルに流されてこなければ、さらに発見が遅れていたかもしれない。不幸中の幸いと言えた。

あらためて、再会を喜ぶ照魔。

〈やはり君は心優しいな、少年……。天界にやって来たのが君のように正しい心を持った人間で、よかった――〉

「エクス鳥さん……！　そう言ってもらえて俺、俺……!!」

感激で声を震わせる照魔。ＯＳに標準搭載のペイントソフトを使って指で描いたイラストのようなローカロリーの見た目になっても、エクス鳥の度量深さは変わらない。

「一時的にでも元の姿に戻って飛べばよかったじゃない。あなた、知能まで変化した見た目に引っ張られてしまったの？」

感極まった眼差しを捧げ合う少年と風船を、女帝の厳しき突っ込みが襲う。

〈あ。…………………フッ、浅はかな考えだなエルヴィナ。一度この姿になってしまったら、滅多なことでは元の姿には戻れないのだ。我は監視者としてここに来たのだから〉

明らかに素で『あ』と口にしてしまった失態を、持ちえるダンディズムを全開にして誤魔化すエクス鳥。エルヴィナの冷たい視線ももののともしない。

〈それはそうと、用心しろ少年。エルヴィナ以外にも、この世界にやって来ようとしている女神がいるのを感知した〉

「情報が古いのよ。その蜘蛛《くも》のモブメガならついさっき、私と照魔で蹴散《けち》らしてきたところよ。私と照魔で」

〈何故ドヤ顔でそこを強調するのかはわからんが、さすがだな……。しかし、我の後任が門を通した理由がわからない。天界は今、妙な情勢になっているかもしれないぞ〉

声音こそきりっとしているが、エクス鳥はエルヴィナの手の平の上でバウンドされ遊ばれている。

「……やっぱり、エクス鳥さんにもわからないことなんですね……。あいつら、俺とエルヴィナが生命を共有してることを知っていたようだったし……」

蜘蛛女神の記憶を引き出すと、脳裏にデカデカと彼女たちの尻の映像が浮かぶ。照魔は頑張って気を逸《そ》らすことにした。

「さっきの襲撃で壊された場所も、創条《そうじょう》の方で道路の修繕を依頼しておくつもりだけど、あの蜘蛛《くも》の女神を見た人たちの記憶までは消えない。この世界の人間が、少しずつ女神のことを知ってしまうかもしれない……」

〈我としても、天界と人間界が繋《つな》がりを持ちすぎるのは望むところではない。何とかしなくては……〉

エルヴィナはエクス鳥《とり》の決意を聞いてか聞かないでか、半ば強制めいた提案を照魔《しょうま》にした。

「照魔。コレもあなたの会社の従業員として雇いなさい。受付嬢としてぐらいは使えるはずよ」

〈コレ……？〉

「……嬢……？」

エクス鳥と照魔は立て続けに疑問符を浮かべる。

〈フッ、従業員になるかはともかく、我の役目はエルヴィナ、お前の監視だ。近くにいる必要はある。社会貢献はいずれ考えよう〉

「ともかくじゃなくてなりなさい、受付嬢に」

「お前なんでそこまで受付嬢推しなんだよ!?」

照魔のツッコミも聞かず、エルヴィナはエクス鳥を手の平でバウンドさせたままビルに入っていく。

エントランスでは、エクス鳥に負けずいい声の燐《りん》が出迎えた。

「お帰りなさいませ、坊ちゃま、エルヴィナさま」

燐はエクス鳥を見るや「何だあのビーチバレーボール生物は」という疑念を実にコンマゼロ数秒ほど眉間に浮かべたように見えたが、即座に照魔たちの関係者だと理解したのだろう。いつもの微笑を浮かべ、新たな来客を歓迎する。

何も言われていないのに、うむ、と渋い声で燐に頷《うなず》き返すエクス鳥。

〈……少年。蜘蛛のモブメガと戦ったようだが、彼女たちは邪悪女神《ゾディアクス》の配下、主に斥候《せっこう》の任を帯びて行動することが多い。いずれさらに強力な女神がこの世界にやって来る可能性が高い。引き続き警戒を怠るな〉

「…………!!」

「やっぱり、あの蜘蛛たちは先遣隊といったところだったわけね」

何が嬉しいのか、声を弾ませるエルヴィナ。

いや、実際に嬉しいのだろう……たくさん戦闘ができるのだから。照魔は、何も嬉しいと思えない。

〈青年。長旅の汗を流したい。風呂を使わせてもらえまいか〉

格好と挨拶から執事と見て取ったのだろう、エクス鳥は燐に向かってそう要請した。

丸一日風に流され続けたのだから、確かにけっこうな長旅だ。

「承知いたしました。このビルにはリラクゼーションフロアが備わっていますので、そこでよろしければ」

快諾する燐《りん》だが、割って入ったのはエルヴィナだ。

「待ちなさい、お風呂があるのなら、先に私が入るわ。いくらあなたが妙な生物だからといって、私と一緒に入ることは許さない」

〈自惚《うぬぼ》れるなエルヴィナ。お前のしょぼい肌など映したら、この聖なる目が潰れるわ〉

ペイントソフトのちょっと大きめのブラシで一回ポンッてしただけのような目なのだが、エクス鳥《とり》は自身の目にかなりの箔《はく》をつけていた。

女神は総じてプライドが高いが、こういうところを見ると、エクス鳥もまた女神にカテゴライズされるのだろう。お風呂が好きそうなところも含めて。

「私の身体《からだ》はしょぼくないわ。そうよね、照魔《しょうま》?」

「何で俺に振る!?」

幸いビルにあるスパは男女別に分かれていたため、エクス鳥は男湯に、エルヴィナは女湯へと案内されていった。

男湯はおそらく、湯船にアヒルのおもちゃが浮いているような光景だっただろう。

神々の国——天界の門を数千万年にわたり守り続けてきた誇り高き神鳥・エクス鳥。

彼は本日から、照魔の会社の正門《いりぐち》を守ることになった。

○
●

蜘蛛《くも》女神の襲撃から、三日が経過した日の夜。照魔は、屋敷の自室で「持ち帰り残業」をしていた。覚えたてのタッチタイピングで、ノートパソコンに文章を打っている。

破壊された街の一角は、その日のうちに補修が完了した。ELEM《エレム》によって目覚ましく技術革新が起こった産業の一つが、建設分野なだけのことはある。

問題は、蜘蛛女神を目撃してしまった人々だ。

ニュース映像などを見るに、神樹都《かみきど》の市民たちにも謎の怪生物について困惑が広がっているようだ。

しかしそれも、世代間で温度差を感じた。

騒いでいるのは主に若い世代。「世界の破滅」を経験した中年以降の人間は、少し大きな地震が起きた程度のことで、さして問題視をしていないような印象を受けた。

加えて蜘蛛女神は誰にもスマホで写真を撮られておらず、ニュースの内容によると監視カメラにも映っていなかったらしい。何かしら女神の力による影響だろうと思っているが、証拠映像が拡散されないのも世間の反応がまだ困惑止まりで済んでいる要因かもしれない。

もっとも、そのことばかりに気を揉《も》んではいられない。

照魔は一刻も早く自分の会社を軌道に乗せようと、今は正式な会社名決めに勤しんでいた。

エルヴィナも、あの大仰な二棟式の高層ビルを気に入ってくれたのだ。そこに構えるに見合う、長年背負っていく看板に相応《ふさわ》しい会社名にしたい。

「――――」

仕事に没頭していても、こうしてすぐにエルヴィナのことを考えてしまう。

照魔《しょうま》はディーアムドを手にして女神と戦ってからというもの、あらためて自分にとって女神とは、そしてエルヴィナとは何なのか――と思い悩む時間が増えた。

エルヴィナに初恋の女神を演じてもらうことに、後ろめたさがなくなり始めていた。そのぐらい自然な関係になってきたのだと、嬉しく思っていたのだ。

けれど彼女は、天界で見た時と何も変わっていなかった。降って湧いた戦いに歓喜していた。

自分は――エルヴィナのことを、本当はどう思っているのだろう……。

照魔が気持ちを切り替えるように大きく息をついた瞬間、机の上のスマホからポン、と軽快な音が鳴る。エルヴィナからのＲＡＩＮ《ライン》が届いたようだ。

エルヴィナがスマホを持つようになってしばらくの間は電話すらままならず、誤操作も頻発した。

まずは「通話」「メッセージアプリ」の二つだけを使えるよう、照魔が根気よく使い方を教え続けた。その一環で、ホーム画面には電話とＲＡＩＮのアイコンだけ残し、後は全て削除した。カメラや設定、ショップアプリなど含め、ばっさりと。何だったら通話機能すらメッセージアプリのものでいいかとも考えたが、一アプリにつき一機能に絞る判断をした。

そうして慣れてもらった甲斐もあってか、数日経った今日はエルヴィナから何度もＲＡＩＮが届くようになっていた。

照魔はスマホを手に取り、メッセージの内容を確認する。

▼会社名は　きまった？

同じ家に住んでいるのにわざわざＲＡＩＮで聞いてこなくても……と思ったが、やり取りをすること自体に意味があるのだろう。会社については一番身近な共通の話題の一つだ。

まだだよ。今考え中。▲

照魔も簡潔に返事を返すと、また短めの文が送られてきた。

そんなやり取りを何度か繰り返したところで区切りをつけ、再び会社名決めに集中した。エルヴィナも気にしてくれているようなので、俄然《がぜん》気合いが入る。

それから五分ぐらい経った頃だろうか。

「照魔」

「どあ――――――――――っ!!」

開かれたものを的確に指し示す叫びを上げながら振り返る照魔《しょうま》。

果たして、エルヴィナが部屋のドアを開けて立っていた。

「ノックしろよ！　天界にもノックの習慣ぐらいあるだろ!?」

「あるわ。臆病者がする合図として」

また照魔の女神データベースが更新される。ちょっと困惑する知識として。

「こっちでは礼儀なの！　俺がノックも無しにお前の部屋に入って……その……お前が着替え中だったりしたら、嫌だろう?」

「そんなことはありえないわ」

「例えばの話だよ！」

「何もわかっていないわね……例えばでもあり得ない。着替えを見られる方が悪いのよ。悠長に着替えをして、隙を晒《さら》しているのだから」

武士のような行住坐臥《ぎょうじゅうざが》すべて戦いですみたいな生き方を推奨してこられても、困る。

「つまり……常に気を張ってろってことか!?」

高慢というには、あまりにも麗しすぎる。

これが――――女神の自負。様々な局面で、人間との意識の違いを痛感させられる。

「っていうかエルヴィナ……今日はパジャマじゃないのか?」

すでにお風呂には入ったはずだが、エルヴィナはいつもの女神装衣を身にまとっていた。

ただし、特徴的な腰のスカートパーツを始めとした各所の鎧《よろい》のような布地が消え、よりラフな装いになっている。オフスタイル、とでも言うべきか……彼女にとっては楽なのだろうが、もはやボディペイントも同然のその格好は、照魔にとっては目の毒だった。

「日ごとに服を取り替えるのは、自信の無さの現れよ。女神力《めがみりよく》で常に清潔に保たれるのだから、別にいいじゃない」

早くも着替えそのものに飽きてきてしまったのかもしれない。着替えが自信の無さの現れと認識している人にお洒落《しやれ》の楽しさを伝えていくのは、なかなか骨が折れそうだ。

「ところで何の用だ。急な用事でもあったのか？」

ノックで悶着《もんちやく》するより、音もなく忍び込んでくるほど急ぎの用事を聞く方が先決だ。

しかしエルヴィナは、手にしていたスマホを照魔に見せてきた。

黒いカバーに黒いスマホ。その画面に映っているのは、照魔とのＲＡＩＮ《ライン》のトークルームだ。

「私がＲＡＩＮを送ってから五分も経ったわ。どうして返事をしないの？」

「後で送ろうと思ったんだよ……作業が忙しくて」

というか、照魔としては話に区切りがついたつもりだったのだが。

「それはつまり、私を後回しにするということ？」

しかしエルヴィナは露骨に不機嫌になっていた。

「どうしてそういう理屈になるっ!?　エルヴィナが言っただろ、会社名はまだかって……今、頑張ってそれを決めてたんだよっ!!」

「決めながらでも返事はできるはずよ。社長なら、マルチタスクに慣れなさい」

「わかったわかった、俺が悪かったよ！　返事はすぐにするから!!」

エルヴィナは、渋々といった様子で自分の部屋に帰っていく。

そういえば照魔《しょうま》がいつか格好をつけてマルチタスクという言葉を使ったが、その時意味を聞いてきたエルヴィナはちゃんとそれを覚えていたようだ。

少し微笑《ほほえ》ましく思っていると、早速スマホが短く鳴った。

照魔は観念することにした。ここで疎《うと》ましがったら、せっかく楽しむようになってきたスマホにもすぐ飽きてしまうかもしれない。

ちょっとだけお兄さんな気持ちになりながら、机の上のスマホを手に取った。

▼スマホの　バッテリーが　2%　へったわ

「これにどう返信しろってんだよ――――――――――――っ!!」

握ったスマホもろとも頭を抱える照魔。

よっぽど書くことが無くても、この文面はない。

あるいは、何かの暗号だろうか。自分は、試されているのだろうか——。

手に負えなくなった照魔は、自室をエスケープ。燐《りん》たちの助けを借りることにした。

○　●

照魔はダイニングルームで紅茶を飲んで落ち着いたところで、燐と詩亜《しあ》にＲＡＩＮ《ライン》爆撃の対処法を尋ねる。

照魔の横に控えて立つ燐は眼鏡を摘《つま》み上げ、ハンカチでそっと目許を拭っていた。

「……坊ちゃまとコイバナできる日が来るとは……」

「またウルってるし燐くんはもー……コイバナなら詩亜にめちゃさせろし!!」

「いや僕も坊ちゃまとコイバナめちゃしたいですので」

従者二人が、どちらが照魔とコイバナするかで争っている。

「気にしないでシカト一択と思いますよー。エルちゃん、メンドみが人外なだけなんで、普通の女の子は全然そんなことないですから！　特に詩亜とか、空気読めすぎ疑惑あります!!」

詩亜が言うには、エルヴィナが特別面倒なだけなので気にするな、ということらしい。

「そもそも俺、女の子とＲＡＩＮすることすらほとんどないからな……」

クラスの女子とは、だいたい事務連絡を回し合うくらいだ。

まず照魔《しょうま》自身が、異性とツールを使って会話する経験値が絶対的に足りていない。

「とにかく、話題は何でもよいのです。それこそ一文字『あ』と送るだけでもいい。照魔坊ちゃまが買ってくださったスマホを通して会話をする時間は、エルヴィナさまにとって掛け替えのない時間なのだと思います」

「じゃあ俺も、悩まないで脊髄反射で送り返してもいいってことか」

「ええ、あとは経験の積み重ねです。日々練習と思って、あまり気負わずに送り合うことが大切だと思いますよ」

燐《りん》との話を聞いていた詩亜《しあ》が、ポン、と手を叩いた。

「……そーだ！　いっそ詩亜と練習しません!?　あまあまなRAIN《ライン》とかめちゃお届けするんで！　詩亜のこと恋人だと思って、エルちゃんにしたいこと、先にぜーんぶするんです!!」

「練習相手になってくれるのは、ありがたい申し出だけど……」

仮にも立場上はエルヴィナと恋人ということになってるのに、別の女性とお付き合いの練習をするのは駄目だろう。

「え……あ、ありがたい……？　マジで？　いいの？　何する？」

詩亜は妙に粘度を湛《たた》えた声をもらしながら、照魔ににじり寄って来た。

「恵雲《えくも》くん、顔」

シンプルダイレクト極まる忠告で、息の荒い詩亜を諌《いさ》める燐。

「では僕は……こんな本を作ってみましたので、よろしければ」

燐はどこから取り出したのか、B5サイズほどの分厚い本を照魔に手渡した。

表紙にはポップなロゴでこうタイトルが書かれている。

『一日一ページでOK　初めての男女交際』

照魔とエルヴィナは男女交際をしているわけではないが、これからの二人の関係を円滑なものにしていくためには必要な知識だ。今の照魔に必携の一冊といえるだろう。

多忙な主人を気遣うように、一日一ページで大丈夫と付言してあるのも心憎い。

「これ、燐が自分で作った本なのか？」

「昔、出版社でバイトをしていた経験がありまして……」

資料として使いやすいソフトカバー製本。

奥付を見ると……発行人、編集人、編集……全てが斑鳩《いかるが》燐だ。

そして作者も斑鳩燐。イラスト担当さえ、斑鳩燐とある。

この一冊の全ての責任を自分一人で背負うという、高潔なまでの自負心を感じる。

「イラストは、奥様に少しだけご教授いただいたことがあります。やはり、僕の思う最高のイラストレーターは奥様ですから」

何とも嬉しい言葉だった。確かに、どことなく猶夏《なおか》のイラストのタッチに似ている。

「ふりがなが多く読みやすい……助かるぞ、燐！」

「恐悦至極《きょうえつしごく》。何卒《なにとぞ》、お役立《やくだ》ていただければ幸《さいわ》いに御座《ござ》います」

もはや作者の燐《りん》自身の発言にさえ、ふりがながたくさん振ってあるように感じる。

ティーカップも空になったところで、照魔《しょうま》は本を小脇に抱えて席を立った。

「相談に乗ってくれてありがとう、燐、詩亜《しあ》！　それじゃあ早速、『あ』って送るよ！」

「や、それ燐くんの例えで、ぶっちゃけ軽く煽《あお》り入るんでおすすめは……」

遠慮がちな詩亜の懸念が届く前に、照魔は元気よくダイニングルームを後にした。

○　●

照魔を丁重に見送り、ダイニングルームの扉を静かに閉める燐。

「おるあああああああああああ燐くん――――――――――ッ!!」

「ぐあっ……振り返るやいなや同僚のメイドが華麗な空中五段蹴りを!?」

彼は言葉どおり、メイドの連蹴りの奇襲を受けた。

咄嗟《とっさ》に受けが間に合ったものの、仕立てのいい燕尾服《えんびふく》の袖から噴き上がる白煙が詩亜のキックの威力を物語っている。

「ぬぁーに照魔さまとエルちゃんがくっつく手伝いばっかりしてんですかぁ!!」

「顔が怖いですよ、恵雲《えくも》くん」

苦笑しつつ諭す燐だが、鬼ぷん状態の詩亜は大仰に何度も指で差しながら詰め寄ってくる。

「燐くんさ、知ってますよね。詩亜が真剣《ガチ》だって。応援するって言ってくれましたよね!!」

「ただし茨の道です、とも伝えましたよ。坊ちゃまの女神への憧れもまた……真剣《ガチ》ですから」

「茶化さないで！　照魔さまが本邸出て独り立ちした今が、めっちゃチャンスなんだかんね！

詩亜……玉の輿したくて……照魔さまと結婚したくて、ずっとメイド頑張ってきたんだからっ!!」

恵雲詩亜。創条《そうじょう》照魔の専属メイド。

短絡的な玉の輿志向と切って捨てるには、彼女の努力は常軌を逸していた。

完璧なメイドになるため。照魔の憧れを上書きできるほどに魅力的な女性になるため。

この六年間、血が滲《にじ》むどころか吐き出すほどの研鑽《けんさん》を重ねてきたのだ。

空の上からやって来た謎女にその努力をふいにされかねない現状、詩亜の心中が穏やかでないのも無理はない。

「……僕は恵雲くんの努力はずっと見てきました。玉の輿に乗りたいと願う権利は十分にあると思います。ですが──」

同じ主人のために自己を極限まで磨き高めてきた者同士、むしろ燐は誰よりも詩亜に敬意を表している。

「いや、さすがに今の時代に『付き合う練習しませんか』は古風にも程があるかと」

だから本当に告げようとしていた言葉を呑《の》み込み、なおも茶化すより他になかった。

「そーゆーレトロってる展開を大事にしていきたいの、詩亜《しあ》は!!」

詩亜は右の人差し指を燐《りん》に向けたまま、左の人差し指で横髪を巻き取り始めた。彼女の癖だ。

「詩亜、別にエルちゃんに嫉妬してるわけじゃないから。エルちゃんふつーに怪しいですからね。照魔《しようま》さま、いいように利用《パシ》られてんじゃないかなって」

「安心してください。僕もエルヴィナさまを完全に信用しているわけではありません。照魔坊ちゃまに危険が及ばぬよう、細心の注意を払っています」

エルヴィナへの警戒をぼかさずに打ち明けられ、意外そうにする詩亜。

「……危険及んでるし。早くもイザコザに巻き込まれてるっぽいんですけど」

照魔が剣のような武器を手にして戦ったことは、燐も詩亜もすでに話を聞いて知っている。

その武器を与えたのが、エルヴィナであることもだ。

「照魔坊ちゃまが戦うことを選ばれたのなら、僕に止める権利はありません。そうではなく、さっき恵雲《えくも》くんが言ったようにただ利用されているのなら……」

燐は一瞬遠くを見つめ、ふっと笑った。

「許せませんので」

そもそも、豪快でパワフルな母親の教えを受けて育った照魔だ。怪物を見て怯《おび》えるだけではなく、自分で戦うと言い出すのはむしろ正しく創条《そうじよう》の精神に則っているとさえ言えた。

主人がやんちゃをして、膝に擦《す》り傷《きず》を作ることを予め止めるのが執事なのではない。その傷をしっかりと手当てし、化膿しないようにケアをすることが、執事の為《な》すべきことなのだ。

詩亜《しあ》は納得がいったのか、差し続けた指で最後に駄目押しとばかり燐《りん》の胸を小突く。

「ホント、これからもサポートよろだかんね！　そんかし、燐くんに好きな子ができた時は、詩亜も応援しますから!!」

さっぱりとした笑顔で明るく言い残し、詩亜も退室した。

一人ダイニングルームに残った燐は、喜びと苦みの綯《な》い交《ま》ぜになった複雑な表情を浮かべる。

「……そうですね。その時は、お願いします」

○　●

ダイニングルームの隣にある休憩室では、里茶《りさ》が壁に背を預けて教え子のじゃれ合いに耳を傾けていた。

二人とも、照魔《しょうま》のことをしっかりと考えてくれている。

従者としての技量だけでなく、家族として、これから照魔を存分に支えていってくれることだろう。

肩の荷が下りたとばかり、満足げに微笑《ほほえ》む里茶。

創条《そうじょう》の掟に従うため……一二歳で会社を興すため、厳しく教育をしてきた。

無事に独り立ちできた以上、照魔には幸せになって欲しい。

コーヒーを一緒に飲んだ不器用で心優しい女神の顔を思い浮かべながら、里茶は心からそう願うのだった。

○●

社長の朝は早い。

会社ビルに向かうリムジンの車内に、照魔の凛々《りり》しい声が響いている。

「そう、ビルのエントランスに、エクス鳥《とり》さんを設置……じゃなかった座ってもらう場所を作りたいんだ」

「かしこまりました。エクス鳥さまの直径……もとい体長は把握いたしておりますので、ピッタリのものを」

移動中の時間を活用し、プライオリティのディシジョンをフィックスしコンセンサスを取る。

いち企業の長として、やるべきことが山積みだ。

運転をしながら指示を受諾する燐も、相当ハードなのだが。

照魔とエルヴィナが最後部に。その対面に詩亜と、今日のように里茶がいる時は彼女も一緒に座るのが定位置になっている。今日は、五人揃《そろ》っての出社だ。

街のぐるりを走る巨大高架鉄道。

そびえ立つビル群。そして、中心に輝くセフィロト・シャフト。

照魔《しょうま》が窓の外に流れる光景を漫然と瞳に映していると、

「そろそろ正式な会社名は決まった？」

昨夜RAIN《ライン》でやり取りしていて気になっていたのか、エルヴィナがふとそう尋ねた。

「ああ、候補を絞り込むとこまでは」

昨日だけでエルヴィナとRAINを一〇〇往復ぐらいしていなければ、あるいは絞り込むだけでなく決定までいけていたかもしれないが、本人の前でそうは言えない。

エルヴィナは丁度よかったとばかりに頷《うなず》き、照魔に提案した。

「私も考えてみたわ。会社名、『エルヴィナ』でいいんじゃないかしら」

「どんだけ自意識メガ盛りなんすか!?」

詩亜《しあ》の突っ込みに合わせて軽く笑いつつ、照魔は内心ドキッとしていた。

——エルヴィナという会社名が、最終候補の中に残っているからだ。

里茶《りさ》も、口許に手をやって上品に笑っている。

「じゃあメイドさん、あなたにはいいアイディアはあるの？」

「なんで詩亜はいつまでもメイドさんなんですかあ！　呼び捨てでいいから詩亜って呼べし!!」

エルヴィナは詩亜を見つめ、小さく肩を竦《すく》めた。

「あなた一人称が自分の名前だから、あえて他人が呼ぶ必要ないと思って」

「…………えと、どゆことでしょう？」

「私の知己の女神が言っていたわ。『一人称が名前の女の地雷率は、神話に記された神の地雷率より高い』って」

「ア？　メーコルアンッカッテンノカアー!?」

詩亜が頭部をアンダースロー気味に大旋回させて、対面に座るエルヴィナにガンを飛ばしてゆく。威嚇の巻き舌が限界を超え、人類の言語の範囲を逸脱し始めていた。

「恵雲《えくも》くーん、出てます、元ヤン出てます」

運転席から燐《りん》のひそひそ声が聞こえた瞬間、詩亜は自分の頭を拳骨《げんこつ》で軽くこつんとし、可愛らしく舌を出した。

「はっ……！　……もー☆　ひどいですようエルちゃんったら！　神話なんて、どの女神がどの神と浮気したかの報告書でしかないじゃないですかあ。それより地雷なんてナイナイ」

詩亜は顔層筋を全身全霊で押さえ込んでいるような引きつった笑顔でエルヴィナの肩を叩いた。エルヴィナはもちろん、クールな表情を崩さない。

里茶は教え子のやんちゃぶりを前に笑顔から一転、頭痛に耐えるように額を手で押さえた。

今日はエルヴィナの希望で、出社前に立ち寄る場所があった。

神樹都《かみきど》のシンボル、セフィロト・シャフトだ。

リムジンが敷地内の駐車場に停まる。セフィロト・シャフトは通常、関係者以外は敷地内への立ち入りが禁止されている。もちろん、創条《そうじょう》家の人間である照魔《しょうま》が申請すれば建物の内部にも入れるのだが、エルヴィナはただ近くで見たいだけということだった。

今日は空に雲が多いが、天を貫く巨塔セフィロト・シャフトが空の綿雲を食《は》んでそびえる様は、自然と人工物が合わさり生まれた世界樹のようだ。なかなかに粋な光景だった。

照魔は車を降り、エルヴィナと二人でより近くまで歩いていく。

エルヴィナは、街のシンボルをただ閑《しず》かに仰いでいたが……やがて、隣に立つ照魔に物憂げな声で尋ねた。

「どうして……こんなにも巨大な建造物が必要だったの？」

最強の女神である彼女からすれば、象徴として求められるだけの巨大さが無駄なものに思えるのかもしれない。

「……この世界は、一度滅びかけたんだよ」

そこで照魔は、自分の知る限りのこの世界の衰退と復興を語って聞かせた。

黙って耳を傾けていたエルヴィナが、次第にその端麗な眉目《びもく》を強張らせていくことに気づかないままに。

「ＥＬＥＭ《エレム》と、それを生み出した母上は、この世界の救世主なんだよ。心の輝きを失って滅びかけた世界が、心の力によって再興するって……本当に素晴らしいことだと思う！」

照魔は満足げに振り向きながら、話を結んだ。


「────愚かなことをしたわね……」


しかし彼の眼差しを迎えたのは、ひどく冷え切った表情のエルヴィナだった。

「え？」

「照魔……あなたたち人間がしたのは、世界の復興じゃない。さらなる地獄を呼び込むための下準備よ」

「どういうことだ……いったい、何を言ってるんだ……!?」

人間界のものには何にでも興味を示し、表情こそ崩さないがいつも嬉しそうにしていたエルヴィナが初めて、嫌悪の情を露わにしている。

何か、気に障ることを言っただろうか。突然の豹変《ひょうへん》に、照魔は動揺を隠せない。

「────!!」

しかし彼の混乱をそのまま置き去りにし、エルヴィナは矢庭に背後を睨《にら》み付けた。

「いったいどうした、エルヴィナ!!」

「この街にまた、女神が現れたわ」

蜘蛛《くも》女神と戦った時と同じだ。エルヴィナは、自分と同じ女神の出現を察知することができるようだ。

「照魔《しょうま》、行くわよ」

わけもわからぬままに同行を促され照魔は戸惑うが、また好き勝手に街を壊されてはたまらない。離れた駐車場で控えている燐《りん》たちに大声で呼びかけた。

「燐、詩亜《しあ》、ばあちゃん！　ちょっと行ってくる！　……あ、いや、『ちょっと運命に挨拶してくる‼』」

心配そうに見送る燐たちがちょっとでも和めばと取って付けてみたものの、やはり行き当たりばったり感は否めなかった。

「……坊ちゃま……どうか、お気をつけて！」

「うん！」

珍しく大声で手を振る里茶《りさ》に、照魔も元気よく返事を返す。すぐにも駆けだそうとしたところで、不意にもう一度里茶に振り返った。

いつも唇を厳しく一文字に引き結んでいた彼女が、最近はよく微笑《ほほえ》みを見せてくれるようになった。今も、不安そうにしている燐や詩亜と違い、里茶は照魔の視線を柔らかな笑顔で受け止めてくれている。

街を守りたい。そして何より、あの大切な家族たちを守りたい。

照魔は里茶に今いちど力強い頷《うなず》きを渡し、エルヴィナに追いつくために走りだした。

もう照魔を抱えて跳ぶ必要もないと思っているのか、エルヴィナは何十メートルも跳躍し、一人でどんどん先に行ってしまっている。その一挙手一投足が、まだ女神の力に慣れていない自分にとってのお手本だ。

照魔は自分の身体《からだ》に女神の力を意識し、血液として全身に巡らせる様を想念した。すると見る見るうちに、歩速が上がっていく。

身体が軽い。全身が風と一体化したかのようだ。

「翼……出ろ、俺の翼——‼」

呪文のように念じると、それに応えるようにして左の背中に三枚の翼が出現。

一蹴りで街灯より高く、一蹴りで建物の屋根より高く、黒いスーツの少年は飛躍した。

ほどなく、右の背に三枚の翼を持つ女神へと追いつき、横に並ぶ。

「さっき里茶たちにしていた挨拶は何？」

「……天界で死にそうになった時に考えた。非日常に足突っ込む時は、近しい人に言い残してく言葉を洒落《しゃれ》たもんにしておきたいってだけだよ」

「————悪くないわね」

少しだけエルヴィナの機嫌が直ったように見えて、照魔はほっと胸を撫《な》で下ろした。

先ほどセフィロト・シャフトを見たエルヴィナが何故あんなにも不快感を露わにしたのかは、帰ってからゆっくりと聞いてみることにしよう。

「緑が多くなってきたわ」

大きく飛び跳ねながら、眼下に広がる光景の変化に気づくエルヴィナ。

「ああ、ちょうどNブロックに入ったからな。ここは大半が自然公園なんだ」

およそ六区画に分けられた神樹都《かみきど》の中で、照魔《しょうま》の会社ビルがあるオフィス街の区画に隣接しているのが、いま足を踏み入れたNブロック……自然公園区とも呼ばれている区画だ。いくつか工場や巨大倉庫などがあるが、大半が自然溢《あふ》れる公園として開放されている。

エルヴィナが着地し、足を止めたのは、Nブロックに入ってすぐの平地だった。

周囲にほとんど木がない広々とした空き地で、セフィロト・シャフトがよく見える。

およそ野球場ほどの広さの空き地の中心にいたのは、先日戦った蜘蛛《くも》女神のような怪物ではない。

鮮やかな赤紫の髪の女神が、不敵に口角を吊り上げて車道に立っていた。

「——アロガディス」

まるで自分を待ち構えるかのように人気《ひとけ》のない場所に現れたその女神を前に、エルヴィナは少し驚いたように呟《つぶや》いた。

「お迎えに上がりました、エルヴィナさま!!」

潑剌《はつらつ》と宣するその女神と自分の隣にいるエルヴィナとを、交互に見やる照魔。

「アロガディス……。エルヴィナの知り合いか？」

少なくとも、神聖女神《セイヴァリド》の神殿で見た女神の中にはいなかったはずだ。

「……私と同じ邪悪女神《ゾディアクス》、シェアメルトの部下の女神よ」

「シェアメルトって、お風呂に一緒に入る云々を教えたっていう……」

女神に関しての記憶力は並外れている照魔は、エルヴィナが世間話で口にした同僚の名前をしっかりと覚えていた。

「はい、シェアメルトさまの特命です！　エルヴィナさまを人間界から天界へと帰還させるように、と!!」

エルヴィナは何とも言えない苦い表情とともに、アロガディスに向けて口を開いた。

「私を迎えに行くって、マザリィは知らないのでしょう？　あなたたちの独断？」

「神聖女神《セイヴァリド》なんてどうでもいいじゃないですか、私たち邪悪女神《ゾディアクス》の誰もマザリィが勝、者だなんて思っていませんから!!」

「私は追放命令に納得済みで人間界にいるの。天界に帰るつもりはないから、放っておいてもらえる？」

強い意志を込めたエルヴィナの答えに、照魔《しょうま》も頷《うなず》きを重ねる。

それを聞いたアロガディスが見せた反応は、困惑や落胆ではない。歓喜だった。

「――――ですよね！　よかった、のこのこ帰るとか言い出したら私が困ります……！」

特命の義務はすでに果たしたとばかりに、あっけらかんと言い放つ。

そしてアロガディスはエルヴィナへと小躍りするように歩み寄ると、彼女の手を取り、両手で固く握り締めた。

照魔は目を疑う。一見友好的に見えるその行為が、天界では何を意味するのか、エルヴィナから聞いているからだ。

女神同士で握手をするのは――『今から殺し合いましょう』の合図だと。

「やっぱり、人間の男の子と生命を共有したという噂は本、当だったんですね！」

エルヴィナから手を放すと、続けてアロガディスは指を弾き、照魔を差した。

その目は、侮蔑と嘲笑《ちょうしょう》に彩られていた。

「何か、変わった人だな。たまに力みすぎてアクセントが独特になるし」

「力みすぎなのは言葉だけじゃないわ。今は行動の方もちょっと暴走しているみたいね」

照魔の反応は落ち着いたものだった。

むしろ邪悪女神《ゾディアクス》にしては大人しいなと思ってしまったほどだ。神聖女神《セイヴアリド》のはっちゃけぶりを見てきた身としては。

「それと力が激弱ってるっていうのも演技じゃないみたいですね。全盛期のエルヴィナさまなら、私が敵意を見せた瞬間に始末してくるはずですから。こんな千載一遇のチャンスが来るなんて僥《ぎょう》、倖《こう》……!!」

エルヴィナは仲間内からもけっこうな荒くれ者、危険物として認識されていたようだ。

「なるほど、私の後釜に座りたいわけね。好きにすればいいわ」

「エルヴィナさまにあげるって言われただけじゃ意味がないんですよ。あなたに跡形もなく消えてもらわないと、安、心できないじゃないですか。万一、何かの拍子に元の力を取り戻されたりしたら面倒ですし」

鬱陶《うっとう》しげに溜息をつくエルヴィナに、照魔は気持ち小声で問いかけた。

「お前、何か役職についてたのか？」

「邪悪女神《ソディアクス》はそもそも天界最強の一二人によって立ち上げられた派閥……あとの構成員の女神はみんな眷属《けんぞく》みたいなものよ。あの子はその一二人の中に入りたいということなんでしょ」

「そっか。エルヴィナが天界からいなくなって、一人ぶん空席になっているから……」

照魔にもようやくアロガディスの企みが見えてきた。

上司、つまりエルヴィナの同僚からは連れ帰るよう命を受けたが、元よりその指示に従う気はなかったようだ。

「エルヴィナさま——すみません！　死んでください!!」

アロガディスは挨拶も同然に言い放つと、背に輝く四枚の翼を出現させた。

「四枚翼《エクシード》……」

翼の数が強さの目安だと教えられていたため、照魔《しょうま》も気を引き締める。戦意を露わにした今のアロガディスは、先日戦った二枚翼《エクサ》の蜘蛛《くも》女神たちとは威圧感の桁が違う。

「まず、天界に戻るつもりはないという発、言。これは邪悪女神《ゾディアクス》への背信行為ですよねぇ、は い裏切り！　人間の男と恋人関係になった！　こんなの天界始まって以来の不祥事です、紛《まご》うことなき裏切り！　そして何より——天界に反逆の意思ありの人間界に荷担した……これはもう、言い訳ご無用で裏、切り!!」

裏切りと称した事柄をカウントするごとに右手の指を一本ずつ立てていき、三本目になったところで嬉しそうに手を振るアロガディス。

「三つもですよ！　三つも裏切り要素ありって……シェアメルトさまたちの指示を仰がずに殺《や》っちゃっても全然ＯＫ!!」

「……まあ、そういうことなら仕方がないわね。もちろん、私もはいどうぞって首を差し出すつもりもないけど」

「おいっ、何が仕方ないんだ！　俺たちの世界が天界に反逆の意志ありって……!?」

当人同士で勝手に納得し合っているので、照魔はまた話についていけなくなった。

「あれですよ、あのでっかいおもちゃ。あんなの作っちゃって……天界に喧嘩《けんか》売ってるの？」

アロガディスは振り返りもせず、自分の背後にある巨塔を弾くようにして指差す。

「あれか！　あの塔は俺たちの街のシンボル、セフィロト・シャフトだ!!」

街の名士自ら、興奮気味に観光名所を紹介する。

「うん名前教えてくれてありがとうね超いらない！　……えー、エルヴィナさまってこういうふわっとした系がタイプなんですか？　男の趣味悪いですね」

野心溢《あふ》れる新鋭女神の挑発を、エルヴィナは天上天下のドヤ顔で切って捨てた。

「────男がいたこともいないのに他人の男を笑うなんて、滑稽《こっけい》ね」

胸にクリティカルな一刺しを受け、アロガディスは思わずたじろいだ。

「つぐ……ち、違うし！　機会がないだけだし！　エルヴィナがズルしただけだし!!」

「ほら、すぐ言葉が崩れたでしょ？　あの子、普段から猫を被っているだけで、ハナから誰にも敬意なんて払ってないのよ。上司のシェアメルトもたいがいお人好しなのよね」

「まあ、猫被りなのは俺もすぐ察しがついたけど……」

アロガディスはこめかみをひくつかせると、胸の前に拳を突き出した。

その手にはいつの間にか、刀の柄──持ち手の部分だけのような道具が握られていた。

花の蕾《つぼみ》を思わせる白と赤紫の柄の先端から光が伸び、薄く細い刀身が形成されていく。

「ディーアムド──バリヤードエイジ!!」

白刃で空を薙《な》ぎ、己の手にした武器の名を謳《うた》い上げるアロガディス。

「！　剣のディーアムド……俺と同じだ!!」

動揺する照魔《しょうま》だが、剣という以外に共通点は無く、むしろオーバージェネシスの方が大型で強そうに見える。その理由は、エルヴィナの口から説明された。

「柄《つか》の部分をよく見なさい。マザリィの持ってた錫杖《しゃくじょう》も、持ち手の上の部分が同じ形をしていたでしょう。四枚翼《エクシード》なら誰でも使えるのよ」

「そういえば……色は違うけど、マザリィさんのと形は似てるな」

「ディーアムドとは女神が己の力を究極まで高めて手にする、二つとして同じの形のものはない唯一無二の神の武装よ。あれは言ってしまえば、その真のディーアムドを獲得するまでの練習用。赤ん坊の歩行器のようなものよ」

どうやらバリヤードエイジとは、扱いが比較的容易な女神の共通武装のようだ。

手にする柄の部分が同じで、そこからは使い手次第で錫杖や剣、斧や弓など様々な形に可変する。自分だけの武器を手にするための前段階、歩行器とは言い得て妙だった。

「邪悪女神《ゾディアクス》の十二神に名を連ねたいなら、せめて自力で歩けるようになってからにすべきね」

エルヴィナは赤ん坊の歩行器と揶揄《やゆ》した細身の剣の切っ先を見据えながら、地面に光の種を落とし、魔眩樹《まどうじゅ》を形成。

照魔と同時にその光の柱に手を差し入れ、それぞれの武装を手にした。

「ディーアムド……ルシハーデス」

「ディーアムド、オーバージェネシス!!」

天界全土にその勇名を轟《とどろ》かせた最強女神の御旗――黒き二挺《ちょう》拳銃、ルシハーデス。暗雲立ち込める空の下でさえ自《おの》ずから太陽の輝きを放つ白き聖剣、オーバージェネシス。

二つの神器を目の当たりにしたアロガディスは、見る見るうちに形相を険しくしていった。

「ムカつくっ……！　人間のくせに！　エルヴィナさまの生命のおこぼれに与《あずか》ったっていうだけで、女神の誇りである翼を……！　全ての女神の憧れである完全なディーアムドを……!!」

人間の照魔《しょうま》がディーアムドを手にしていることが、耐え難い屈辱のようだ。

しかし自分の半身を侮辱されたとあっては、エルヴィナも黙ってはいない。

「勘違いしているようだから教えてあげる。逆よ、アロガディス。私が照魔の生命のおこぼれに与った側よ。そして照魔は自力で女神の力を使いこなして、初手からディーアムドを発動させてみせた。あなたよりず――――っと才能があったというだけ」

「えっ、これ出すのってすごいことだったの!?」

照魔はオーバージェネシスをよく見えるように持ち上げ、計らずしてエルヴィナの煽《あお》りを援護する。

「だから褒《ほ》めたじゃない」

挑発を受け流して、仲良しを見せつけてくる照魔たち。アロガディスは肩を震わせ、激情をほとばしらせた。

「それでいいんですか……人間に助けられてのうのうと生き延びて……女神の誇りはどこ行ったあああああっ!!」

エルヴィナは返答代わりに、ルシハーデスを連射。

瞬間。アロガディスの瞳に幾何学模様の筋が浮かび、発光。宙を幾条もの剣閃《けんせん》が疾《はし》った。

エルヴィナの放った光弾は全弾があらぬ方向に逸《そ》れ、着弾した地面を爆発させていく。

「よわよわじゃないですかエルヴィナさま～♪　こんな『赤ん坊の歩行器』でも、余裕で叩き落とせちゃうんですけど？」

手の平で剣を一回転させ、見せつけるようにして構え直すアロガディス。

「なるほど……アロガディス、あなたの〝神起源《アライブ》〟が読めたわ。邪悪女神《ゾディアクス》が私を発見するのが早すぎると思っていたのよ」

一方でエルヴィナは、僅か一度の攻防で敵の特性を看破した。戦闘力が半減した今でも、培ってきた莫大な戦闘経験は彼女の血肉となって残っている。

「そう、遍《あまね》く世界からあなたを捉えたのはこの目……。『認識』が私の神起源《アライブ》です」

アロガディスは指を弾いて自分の目を差した。

瞳に浮かんだ幾何学模様が、別個の生き物のように蠢《うごめ》いている。

「神起源《アライブ》、って……？」

「女神が自分の根源に持つ、存在を体現した力……つまり、特別な能力よ」

照魔《しょうま》はいつもどおり女神知識を吸収しながらも、エルヴィナの口調に『面倒なことになった』というニュアンスを感じ取っていた。

「あらゆる隠し事や秘密を看破する、それが私の力……。エルヴィナさまがどの人間界へと追放されたのかも、探し当てるのはわけありませんでした」

自身の能力を得意げに語り聞かせるアロガディス。

マザリィが言ったように、人間界は無数に存在する。つまり天界を追放されたエルヴィナの足取りを追うことは困難だったはずなのだが……ここまでピンポイントで追跡に特化した能力を持った女神を追っ手に差し向けられては、手の打ちようがない。

何より照魔はオーバージェネシスを手にしてからも、人間と同じ姿をした女神が相手とあって攻撃を躊躇《ためら》ってしまっていた。

しかし相手がエルヴィナの生命を狙い、セフィロト・シャフトへの敵性意志を示している以上、戦いは避けられない。

意を決した照魔は三枚の翼の力で踏み込む速度を上げ、疾走ざまに下方から斬り上げた。相手が手にしているバリヤードエイジを弾き飛ばす目算だ。

「全然視《み》える」

アロガディスが余裕綽々に吐き捨てた後、逆に得物を弾かれたのは照魔の方だった。

白い聖剣が宙を舞い、意識がそちらに向いた一瞬で、照魔の首がアロガディスに鷲摑《わしづか》みにされる。そのまま身体《からだ》ごと持ち上げられ、苦しみに喘《あえ》ぐ。

「ぐうっ……!!」

アロガディスは照魔を引き寄せ、互いの顔を近づけた。

「こんなやつの、どこがいいんだか……」

値踏みするように照魔を睨《ね》めつけるアロガディス。

相手の吐息が感じられる距離。照魔の視界が、アロガディスの瞳の幾何学模様に吸い込まれていく。まるで、身体ごと底なし沼に沈み込んでいくような怖気に襲われる。

いよいよ呼吸が限界に近づいた時、首の縛《いまし》めが急に解き放たれた。

「……アロガディス……ッ!!」

エルヴィナが銃撃を再開し、屈んだアロガディスの頭上を光弾が掠めていく。

急に肺に飛び込んできた空気に身体が驚き、思わず咳き込む照魔。

「うっわめっちゃ撃ってくる……！　もしかして、嫉妬ですか？　エルヴィナさま！」

相手に見切られないよう、宙を跳んで前後左右あらゆる方向から光弾を撃ち放つエルヴィナ。しかしアロガディスの剣は、死角から飛んできた銃撃も一弾漏らさず撃ち落としていく。

照魔に口付け紛《まが》いの悪戯《いたずら》を仕掛けたことのエルヴィナへの効果てきめんさも相まって、バリヤードエイジの閃《ひらめ》きも持ち主同様に機嫌を良くしていった。

「だあああっ！」

だが、アロガディスの持つ剣は一本。同時攻撃なら対処はできないはず。

そう考えた照魔《しょうま》は、エルヴィナの攻撃が止まぬうちに剣を再び手に取り斬りかかったが
……邪魔だとばかり、回し蹴りを食らって吹き飛ばされた。

「うあっ……‼」

「照魔！」

地面を転がる照魔に気を取られた一瞬、エルヴィナはアロガディスからフェンシングのような突き込みを胸に受けた。間一髪ルシハーデスを交差させ、銃身で刃を受け止める。

「照魔……あなたのオーバージェネシス、アロガディスじゃなくても簡単に見切れるわよ。どこを斬っていいかわからなくて、ただ相手の武器だけを目掛けて打ち込んでいるんだから」

照魔の攻撃が精彩を欠いていることは、エルヴィナにも見透かされていた。

しかし、常に戦いに身を置いてきた女神たちと違い、照魔は武器など持ったこともなかった。突然女の人に向けて振り回せと言われても、躊躇《ためら》いが生じるのは当然のことだった。

「せっかくのディーアムドも宝の持ち腐れ。こんな汚れ果てた人間界、汚れた街に住んでるんだから、そこに住んでる人間もしょぼいのは当たり前ですけど――」

アロガディスの嘲笑《ちょうしょう》を遮《さえぎ》るように、空に快音が響いた。

「――神樹都《かみきと》を馬鹿にするな」

それが刃と刃のぶつかり合った音だとアロガディスが気づいたのは、かつてないほど怒りを湛《たた》えた照魔の言葉を聞いた後だった。

まぐれ当たりであっても、照魔の斬撃を察知できなかった。少しの驚きはありつつも、アロガディスは街への誹りを続けた。

「この街を少し歩かせてもらいましたが……ひどいものですね。人間の作った機械に興、味はないけど……気味の悪い監視機器に、死角無く全てを撮影されていることはわかりました」

監視カメラのことだ。街灯や建物の内外など、無数のカメラが街に生活する人々の暮らしを余さず捉えるのは、一昔前からの常識。神樹都に限ったことではない。

「そんな世界で生きて、楽しい？　息苦しくはない？」

「価値観の違いだ。それで安心して暮らせる人もいる。俺だって、天界や女神についてはわからないことだらけだし、お互いの意見を押しつけ合うのはなしにしよう」

挑発しても大人の対応を見せる照魔に、アロガディスはつまらなげに鼻を鳴らす。

「ああそう、監視されるのが好きなら望み通り身体《からだ》の奥の奥までぜぇーんぶ見通してあげます。知られたら死んだ方がマシっていう秘密を曝《あば》いてやるのが、私の最高の楽しみなんですよお！　アハハハハハ……‼」

作った狂気の笑みを浮かべていくアロガディスを前に、照魔たちはむしろだいぶ冷え冷えになっていった。

「………何言ってんだあの人……ちょっとヤバくないか……？」

「今頃気づいたの？　照魔《しようま》。女神は基本的にみんなヤバいわ」

エルヴィナは恥じ入るどころかむしろ誇らしげに言ってのけた。

当の本人が断言することか、と言葉を失う照魔。

アロガディスは、弾いた指を照魔の顔に目掛けて突きつけた。

「我が師、シェアメルトさまが仰《おつしや》っていました。人間の男がもっとも恐れること——それは、自分が秘蔵しているふしだらな書物の隠し場所を知られることだと!!」

ふしだらな本——つまり、エロ本。それが、人間の男が欲望を満たす究極の媒体。

古い。情報が古すぎる。人間が神々を神話の中に夢想するように、神の知る人間の情報とは、古典の中に存在するものでしかないのかもしれない。

しかもアロガディスはからかっているのではなく、大真面目だ。大真面目に、それで照魔の心に打撃を与えられると思っている。

無反応の照魔を見て、観念したと思い違えたのだろう。アロガディスは歯を剝《む》いて嗤《わら》い、双眸《そう》《ぼう》の輝きを強めた。

……のだが。

「ない……ない！　そんな馬鹿な、心に秘めた秘密が見えない!!」

アロガディスはスキャナーのように照魔を凝視したものの、恥ずかしい秘密を曝《あば》けずに動揺し始めた。

「当たり前だろう……俺、エロ本とか見たこともないぞ!!」

初恋の女神に操を捧げた照魔は、クラスの男子たちがペアレンタルコントロールを突破した勇者の元に集まってスマホでエッチな画像を見ている時も、我関せずで教科書を読んでいた。恥ずかしくて隠しているのではなく、本当にそういった類いのものに興味がなかった。いや、持たないようにしていたのだ。

「嘘をつくなああああああああああああああああ！　そんな男が地球上に存在するか!!」

「何でこんな主語デカいんだこの人……」

「女神は基本的に主語がデカいわ」

自身の能力に絶対の優越感を懐《いだ》いていた女神は、少年がエロ本を持っていなかっただけで勝手に屈辱を味わい、殺意をほとばしらせていった。

「いいでしょう……人間相手ならば手荒な真似はしないであげようと思ってましたが……ふしだらな本の一、冊も持っていない貴様を、もはや人間とは思わない!!」

「ひどすぎる……エロ本持ってないだけで殺害対象にされる人間が、俺の他にいるか!?」

「覚悟を決めなさい、照魔！」

アロガディスが疾走する。これまで自尊心を満たすために二人の攻撃を捌《さば》くことに徹していた彼女が、初めて攻撃に転じたのだ。

三枚の翼を羽ばたかせ、エルヴィナが飛翔《ひしょう》する。

正面から銃撃し、弧を描いてアロガディスの背後に回り込みながら斉射した。

そして照魔《しょうま》も、意を決してアロガディスの持つ武器以外の場所に斬り込んだ。

だが攻勢に転じても、アロガディスの『認識』の神起源《アライブ》は絶大な力を発揮する。

二人が繰り出した攻撃をまるで未来予知のようにことごとく回避し、照魔にはカウンターの蹴りを、エルヴィナには刺突の連撃を放った。

同時に吹き飛ばされる照魔とエルヴィナ。二人の背に輝く三枚ずつの翼を見て、アロガディスは嘲《あざけ》りで声を上擦《うわず》らせた。

「坊や、すっごく簡単な計算で教えてあげるね。──三枚が四枚に勝てるわけないじゃん！力が半減した時点で、エルヴィナさまはもう私より格、下……!!」

脳天に振り下ろされたバリヤードエイジを剣で受け止め、距離を取る照魔。

「力を半分こした人間が弱すぎるから、エルヴィナさまもそんなに弱いんですよ！」

一気呵成《いっきかせい》に攻め込もうとせず、自分の優位をじっくりと味わおうとする。アロガディスという女神がどれほど抑圧され、鬱屈した日々を送ってきたのかが垣間見えるようだった。

「人間が力を求めたって無、駄ってことです！　まして、天界に刃向かうような真似をして繁栄を求めても!!」

「さっきも言っていたな。どうして俺たち人間が、天界に害を為《な》すことになる!!」

「――あのおもちゃで作っているエネルギーですよ。人間の心を燃料にしているんでしょう？」

セフィロト・シャフトのことを指しているのだろう。

空に赤紫の筋を薄く残しながら、バリヤードエイジが閃《ひらめ》く。

「人間の心は、天界に捧げられるべき供物。それを人間が自分たちのために勝手に使うなんて、天への反逆じゃなくてなんだっていうんですか？」

剣と剣が打ち合う金属音も聞こえなくなるほど、アロガディスの言葉は強く強く照魔の耳に響きわたる。

「だから私たちは、この世界を粛、正します。あなたたちを始末した後は、ここで視《み》た悪行を正式に天界へと具申するつもりです！」

神聖女神《セイヴァリド》が言っていた。天界と人間界は共生関係にあるのだと。

人間界は脆《もろ》く壊れやすいから、女神が調和と修復を施している。その代わりに人間たちの神への祈り、心が天界に届き、女神の力となるのだと。

「これで天界の調和が乱れた原因が一つ潰《つい》える……私の出世は盤石《ばんじゃく》のものになりました！」

以前から見当がついていたのだろう、軽く呼気を落とす程度で動揺など微塵《みじん》も見せないエルヴィナと違い、照魔は明らかに顔つきを変えていった。

ただし困惑や畏怖ではなく、怒りの表情へ。

「……人間の心を、人間界のために使うことが……罪だって言うのか？」

「あなたたち人間だって、家畜が勝手にお乳を飲み合って渡さなかったら、怒るでしょう?」

憧れとは少し違った。けれど女神はやっぱりきれいで、優しくて、それに意外とお茶目で愉快な人たちだと知った。別の種族としての意識の違いは何度か感じたものの、納得のいく範囲のものだと割り切れるものばかりだった。

だが照魔《しょうま》は、ここに来て女神とどうしようもなく深い溝で隔たれたように感じた。

人間を家畜と言い切る存在に、初めて〝邪悪〟な女神の一面を垣間見た。

「……そうか、エルヴィナがセフィロト・シャフトを見て『愚かなこと』って言ったのは、そういうことだったのか……」

照魔は無力感に打ちひしがれ、肩を落とす。エルヴィナは顔を伏せ、表情が伺えない。

「こんなことを邪悪女神《ゾディアクス》に言っても仕方がないって、わかってるけど……」

だが今回ばかりは、返す照魔の声も醒め切っていた。

「〝この〟人間界に生きる人たちから気力が失われた時……世界が衰退していった時、天界は助けてくれたか?　困った時はお互い様ですって、心の力を分け与えてくれたか?」

気力が失われることがもたらす被害の大きさは、当の人間でさえ取り返しがつかないところに来てようやく認識したほどだ。

病は気から、という言葉のとおり、気力が失われた世界では病気も大いに蔓延した。

一時期は、世界の平均寿命が二〇年近く縮んだと言われている。

それがどれだけ異常でひどいことか、つぶさに言って聞かせたところで、女神には実感してもらえないかもしれない。彼女たちには、永遠にも等しい生命があるのだから。

「里茶《りさ》ばあちゃんは……俺の家族は、そういう激動の時代を生きた……ＥＬＥＭ《エレム》で発展した医療技術のおかげで、病気も治った！　この世界の人たちは、ようやく立ち直ったんだよ！　今ＥＬＥＭを失ったら、世界はまた地獄へ逆戻りしてしまう!!」

照魔はオーバージェネシスを振るい、切っ先をアロガディスに向けた。

人間の姿をしたものと戦う覚悟を……憧れの存在と矛を交える覚悟を、白刃の先に煌《きら》めかせて。

「ＥＬＥＭは今を生きる人たちの希望だ！　誰にも奪わせはしない!!」

信念の叫びを前にしても、アロガディスはいっそう侮蔑に眼を細めるだけだった。

「こっちはただ、人間がちょろまかした貢ぎ物を粛々《しゅくしゅく》と回収するだけなんで、そんなやる気出さなくて大丈夫ですよ？」

もはや、問答は必要ない。

「────行くぞ、エルヴィナ!!」

「待っててあげたのよ、あなたが言いたいこと言い終わるまで────!!」

白き衣の女神と黒き衣の少年が、肩を並べて走りだした。

「気迫はいいけど、まだ女神力《めがみりょく》がそれに追いついていないわ。照魔、あなたはディーアムドを完全に使いこなせてはいない」

「エルヴィナは？」

「私も今は使いこなせているとは言えないわね……おそらく、半身であるあなたの成長にしたがって、私も力を取り戻していく」

自分のせいで、エルヴィナも足踏みをしていると知り、照魔《しょうま》は責任を感じる。

「でもそう難しいことではないわ。忘れたの？　照魔……私が天界で何と呼ばれていたか」

「！　『そんなエッチな身体《からだ》で女神は無理でしょ』か……!!」

「そっちじゃないわね」

エルヴィナは呆れたように息をこぼすと、

「『終焉《しゅうえん》の女神』——終わりをもたらす存在よ。相手が女神なら、なおさらね」

二挺《ちょう》のルシハーデスを横持ちに構え、飛翔《ひしょう》。エルヴィナと交差しながら、照魔も跳躍した。

照魔が斬りかかり、エルヴィナが撃ち、アロガディスの目がそのことごとくを捉え、斬って捨てる。戦いは、千日手の様相を呈し始めた。

エルヴィナと同時攻撃を繰り出しながら、照魔は思考を冷やしていった。

あらゆる攻撃を見切る……それが本当なら、戦いの強さで立場が決まる天界では無敵。とうの昔に最強の一角に食い込んでいたはずだ。

しかし未だに候補生止まりということは、アロガディスの能力は自分より強い相手には通用しない……つまり、付け入る隙があるはずなのだ。

「ディーアムドの骨子は〝空想〟よ。この武器ならこんなことができる――を、さらに突破して。ガンガンこじつけなさい」

　攻めあぐねる照魔に向かって、並走するエルヴィナが助言を送る。

「こじつけ……え⁉」

「例えば私の銃よ。銃弾は発射されれば真っ直ぐ飛ぶ。ここまではいいわね？」

「ああ、銃弾だから飛ぶな」

　実際に今も、エルヴィナの撃った光弾は一直線にアロガディスに向かい続けている。

「だけど、飛んだのなら曲がるはずよ」

「なんで⁉」

　そして事実、次に撃った光弾はブーメランのように弧を描き、アロガディスの虚を突いて背後に回り込んだ。

　もちろん、不意打ちへの対処はアロガディスの十八番だ。余裕を持って防御が間に合ったものの、彼女の表情に何故か一瞬苦みが差した。

「なんでじゃないの。縦に運動する物質が、弧を描いたっていいでしょう？」

「確かに、駄目じゃないけど……！」

　直線運動をしている物体がカーブをしたくなったのなら、照魔に止める権利はない。

それでもあえて言いたい。なんで、と。

小等部以降の課程の単位もある程度取得している照魔《しょうま》だが、物理はまだ完全とはいえない。だがさすがに放たれた銃弾が直進しかしないのは、理科の尺度で十分わかることだ。

「ディーアムドは自分の内面、心を実体化させた武器。つまり自分の可能性をどこまで信じられるかよ。センスのない者が使う銃の弾は、永遠に真っ直ぐにしか飛ばないわ」

「難しい。めちゃくちゃ難しいぞ、それ……!!」

照魔が学校で学んだあらゆる知識を一度捨て去り、世界の法則を超越した想像をしろというのは、思っているよりも難解で、そして勇気のいることだ。

「照魔……あなたは変に真面目ぶっているのよ。それじゃあ強くなれない。ヤバい女神たちに対抗するには、あなたもヤバくならなければ……そうでしょう?」

確信を持って「そうでしょう?」と言われても、「そうでしょうか」と思ってしまう。

「心のリミッターを外しなさい。私が天界で垣間見たあなたは、今より全然どうかしていた。そのポテンシャルを封じ込めるなんてもったいない。もっと自分を曝《さら》け出して……女神への空想《おもい》を力に変えて……。大丈夫、女神はあなたが思っている以上に血迷った奴ばかりよ」

一層困難なことを言われているようで、不思議とその助言はすんなりと頭に入ってきた。いや最後にしれっと全く大丈夫じゃないことを言われたが、それは置いておいて。

「難しいこと考えないで、女神への想いを力にしろっていうなら……俺にもできそうだ!!」

アロガディスに斬り込みながら、照魔は握り締めた剣に力を込めていく。そして、ありったけの心、空想を注ぎ込む様をイメージした。

たった一二年の人生。女神たちからすれば、確かに瞬きよりも短い一瞬なのかもしれない。

だが照魔はその内の半分、六年間を、女神と逢《あ》うために費やしてきた。

彼にできるのは、空想だけだった。女神に逢いたいと願い、その瞬間、その日々を夢想した。

女神の空想なら、誰にも負けない――。

「力を解放しろ！　オーバージェネシス!!」

白き聖剣の刀身に走る黒いラインが、まばゆい蒼《あお》に輝いた。

血液が脈動するように、暴れ出しそうなほどの力が漲《みなぎ》っている。

オーバージェネシスの斬撃がやおら蒼光の軌跡を描き、受け止めたアロガディスも驚愕《きょうがく》している。照魔は空を薙《な》いだ聖剣を掲げ、その光に瞠目《どうもく》した。

脈動するは、空想の煌《きら》めき。果てしなき自由の象徴、蒼穹《そうきゅう》の輝きを放つ聖剣。

これこそはオーバージェネシス・第二神化《フェイズツー》――!!

「やったわね、照魔。あなたは、オーバージェネシスの扉を一つ開いた」

我がことのように誇らしげに語るエルヴィナ。

その手に握られたルシハーデスは――赤いラインに彩られていた。エルヴィナも照魔の力に呼応し、力の一端を取り戻したのだ。

「…………ふざけやがって……！」

人間がディーアムドを手にしたどころか、自分にとっては未知の領域である第二神化《フェイズツー》にまで到達した。怒りに一瞬我を失ったのか、アロガディスの言葉遣いがさらに荒々しくなる。

これ以上人間が神の領域を侵す様を見ることは耐え難い。アロガディスは大きく踏み込んできた照魔《しょうま》に、本気の殺意を向けた。

「だから、見えてるんだって、坊やの剣は!!」

「いいよ、見えてても!!」

照魔は防御されても構わず、進化した聖剣を力の限り振るい続けた。

エルヴィナの助言どおり、空想を力として燃やしながら。

たとえば、どうすれば天界に行けるだろうかと、一生懸命考えた夜があった。

とても大きな風船だろうか。それとも、宇宙ロケットだろうか。

最終的に幼い照魔が空想したのは、光の階段だった。

照魔が一歩を踏み出す度に、目の前に一段ずつ光の階段が形作られ、彼を遥《はる》か天の彼方へと導くのだ。

今、照魔の空想はその幼い日の夜に重なっていた。

振るった剣の軌跡が形を持って残れば、どうなるだろう、と。

「っ……!?」

回避を試みたアロガディスの背が、異質な硬さに阻まれる。

照魔の剣閃《けんせん》が、空中にそのまま残っている。

「——なに、その輝き……まさか、オーバージェネシスの剣閃が、形として残って……!!」

一瞬の動揺の間隙《かんげき》を縫いエルヴィナの撃った光弾が、アロガディスの脇腹に直撃。

たまらず身を躱《かわ》した先で、アロガディスはまたも固定化された剣閃に激突した。

照魔が剣を振るった分だけ、剣が増えていくようなものだ。

自然、アロガディスの防御リソースもそちらに割かれることとなる。

オーバージェネシスの剣閃は、今や二〇を超えて空中に静止し、アロガディスを取り囲んでいる。

「……俺は算数が大得意だ。それをあまりひけらかすのは紳士的じゃないが、お前にもわかるようにすごく簡単な計算で教えてやる!!」

先ほど街を嘲笑《ちょうしょう》されたことへの意趣返しの言葉を手向《たむ》ける照魔。

アロガディスは自分の回避行動の妨げになる魔眩光《まどうこう》を砕こうとするが、もう遅い。

「——俺とエルヴィナの翼を合わせれば、六枚翼《エクストリーム》だ。四枚翼《エクシード》に負けるわけないだろう!!」

左右一対の翼を共有し、照魔とエルヴィナは、六枚翼《エクストリーム》となったのだ。

「撃て、エルヴィナ────────ッ!!」

「上上出来《じょうじょう》よ、照魔《しょうま》!!」

エルヴィナは狙いを定めるでもなく、その剣閃《けんせん》目掛けて撃てる限りの銃弾を撃ち放った。

放たれた光弾は、第二神化《フェイズツー》によって銃身を輝かせるラインと同じく、赤い粒子をまとって唸《うな》りを上げる。

天界最強の名を欲しいままにした女神の真価──紅の魔眩光弾《まどうこう》。

全てを捉える目だからこそ、迫るその威力、その恐怖も存分に知覚してしまう。

「ああああああやだ……その弾丸《たま》来ないでっ……こっち来んなああああああ!!」

アロガディスは双眸《そうぼう》の輝きを全開にし、バリヤードエイジを我武者羅《がむしゃら》に振るう。

「大丈夫!　エルヴィナさまはまだ全盛期にはほど遠い……勝てる!　私なら大丈夫!!」

大声で自分を鼓舞しなければ、その脅威に立ち向かえない。だがアロガディスの言う通り、エルヴィナが本来の力で銃撃していたならば、防御した剣もろとも腕が吹き飛んでいてもおかしくない威力のはずなのだ。

それを防げている自分は、すごい。強い。可愛い。最高。

一弾防ぐごとに自分で自分を褒《ほ》め、アロガディスはボルテージを高めていった。

彼女の神起源《アライブ》、『認識』の力で、全ての攻撃は捉えている。捉えているはずなのだ。

回避し、あるいは弾いた魔眩光弾《まどうこう》は、後方の剣閃に反射。さらに勢いを増して再発射される。

「ルシハーデスの銃撃が……跳弾する!?」

愕然《がくぜん》としながら、迎撃を試みるアロガディス。その間にもエルヴィナは遠慮なく魔眩光弾《まどうこう》を山積させていった。

しかも、ただの跳弾ではない。跳ね返るたびに、オーバージェネシスの剣閃の力も加わっている。避ければ避けるほど、飛び交う弾丸の密度が増すほど、アロガディスの受けるダメージは増大する。

ピッチャーの投げた球を視認できるだけでバットに間違いなく当てられるのなら、あらゆるバッターが常にホームランを打てて当然になってしまう。

それと同じ理屈だ。アロガディスは確かに天界でも屈指の「見切り」を体得しているのかもしれないが、それに肉体性能が追いついていない。

ただひたすらに攻撃の手数を増やしていくことで、彼女の防御の絶対性は打ち崩せる――。

「うわあああああああああああああああああっ!!」

無数の魔眩光弾《まどうこう》が牙を剝《む》き、ついに女神の総身を爆撃した。

絶叫し、膝立ちに崩れたアロガディスは、全身をスパークさせる。

そして、力を使い果たしたかのように倒れ、背中の四枚の翼も光となって消えていった。

「……う、うう……天界最強の六枚翼《エクストリーム》……人間の坊やと二人揃《そろ》えば、今もその力は健在だってこと……?」

照魔《しょうま》の言葉通り。たとえ半分に別たれたとしても、照魔とエルヴィナが心を一つにすることで翼は今も六枚の輝きを、最強の強さを解き放つ。

四枚翼《エクシード》のアロガディスに、勝てる道理はなかった。

「照魔……私があなたの発動した能力を見て思いついた狙い、よくわかったわね」

「お前、送ったものが返ってこないと怒るから……俺がちゃんと送り返さなきゃって思って」

地面に腕をついて立ち上がろうとしながら、アロガディスは憎々しげに唇を噛《か》む。

「認識してもしても、キリが無かった……い、一体、何度跳弾してくれちゃったんですか……くっ……!!」

「たった九〇往復よ、一昨日私と照魔が送り合ったメッセージよりも少ない。ギブアップが早すぎたわね、アロガディス」

「………つ、付き合ってられないです、そんなの……」

アロガディスはエルヴィナに手を伸ばそうとして、ガクリと崩れ落ちた。


今回もそうだ。女神を倒しても、照魔の胸には充足感も達成感も湧かない。湧くはずがない。

女神は、憧れの存在だったはずなのに。

どうしてこんなことになってしまったんだろうと、照魔は自問自答する。

「……でも、あいつは街を壊そうとした……ELEM《エレム》を天界への反逆だなんて言ったんだ。

戦うしかなかった……!!」

　それでも最後には自分の心に納得を着けるが、無意識にエルヴィナへと視線を向けてしまう。頷《うなず》いて欲しかったのかもしれない。

「アロガディスの言うこと全てが間違いじゃない」

　しかしエルヴィナはいつもと変わらず、突き放すように言った。

　戦いの中で照魔の魂の叫びを聞いてもなお、彼女の考えは変わることはなかった。

「ＥＬＥＭが存在する限り、この世界は天界から狙われ続けるわ。技術放棄するのが賢明だと思うわよ」

「お前……」

　何があっても、後悔しないと誓った。全て、自分で決断したことだからと。しかし……。

　照魔の瞳が揺れる。縋《すが》るようにしてエルヴィナに向けられた視線は大地に落とされ……やがて、彼方にそびえるセフィロト・シャフトへと注がれた。

　過去の幻影《あこがれ》か。現在《いま》の真実《せいぎ》か。

　照魔は固く唇を噛むと、

「やっぱり俺──お前のこと嫌いだ」

　もう躊躇《ためら》うこともなく、その言葉を口にした。

「ただ一生懸命生きているだけの人間を『愚か』だって簡単に言えちまう邪悪な女神たちと

は、わかり合える気がしない」

「……そうね。私も反省するつもりはないわ」

「そうだろうな。お前は戦いが大好きで、戦えれば何でもいいんだもんな」

二人の間の空気が、どんどん険悪なものになっていく。

目を合わせるのも憚《はばか》られ、そっぽを向く照魔《しょうま》。そこで彼は、異変に気づいた。

「……え」

そこに倒れているはずのアロガディスが、いつの間にか跡形もなく消えていた。遅れてエルヴィナも気づく。

「消滅まではしなかったはず。天界に逃げ帰ったの……？　あれだけの傷を負って……」

その時、照魔とエルヴィナの頭上へと大きな影がかかった。

見上げた空は急激に陰り始め、雲をさらに覆い隠すような巨大さで人の顔が浮かんだ。

『こんにちは、愚かな人類の皆さん』

立体映像となって空に投影されているのは、忽然と姿を消したアロガディスだった。

戦っていた自分たちにではなく、世界の人間全てに向けて呼びかけている。

「あいつ、今度は何をする気だ!?」

照魔は張り詰めた顔つきで空を睨《にら》み上げた。

『この世界に浸透しているＥＬＥＭ《エレム》という技術は、存在そのものが神への反逆です。というわけで――粛、正させていただきます』

陽気な声で響く、断罪の宣告。

「……私たちに勝てないから、人間たちを相手に憂さ晴らしでもするつもりかしら」

それが本当だとしたら、街にとんでもない被害が出てしまう。

照魔は私情を押し殺し、やるべきことを果たすべく気持ちを切り替えた。

「エルヴィナ、喧嘩《けんか》はいったん止めにしよう。あいつのいる場所を特定してくれ!!」

空に浮かぶアロガディスの顔の後ろに、うっすらと街路樹のようなものが見える。まだ神樹《かみき》都《と》のどこかに身を潜めているに違いない。

しかし……エルヴィナに探知してもらうまでもなかった。

「何だ、あれ」

空に浮かぶアロガディスの双眸《そうぼう》が禍々《まがまが》しいまでの金色に輝き、激しい光に包まれた直後。

そこに映っていたのは、猛獣の貌《かお》をアップで捉えたような舌と無数の牙だった。

そして空に浮かぶ切り取られた映像とは別に、照魔の視線の先には全体像が……本体が顕現していた。

数十メートルはあるだろうビル群を見下ろす、異形の巨体が。

猫のような四足動物でありながら、伸びた胴体の先にさらに獣の上半身を宿した合成神獣《キメラ》。

背中からは光の輪が突出しており、異形の天使であることを誇示。胸には抉《えぐ》り出した心臓のように宝玉が輝いている。

上半身に備わった両腕は異常に長く、都合、六脚歩行の怪物と化している。

しかも下半身の前腕は人間の腕そのままの形なのが、不気味さを際立たせる。

何より頭部は巨大な顎《あご》を備えながら瞳がなく、意思の疎通が不可能な別の世界の生き物であることを暗に顕《あらわ》しているかのようだった。

「……アロガディス……まさか、そこまでする覚悟があったなんて」

エルヴィナの口角が僅かに上がる。まるで、この状況を楽しんでいるかのように。

「ちょっと待て……まさか、あの怪物がアロガディスだっていうのか!?」

照魔《しょうま》が絶句するのも無理はない。

さっきまで対峙していたアロガディスと同じなのは、彼女の髪の色だった赤紫の体色だけ。

突如出現した怪物には、もはやあの美しき面影はどこにもなかった。

「そう。あれはディーギアス……破滅の巨神」

ディーギアス。

エルヴィナは神話を繙《ひもと》くような厳かな声音で、その名を紡ぐ。

神起源《アライブ》を目に持つアロガディスがその能力のみを内に込め、美しき瞳と肉体を捨て去った正真正銘の最終形態。

恐竜を遥《はる》かに凌駕《りょうが》する巨大な怪物が、天に向かって雄叫びを上げた──。

役職：女神（四枚翼）

アロガディス

四枚翼の中でも屈指の実力者。
六枚翼への執着が強く、自分の女神装衣も
六枚翼の特色を疑似再現しようと一部重ね着している。
野心家で、上司の特命すら出世に利用しようと企んでいる。

MYTH：6 最強の巨神

『未確認巨大生物が出現しました。市民の皆様は、誘導に従って速やかに所定のシェルターへと避難してください』

神樹都《かみきど》全域に避難警報が発令され、市民が最寄りのシェルターへと駆け込んでいく。

街中に設置されたスピーカー。スマホ。巡回ドローン。あらゆる媒体で、警報は拡散する。

ＡＩによる合成音声も、未確認巨大生物出現などという災害区分を発令するのは初のことだ。しかしそれは比喩でも何でもなく、目の前にある現実だった。

人の姿では人目につかない場所を戦いの地に選んでおきながら、巨獣の姿ではそびえるビルの只中に現れた。アロガディスはもはや躊躇《ちゅうちょ》無く、街を破壊していく気なのだ。

巨獣の咆哮《ほうこう》がビル群の窓を粉砕し、ガラスのシャワーを大地に降り注がせる。

アロガディスは瞳なき貌《かお》で天を仰ぎ、陶酔した声音で誓いを打ち立てた。

〈――このディーギアスこそが、女神の完全戦闘形態！　天界の頂《いただき》に立つ望みも叶わずただ消えるぐらいなら……私はあえて穢《けが》れを受け容れます!!〉

「ディーギアス……それはいったい、何なんだ!?」

「大昔から争いを繰り返してきた女神たちだけど……まだ私も誕生していなかった遥《はる》か昔、一度天界を滅亡寸前まで追いやったことがあるらしいわ」

その名を聞いて愕然《がくぜん》とする照魔《しょうま》に、エルヴィナが苦渋の面持ちで語り始めた。

「その元凶こそがディーギアス。女神の最終戦闘形態……あんなふうに巨大化した女神たちが、天界全土で最終戦争を繰り広げた結果よ。それ以来ディーギアスは禁忌《きんき》とされ、たとえ邪悪女神《ゾディアクス》であろうともその力に手を出そうとはしなかった」

女神の禁忌の姿……もはや、怪物と呼ぶことすら憚《はばか》られる。

明らかにおぞましい魔物でありながら、それでいて神々しさを感じさせる姿。

目にするだけで人類の心を折って屈伏させる、異次元の威容だ。

〈人間界でなら、禁忌を破っても全然問題はないです……そもそもこれは、天界に反逆した人間に誅、伐を与えるためなんですから……!!〉

逆だ。地球の何倍も広大な天界を火の海に変える力を、人間界で使ってしまったらどうなるか。もはやアロガディスは完全に居直り、己の悪行にただ言い訳を作っているに過ぎない。

「あの姿はおそらく山猫座……アロガディスは、リンクスのディーギアスよ」

「……ディーギアス＝リンクス……天界を滅ぼした最終兵機の再来……」

呆然《ぼうぜん》としながらその名を独言する照魔。

終末を現実のものとする存在。彼は今、神話の一節と対面していた。

「勝利を以て穢《けが》れを濯《すす》ぐという、不退転の誓約……ディーギアスになってしまったら、あとはもう眼前の敵を倒すしかないのよ」

女神と人間との価値観の違いを、照魔《しょうま》はたびたび痛感してきたが……こと戦いに関してのそれは、果てがない。敵の威容よりも、その精神性の隔たりのあまりに心が折れそうになる。

街に激震が走り、照魔たちの身体《からだ》が小さく跳ね上がる。

道路がうねりひび割れる。道沿いに並んだ街灯が、連鎖して破裂していく。

ディーギアスは、ただ歩行するだけで文明を破壊していくのだ。

「とにかく、あいつを何とかしないと！　エルヴィナ、何か手はあるか！」

エルヴィナも、早口気味に説明を再開する。

「私たちもディーギアスを発動させることができれば、対抗はできるけど……」

女神の最終戦闘形態と言われた以上、照魔とてエルヴィナにもディーギアスがあるだろうとは予測がついた。だがその手を即座に打たなかったのには、何か理由があるはずだ。

「やっぱり……女神にとってものすごく不名誉な姿だからか」

照魔の懐《いだ》く忌避感や倫理的嫌悪以上に、エルヴィナが背負う十字架の方が遥《はる》かに大きい。

そのせいで躊躇《ちゅうちょ》しているのだろう――。

「私、そういうの気にしないわ」

と思いきや、けろっとした表情で告げるエルヴィナ。

「だったら俺も協力するぞ。どうすればいい？」

「ディーギアスに変わる時、アロガディスの両目が金色になったでしょう。あれがディーギアスの起動条件。金色の光景を心に映し共鳴させることで、内なる神性を完全に解放するのよ」

すでに右目が金色になっている照魔からすれば一見容易にすら思える起動法だが、それが不可能な決定的理由があった。

「だけど私たちは、何故かどちらも右目が金色になっている……ディーギアスの起動条件を満たせないわ。それとも、あなたの眼球を取り外して私に託す？」

「かなり痛そうだな……多分それやっても意味ないだろうし……」

〈……あはははは、やっぱりなれないんだぁ！　これで形勢逆転ですね!!〉

リンクスは巨大な前腕を振り上げ、無造作にビルの外壁へと叩きつけた。

照魔の頭上に、瓦礫が雪崩《なだれ》となって降り注ぐ。

「うおおおおおおっ！」

瓦礫に押し潰される紙一重で飛び退《すさ》る。

照魔の眼前に積み重なった瓦礫の山を砕いてリンクスの腕が迫り、目の前で巨腕は指を弾いた。アロガディスの癖だった指弾き。この巨体から繰り出されるそれを食らえば、致命の一撃と化す。

間一髪、オーバージェネシスの刃の腹で巨大な指を受け止めた瞬間。

照魔《しょうま》は紙屑《かみくず》も同然に吹き飛ばされ、叩きつけられた街灯をくの字に折り曲げた。

「がふっ……!!」

あまりの衝撃に、息を詰まらせて崩れ落ちる。

「攻撃を受け止めては駄目、照魔!!」

死角から銃撃を試みたエルヴィナだが、鞭《むち》のように振るわれたリンクスの尾で脇腹を打ち据えられて墜落。路上に駐車していた乗用車に深々とめり込み、砕けたガラスが舞い上がる。

「くっ……!!」

〈この姿になっても、私の神起源《アライブ》は健、在です……！　まあ、ちょこまか飛び回る虫は見えづらくて仕方がないですけど……アハハハハ……!!〉

力の差がありすぎる。もはや照魔たちなどいつでも殺せると判断したリンクスは、背後を振り返った。セフィロト・シャフトを前に、邪悪に口許を歪《ゆが》める。

〈それじゃあまず、天界への反逆の象徴を――破、壊……ッ!!〉

口から赤紫色の光線を放つリンクス。一拍遅れて、地平の彼方で大爆発が起こった。

すでに避難が完了した街中のいたるところから、機械的な警告音声が鳴り響き始める。

巨大都市の機能が一部停止したことを警告する、深刻度最上級のアラートだ。

「セフィロト・シャフトのサブコントロールセンターがやられた！」

エネルギー管理センターの役割を担うセフィロト・シャフトには、予備施設として周囲区画にサブコントロールセンターが敷設されている。それらが、今のリンクスの攻撃で崩壊させられてしまった。あたかも、本丸を守る盾となったかのように。

〈あはは、意外としぶとい～～〉

まるで遊戯に興じるように声を弾ませるリンクス。さらに続けて、光線をもう一発。

サブコントロールセンターは駄目押しの爆発を重ね、炎はその先にそびえるセフィロト・シャフトにも及ぼうとしている。彼方で爆炎の中に崩れゆく建物が、取り返しのつかない事態が始まったことを照魔に痛感させた。

道路や街灯が破損する程度の、これまでの戦いとは次元が違う。

住み慣れた街が形を変えていく様は、最終聖戦の只中に放り込まれたも同然だった。

「このままじゃ……俺たちの街が……神樹都《かみきど》が本当に滅ぼされる!!」

〈この街だけじゃ済まさないですよ〉

リンクスの足元に、無数の蜘蛛女神《くも》が出現する。十や二十では利かない。先日照魔とエルヴィナが戦った時の数を遥《はる》かに上回る大軍勢だった。

「まずい！　蜘蛛女神がセフィロト・シャフトの方に……!!」

〈さあ、何もかも破壊しちゃってー。エルヴィナさまと人間の坊やによく見えるように、人間界を滅ぼしていこうね～〉

ディーギアスに変貌したことで理性が侵食されつつあるのか、アロガディスは正気を保っているように見えて明らかに攻撃性が獣のそれに近づいている。

照魔《しょうま》の帰りを待つ里茶《りさ》たちに連絡を取るため、慌ててスーツのポケットからスマホを取り出す。画面にヒビが入っていたが、機能は無事のはず。しかし——

「……携帯が繋《つな》がらない！」

サブコントロールセンターが破壊された被害は、すでに目に見えるものとして現れていた。

ＥＬＥＭ《エレム》技術でより高品質、高速なネットワーク網を実現した携帯電話が、都市機能の麻痺《まひ》に連動して使用が不可能になった。

先進技術を核にユビキタスネットワークを形成した弊害だった。

「エルヴィナ、セフィロト・シャフトに行こう!!」

「何を言っているの!?　このままリンクスを放置したら、人間界が滅ぼされるわよ!!」

さすがのエルヴィナも、この状況での照魔の提案には言葉を失った。

「忘れたのか!?　燐《りん》たちがあの近くで待ってるんだぞ……助けに行かなきゃ！　体調の悪いばあちゃんだって一緒なんだ!!」

「彼らを案じるなら、今ここで戦いなさい!!」

照魔とエルヴィナとで、完全に意見が対立してしまった。一刻を争う状況で、言い合いを続けていれば手遅れになる。

「……俺は行くぞ、いいのか！　俺と離れたら、お前もどうなるかわからないんだろ!!」

生命を共有しているがゆえに、あまり離れすぎれば生命に関わるという盟約を利用したブラフ。照魔なりの精一杯の交渉だったが、エルヴィナが踵《きびす》を返したことであえなく決裂した。

「……ここからセフィロト・シャフトまでの距離なら何とか大丈夫よ……多分ね」

そんなに戦いが大事か。照魔は、エルヴィナとの決別を覚悟した。

どうせディーギアスとやらになれないなら、あんな巨大な怪物を相手に勝ち目はない。

女神の理不尽な戦いに巻き込まれるよりも、大切な家族たちを守る方が優先だ。

照魔はセフィロト・シャフトを目指して一心不乱に駆けだした。

リンクスはその背中に攻撃の手を向けることはなく、あえて放置した。

一人残った獲物を、徹底的にいたぶるために。

〈……オトコに見捨てられちゃいましたね、エルヴィナさま♪　あはは、いい気、味!!〉

獰猛《どうもう》に牙を剝《む》いたリンクスの哄笑《こうしょう》が、爆炎に包まれ始めた街に響きわたった。

○　●

燐たちの待つセフィロト・シャフトを目指して、照魔はひた走った。

同じくセフィロト・シャフトまで進撃している蜘蛛《くも》女神たちを殲滅《せんめつ》しながらのため、女神の力で脚力が強化された今の照魔《しょうま》でも目的地までひどく遠く感じられた。

「頼むよ！　あんたたちも女神なんだろ!?　天界に帰ってくれ!!」

意思疎通が可能な知性はあるはずなのに、蜘蛛《くも》女神はまるで照魔の声に耳を傾けようとしない。仲間が倒されても、見向きもせずセフィロト・シャフトへ一直線に向かっている。

オーバージェネシスを一閃《いっせん》し、鈍い手応えを手に感じる度、幼い頃の女神との思い出が頭をよぎった。女神とは、一体なんなのか。あらためて自分の胸に問う。

照魔にとって女神への思いが揺らぐことは、人生の羅針盤を失ってしまうことに等しい。

焦燥感に苛《さいな》まれながらも、懸命に走り続けた。

頭上の空を赤紫の光線が飛んでいき、激しい風圧が襲い来る。リンクスが、またしても光線を放ったのだ。

思わず膝をついた照魔の目の前で、光線はセフィロト・シャフトの下部を掠め、致命的なまでの大爆発を巻き起こした。

「ッ……あ、ああ……セフィロト・シャフトが……!!」

サブコントロールセンターの破損に続き、とうとう本体にもダメージが及んでしまった。

セフィロト・シャフトは建物の下部がむき出しになって破損しており、断続的な爆発が起こり始めているのが見えた。

『未確認巨大生物が出現シ――ＭＡし…………。…………』

住民の避難がほぼ完了した後も引き続き鳴り響いていた警告音声が、ぷっつりと切れた。

空を飛んでいた誘導用の巡回ドローンが、落下して地面に叩きつけられる。

いよいよ、ＥＬＥＭ《エレム》に依存している街のあらゆる機能が崩壊を始めていた。

瞬間、耳をつんざくような異音が空に響き渡った。そして周囲の空間のあちこちで、爆竹が破裂するような小さな爆発が起き始める。

剣を手にしたまま思わず両耳を塞いだ照魔だが、今度は左耳の間近で破裂音がした。

左手首にしている燐《りん》の特製のスマートウォッチが放電し、軽く爆発を起こしたようだ。慌ててバンドを外し、地面に落とす。

かつてコンセントを使用しない、家庭用電気の無線供給が実験段階にあったが、ＥＬＥＭはすでに広くエネルギーの無線供給を実用化している。

照魔が手首にしていたのも、ＥＬＥＭの無線供給で稼働する高性能のスマートウォッチだ。

セフィロト・シャフトが想定外の衝撃を受けたことで、街全体のＥＬＥＭの無線供給システムが誤作動を起こしている可能性がある。おそらく先ほど街中に連鎖していった破裂音がそれだ。

「――――」

そう思い至った瞬間、照魔は全身の血の気が引いていくのを感じた。

手首に巻いていただけの時計でさえ、この衝撃ということは――。そのテクノロジーに依存した人工臓器が体内で動作不良を起こしたら、大変なことになる。

「う、お、おおおおおおおおおおおおおおおお!!」

平常心を失い、鬼気迫る勢いで前方の蜘蛛《くも》女神たちを蹴散《けち》らしながら走った。

走って、斬って、走って……焦る心が、近づけば近づくほど目的の場所を遠ざけていく。

照魔《しょうま》の虚を突き、頭上から一体《ひとり》の蜘蛛女神が飛びかかってきた。

その刀剣のように鋭い脚が照魔の眼前に迫った瞬間。

蜘蛛女神は、横合いから吹き付けた強烈な突風に吹き飛ばされ、地面に叩きつけられた。

唖然《あぜん》とする照魔の目に、鮮烈な光が飛び込んできた。

〈今日は君たちが会社にやって来るのが遅かったのでな。様子を見に飛び立ってみれば——

まさか、こんなことになっていようとは〉

朱色に煌《きら》めく巨大な鳥が、セフィロト・シャフトを目指す蜘蛛女神の群れの前に立ちはだかるようにして、雄々しく六枚の翼を広げている。

それは天界の嘆きの門で見た門番、エクストリーム・メサイアの勇姿の再来だった。

「……エクス鳥《とり》さん！　元の姿に⁉」

〈長くは保たん。それに我は中立の立場……女神同士の戦い、ましてディーギアスなどという禁忌《きんき》を持ち出した以上は、断じて介入できぬ〉

彼方に揺れるディーギアス＝リンクスの巨軀《きょく》に、エクス鳥は憐れみにも似た視線を送る。

天界の創生から彼の世界を見守ってきたエクス鳥ならば、当然、ディーギアスの暴虐を目にしてきているはず。それが人間界で再現された今、彼の胸にはどんな思いが去来するのか。

〈……だが君の会社の受付嬢として、敷地の近くに群れる不審者には立ち退いてもらわねばなるまい〉

受付嬢というより警備員の仕事のように思えるが、これほどありがたい援軍はない。

〈いいか……何があろうとも自分を見失ってはいけないぞ。女神の掟に流される必要はない。君は人間として、信じるべき道を進めばいい〉

「エクス鳥さん……」

〈行け、少年!!〉

「はい！　ありがとうございます!!」

エクス鳥は、飛び跳ねた照魔を己の翼を踏切台にしてさらに高く打ち上げ、蜘蛛女神の頭上を一気に突破させる。

六枚の翼を持った、天界唯一の中立の存在。エクストリーム・メサイア。

彼は確かに女神同士の戦いには介入できないが――地上に追放された女神・エルヴィナの監視役として、生命を共有した人間・照魔の動向を見守ることは責務の一環に入っている。

監視対象を見届けた後――たまたま帰りがてらに羽ばたいた先に、そこにいるはずのない女神が巻き込まれてしまったとしたら……それは仕方のないことだった。

かくして信念なき蜘蛛の群れは、数千万年にわたり天界の門を守り続けた神鳥の羽ばたき一つで消し飛んでいくのだった。

エクス鳥《とり》の援護を受け、行く手を阻む障害が無くなった照魔《しょうま》は、一気に飛び跳ね……ついに、セフィロト・シャフトの敷地内に到着した。

周辺に立ち昇る炎を剣閃《けんせん》で斬り散らしていくと目印のリムジンを発見し、急いで駆けつける。自分の不安が、ただの取り越し苦労であることを祈りながら。

幸い、蜘蛛《くも》女神はまだこの場所まで一体も辿《たど》り着いていなかった。

避難が完了したのか、セフィロト・シャフトの関係者が付近を逃げ惑っている様子もない。

リムジンを守るようにして立っていた燐《りん》が、照魔に気づいて出迎えた。

「坊ちゃま！　ご無事で——」

「燐！　ばあちゃんは⁉」

主人の問いには即座に答えるべき立場の執事が言葉を詰まらせ、矢庭に表情を曇らせる。

オーバージェネシスを地面に突き立て、照魔は急いでリムジンに駆け寄った。

車内では後部座席に里茶《りさ》が身体《からだ》を横たえており、詩亜《しあ》が彼女を見守るようにして向かいの座席に座っていた。引き千切らんばかりの勢いでドアを開ける照魔。

「……里茶ばあちゃん」

里茶の顔は血の気が全て失せてしまったように、異常なほど蒼白《そうはく》になっていた。

「……従者長の身体の人工臓器の多くは、ＥＬＥＭ《エレム》の無線供給で稼働してます……だから……」

隙あらば里茶のことをババアなどと気さくに呼んでいた詩亜の声が、絶望に震えている。

よく見ると、人工呼吸器や携帯注射器など、車内には可能な処置をし尽くしたであろう跡が散乱していた。

詩亜は里茶を見守っているのではなく、すでに観念して無力感に打ちひしがれていたのだ。

「……待ってくれ、詩亜。この辺のどこか……病院は無理でも、医務室がある建物ぐらいいくらでもあるだろ。シェルターだっていいんだ……!!」

セフィロト・シャフトの中は危険だと判断したとしても、急いで病院に向かえばもっと適切な処置が可能なはず。燐も詩亜も、それが最善の選択ならば迷わずそうしていたはずだ。

「車も……思うように、動かなくなって……。それに……」

震える声を重ねる詩亜。まさか、乗用車にまで影響が及んでしまうなんて——。

照魔の存在を感じ取った里茶は、ああ……と、嬉しそうに息をもらした。

「来てくれたのね、坊ちゃま……」

里茶の声は不自然に掠れていた。愕然《がくぜん》とする照魔。

「……屋敷に、帰れないなら……せめて、このお車の中がいいと、燐と詩亜に我が儘《わがまま》を言ったんです……。この子たちを、叱らないであげて……」

ひりつく左手首の感覚から意識を逸《そ》らす。あの小爆発が、もし人間の体内のあちこちで起こったらなどと、想像もしたくない。里茶《りさ》の口許に、吐血を拭いた跡が見えるのも、気づかないふりをした。

「……このお車で、ずうっと、照魔《しようま》、坊ちゃまを……送り迎えいたしましたから……」

詩亜《しあ》と交代して里茶の前に来た照魔は、彼女に縋《すが》り付いて、その枯れ木のような手を取って両手で握り締めた。

「ばあちゃん、頑張って。今は苦しいかもしれないけど、駄目になった機械を交換すれば何とかなるだろ……!?」

里茶はかぶりを振ることすらできず、僅かにわかる程度に顔を揺らした。

もう、手遅れだ——と。

「重い病気を患うと、そういう危険と、隣り合わせで……生きていくことになるんですよ。数時間薬を打てなかっただけで……生命を落としてしまう人だって、大勢いる」

物心ついた時にはELEM《エレム》の最新技術に触れてきた少年には、人工臓器が機能しなくなっただけで患者が取り返しのつかない容態になる事実は、理解の埒外《らちがい》だった。

重ならない。

この数日、神々の国を冒険し、今も怪魔を打ち払ってきた照魔の世界に、ただの医療具の不調が人の生命を終わらせる現実が、どうしても重ならない。

開け放しのドアのそばで控えている燐《りん》に、照魔は努めて冷静に声をかける。

「なあ燐、機械に強いだろ。ばあちゃんの人工臓器、何とか応急処置だけでもできないか。病院に運ぶまでの間だけでもいいんだ」

「………申し訳ございません……」

突出した科学技術に依存しすぎた代償。ＥＬＥＭがコントロール不能になったことで、いま街のいたる所で同じような悲劇が起こっているかもしれない。

しかしサブコントロールセンターとセフィロト・シャフト本体が同時に機能不全を起こすことなど、天変地異でも起こらない限りあり得るはずがない。

備えが甘いと言うには、あまりにも想定外の出来事すぎた。

天の使者によって、その天変地異に等しき災厄が引き起こされてしまっただけで。

「そっか……」

胸倉を摑《つか》んで罵《ののし》って欲しかった。遣り場のない怒りをぶつけて欲しかった。

しかしこの物わかりのいい、優しい少年は——それを望む燐に、それ以上何も言わなかった。

激しい地響きが起こり、怪獣の咆哮《ほうこう》が空を伝ってここまで届く。

幸いリムジン内は免震性に優れているため、里茶に苦しい思いはさせずに済んだ。

「……ばあちゃん、ごめん……俺が、あの怪物を倒せてさえいれば…………」

あまりに理不尽極まる自責だった。

ほんの数日前まで普通の小学生として過ごしていた子供が、戦火の中で目の前の敵よりも自分の家族の安否を優先した。その選択を、誰が責めることができようか。

「街を守るために、怪物と戦うことになるなんて……。猶夏《なおか》ちゃんもすごい人生を歩んできたけど、照魔《しょうま》ちゃんはもっと大変なことになっちゃったんだね……」

優しいメイドが自分のことを「照魔ちゃん」と呼んでいたのは、幼い頃の少しの間だった。

彼女はいつからか照魔への態度を改め、努めて他人行儀に接するようになっていった。

今そのメイドは瞳の光を失い始め、代わりに声音の穏やかさが昔のものへと戻っていた。

里茶《りさ》の手からは、もうほとんど体温を感じない。刻一刻と生命の灯火が消えていくのを肌で感じながら、しかし照魔は、この手を決して離すまいと力を込め直した。

「ごめんね、ずっと厳しくして……本当は、他の子と同じように、ゲームとかたくさんしたかったよね……。だから、照魔ちゃんがゲームの会社を作りたいって言った時――」

「違う違う違うって。俺が好きでやってたんだよ。勉強も、武道も、習い事も……ばあちゃんが色んなこと教えてくれたから俺、すげー男になって……天界にも行けた。絶対そうだ!!」

そばにいる詩亜《しあ》が、車外の燐《りん》が、懸命に嗚咽《おえつ》を噛《か》み殺しているのがわかる。

無情にも、再び地の底から迫《せ》り上がってくるような嫌な揺れが襲ってきた。

乳母も、この街も、残された時間は少ない。少年に、残酷な現実が迫る。

「……あのさ、ばあちゃん……これが最後になるなら……お互い、『ごめん』は無しにしよう。俺、今からのこと、全部覚えてるから！」

だから照魔《しょうま》はあえて、思い切り笑顔になった。里茶《りさ》と紡ぐ時間がこれで最後なら、辛い記憶が残るのは悲しいから。

それを見た里茶の唇も、慎ましく微笑《ほほえ》みを形作る。

「照魔ちゃん、今からあなたがしていくことに……おばあちゃんは、何も関係ないからね。照魔ちゃんが……自分で選んで、自分ですることなの……」

里茶は、子供をあやすような温かな声でそう告げた。自分の言葉が、存在が、照魔にとって呪縛とならないようにと。

「いい人がいれば悪い人もいる。女神さまも、同じです。だから照魔ちゃんは、自分の夢を疑う必要は、ないんですよ……」

女神への想いが揺らぎかけた今だからこそ必要な、心強い激励が重ねられた。照魔は胸を熱くする。

「わたくしは……天寿を全うするんです。本当はもっと早くお迎えが来るはずだったのに、神さまが……女神さまが、照魔ちゃんが逞《たくま》しく成長するまで、待っていてくれたんですよ」

「バッチリ成長しただろ。俺、自分の会社で何やってくか決めたから……バンバン働くぜ。母上よりもすごいことをするんだ!!」

照魔は潤んだ目許から雫《しずく》が頬《ほお》を伝わないよう、精一杯歯を食いしばって笑い続けた。

この人は自分が泣くと、いつも本当に悲しそうにしていた。厳しい教育係になりきれない人だった。

けれど世界の未来を担う創条猶夏《そうじようなおか》の息子として生まれた照魔が、将来途方もない重圧の中生きていくことになるのはわかりきっていた。

だからこそ……どうしても照魔に甘く接してしまう自分を強く戒め、厳しく教育してきた。

里茶は今ようやく、あの日の優しい笑顔に戻ることができたのだ。

「今までありがとう、ばあちゃん。俺……守っていくよ。叶えた夢も、この街も」


「がんばってね、照魔ちゃん」


やがて、一陣の風が吹いた。

もう、我慢する必要はない。詩亜《しあ》は、思い切り嗚咽《おえつ》をこぼす。

燐《りん》もまた、静かに肩を震わせながら、幾粒もの雫を地面に落とした。

地面に突き立てられていた白い聖剣だけが、風とともに姿を消していた。

流されるべきだったはずの涙を置き去りにして。

○
●

ディーギアス＝リンクスの暴威が、街を激震させる。

天界で最強の名を欲しいままにしていた時のエルヴィナならばいざ知らず、今の彼女では、まさに小鳥が猛獣に挑むに等しい無謀だった。

すでにエルヴィナは幾度も攻撃をその身に受け、あちこち傷ついている。

天界最強の象徴だった黒き二挺《ちょう》拳銃、ルシハーデス。その光弾はリンクスの体表にいとも容易《たやす》く弾かれ、周囲のビルや道路に傷をつけるだけだった。

無造作に突き出されたリンクスの腕に、背後に積み重なったビルの瓦礫ごと握り締められるエルヴィナ。

「ッ……ああああああああああああ!!」

巻き込まれた瓦礫が砕かれ砂と化し地面に落ちた後も、彼女を締め上げる膂力《りょりょく》は際限なく加積されていく。

〈そんな痛そうな声、聞いてるこっちもつらいですからあ……！　早く死んでください、エルヴィナさまっ!!〉

エルヴィナを握り締める左手に、無情にもさらに右手を重ねようとするリンクス。

瞬間。

空に閃《ひらめ》いた無数の剣閃《けんせん》が重なって光の壁となり、リンクスの右手を阻む。

流星のごとく降り注いだ白刃がリンクスの左手の甲を切り裂き、掌中の女神を奪取した。

〈ツ――――!?〉

閃光《せんこう》の只中でなお燦然と輝く、六枚の翼。リンクスは本能的に身体《からだ》が震え、その巨体で思わず後退《あとずさ》った。

光が収まった後――そこには、エルヴィナの腰を抱いて空に浮かぶ照魔《しょうま》の勇姿があった。

一人ずつが背にする翼は、三枚。重なり合った二人が描く翼は、六枚。

一つの生命を双《ふた》つの身体に宿した女神の耀《かがや》きを前に、絶対存在であるディーギアス＝リンクスが圧倒される。

巨神を睨《にら》み付ける照魔の目に、すでに迷いはなかった。

「……照魔……」

ボロボロに傷ついたエルヴィナの姿が、自分がいない間の激闘を物語っている。

「ごめん、途中で抜け出しちゃって……。ずっと一人で、戦っていてくれたんだな」

照魔は、エルヴィナに恨み言をぶつけたことを深く謝った。

彼女がここに残って戦っていてくれなかったら、リンクスは真っ直ぐにセフィロト・シャフトを目指していた。結果として、誰一人として助からなかったはずだ。

「……私はただ、戦いたかっただけよ。ディーギアスと戦う機会なんて、数万年生きてきて一度もなかったんだから」

「……それでも、ありがとう。おかげで――最期《さいご》に話すことができた」

多くを語らずとも照魔《しょうま》の微笑《ほほえ》みから全てを察したのか、エルヴィナも感情を呑《の》み込んだ。

「……けれど、どうして戻ってきたの。私が死んだら……あなたも死ぬから……？」

「お前を死なせたくないからに決まってんだろ……！」

大地を揺るがしながら、ゆっくりと近づいてくるリンクス。

為《な》す術がないだろうと確信している相手に、じっくりと恐怖を刻み込むように。

その怪物を見上げる少年の右目は、一片の曇りなき金色を輝かせている。

「──ディーギアスになるぞ、エルヴィナ!!」

「だから言ったでしょう、私たちではディーギアスになることはできな……」

反論しながら立ち上がろうとしたエルヴィナの肩を押さえ、どれだけ煤《すす》で汚れても色褪《あ》せることのないその美貌を真っ直ぐに見据えた。

「金色の目を重ねればいいんだろ……」

「……え、照魔……な、何を──」

照魔の顔がどんどん近づいてくる。エルヴィナはわけもわからず、そっと目を閉じた。

「なんで目を閉じるんだ、しっかり開けてくれっ!!」

「!?」

──のに、開けろと怒られた。

あらためて、照魔の瞳がエルヴィナの瞳を捉える。

皮肉にも、このいちかばちかの賭《かけ》のヒントを与えたのは、アロガディスだった。

彼女に首を握り掴《つか》まれ引き寄せられた時。ともすれば唇が重なり合いかねないその距離では、互いの瞳が重なり合うことを照魔は知ることができた。

絶対に、お互い以外が目に入らない間近。

この瞬間は、〝金色の光景〟が互いの視界を支配する。

照魔とエルヴィナの翼が地面に落ち、光の輪となって重なる。

意識とともに、肉体が金色の光の中に吸い込まれていく感覚。

空間がピクセル状に綻び、幾何学模様を描きながら周囲を侵食していく。

天界でも人間界でもない、神の理《ことわり》を超えた異空間から、それは姿を現した。

光の殻を突き破り、新たな産声を上げる感動。

轟然《ごうぜん》と立ち昇った光が天を貫き、徐々に巨大なシルエットに凝縮されていく。

〈……!?　まさか――〉

異形と化したアロガディスが初めて上げる、動揺を孕《はら》んだ声。

いつしか照魔の前に、リンクスが同じ目線で立ちはだかっていた。

はっとして振り向くと、ビルの窓ガラスが、鏡のように今の自分の姿を映し出している。

アロガディスのような怪物になるのを覚悟していたが――

照魔《しょうま》とエルヴィナのディーギアスは、人型だった。

黒鉄《くろがね》に輝く総身。それは筋肉か、あるいは鎧《よろい》か。

男性の逞《たくま》しさと女性のしなやかさ、両方を兼ね備えたかのような鋼の肉体は、人類の遺伝子を超越した生命体であることを誇示している。

産声に代替するように身体《からだ》の各所から蒸気が噴き上がり、髪とも翼ともつかぬ後頭部の帯状パーツを舞い上げる。

頭頂部には切り分けられた三ブロックで構成された光の角が浮かび上がり、バイザーの下の目が輝きを灯した。

〈ここは……!?〉

エルヴィナと並び立っているのは感じ取れる。だがいざエルヴィナを見ようとすると、街中にあるビルが見えるだけだ。間違いなく同じ空間に存在しているのに、二人が互いを視認しようとすると矛盾が生じてしまうとでもいうような、奇妙な状況だった。

〈ここも何も、場所は変わっていない。私とあなたは相変わらず街の真ん中に立って、アロガディスと対峙している。さっきまでと同じよ〉

〈ディーギアスのコックピットじゃないのか？　どうやって動かすんだ、操縦桿《かん》やハンドルがあると思ってたぞ……!!〉

照魔は激しい目眩《めまい》に襲われ、懸命に耐えた。

普通に立っているだけで、果てしなく真っ逆さまに落下していくこの世ならざる感覚。

高層ビルが、机や椅子のように傍らにあるような錯覚──平衡感覚が壊滅する。もはや、人間の体感していい領域ではない。

〈まだ実感できていないのね。私たちがディーギアスという巨神を操縦《うごか》すわけじゃない。私たちが、ディーギアスという少々丈が大きい戦闘服《バトルジャケット》を着て戦うのよ〉

〈そんなこと言ったって……！〉

〈ちゃんと動きを合わせて。私の身体はあなたの身体。あなたの身体は私の身体……〉

エルヴィナが優しい声でそっと語りかけてくる。照魔の意識はそちらへ集中した。

〈私をもっと身近に、間近に感じて〉

手足に巻かれた呪縛という名の鎖が砕け、代わりにエルヴィナの手足が重なっていくのを感じる。

〈私の心臓の鼓動を聴いて。私の息遣いを感じて。──私の温もりを受け容れて〉

〈～～～～～っ!?〉

ぞわっとする感覚。耳元で息を吹きかけられているように、エルヴィナの声が間近で聞こえる。女神の囁《ささや》くASMRが、少年の総身を震わせた。

〈……何何何このムカつく波動……何を見せつけてんですか、あんたらはあ!!〉

リンクスが怒りを露わにしているが、もはや関係ない。

エルヴィナに独特な発破《はっぱ》をかけられたことで、照魔《しょうま》は再び空想した。

〈……それなら簡単だ！　つまり、二人羽織をするみたいなもんだな!!〉

アロガディスが危惧するほどにはロマンスが生じる余地も無く、照魔は独自の解釈で理解を深めていく。

〈……ええ。私と一緒に自分の身体《からだ》を動かす感覚で、足を踏み出して!!〉

初めて乗るエスカレーターにするように、そっと差し出された爪先が、力強く地面を摑《つか》む。

照魔たちのディーギアスは、たちまち動きを見違えらせ、神樹都《かみきど》の街中を疾走した。

〈ディーギアスは女神にとって最大の穢《けが》れ……。自らそれを受け容れるとは、堕天《ビッチ》極まりましたねえ、エルヴィナさま!!〉

〈先にその堕天《ビッチ》になったのはあなたでしょう〉

エルヴィナの言葉に憤慨し、リンクスは四本の足と両腕、六脚で地面を蹴り砕いて突進。

照魔たちのディーギアスに真っ正面から激突して摑みかかり、怒り交じりに叫ぶ。

〈同列にするな！　神性の欠片《かけら》もない漆黒の巨神……それがお前たちの本当の姿だ、堕落した女神と愚かな人間め!!〉

〈え？　何を言ってるの……めちゃくちゃ格好いいじゃない、私たち〉

アロガディスの言葉にも一理ある。照魔はこの黒いディーギアスには神聖さだけではなく畏怖にも似た不気味さも感じたが、エルヴィナがいきいきとしているので黙っていた。

〈それとカラーリングに文句は言わせないわ。私は、黒が好きなのよ〉

〈スマホもカバーも全部黒だもんな……〉

その意見には共感できる。そしてその共感が二身一体のディーギアスの血肉となり、力強く総身を駆動させる。

渾身《こんしん》の拳打に顎《あご》を打ち抜かれ、たまらずリンクスは背後の歩道橋を崩壊させながら倒れ込む。

〈ぐうううう……〉

神樹都内でもかなりの大通り、八車線道路の広さを以てしても、二体の巨神が相対するには心許ない。

追撃を仕掛けようとした照魔たちのディーギアス目掛け、白刃が煌《きら》めく。

なんとリンクスは尾の先にバリヤードエイジを装着し、死角から突き込んできたのだ。

眉間まであと僅かというところで、死の棘《とげ》は照魔たちのディーギアスががっちりと両手で摑んでいた。

刃物を摑んだ手の平から、水色の血液が滴り落ちる。

自らの手の平に激痛を感じながらも、照魔は歯を食いしばってリンクスの尾を引き寄せた。

そのままカウンター気味に、思いきり前蹴りを見舞う。

〈何っ……うわあっ!!〉

アスファルトを砕き、路上駐車された車を薙《な》ぎ倒しながら吹き飛んだリンクスは、最後にはビルに突っ込み、崩れた瓦礫に押し潰された。

追撃を試みようとした照魔《しょうま》たちのディーギアスを、リンクスの口から発射された光線が直撃する。

照魔もまた別のビルに叩きつけられ、崩壊していくビルの内部をはっきりと目にした。

分厚いファイル帳が解《ほど》け、紙束が舞う。斜めになった床を机が滑り、パソコンが潰される。

一棟のビルが瓦解する間、そこに詰まった人々の仕事の記憶を、照魔は余さず目に焼き付けた。

人の生命と違い、建物は壊れたら直せばいい。さりとて人の思い出を、財産を壊してしまうことに慣れてはいけない。それでは自分も、侵略者と同じになってしまう。

〈できるだけ建物を壊さないように！　戦う!!〉

照魔たちのディーギアスは軽やかに旋転し、再び放たれた光線を回避。

右手と右膝をつき、鮮やかに地面に着地した。

〈……！　動きがさらによくなった……あなたの目的が明確になったからね。その調子よ照魔、集中して!!〉

リンクスと取っ組み合いの肉弾戦が始まる。

爪を振るわれ、拳で弾き、上下を変えて地面を転がる。その度に車や街灯が、ピンポン球も同然に浮き上がっていった。

こちらが拳を腹に叩き込むと、リンクスは痛みに崩れ落ちたふりをして、肩口に噛《か》みついてきた。

〈痛ってえええええええええええええ!!〉

〈我慢しなさい、私もけっこう痛いわ!!〉

その隙を突き、再び突き込まれてくる尾のバリヤードエイジ。

脇下を掠めながら紙一重でそれを回避したところで、照魔たちのディーギアスに異変が起きる。頭部のエナジー・リングが、一角《いっかく》消えて失せたのだ。

女神の最終兵機ディーギアスにも、弱点は存在する。それは人の姿で戦う時とは比較にならないほど、莫大に女神力《めがみりょく》を消費する点だ。

この角は、ディーギアスの残存エネルギーを示すバロメーターでもある。

しかも一定の時間経過で消えていくわけではないため、エネルギー配分がまるで読めない。

マラソンランナーが、己のスタミナも把握できぬまま過酷なレースに挑むようなものだった。

〈エルヴィナ、あいつと同じように俺たちのディーアムドも使えるはずだ！　例の光の柱を出してくれ！〉

〈わかったわ。どうせなら両方装備するわよ……!!〉

抱き締めるように前面にかざした両腕の中心に、光の種が結晶。発芽して光の柱めいた樹となる。武器庫に手を差し出すまでもなく、握り締めたその魔眩樹《まどうじゅ》の光がそのものが、ディーアムドの形を取った。

右にオーバージェネシス。左に一挺《ちょう》のルシハーデス。

二人の武装を手にしたその姿をビルの窓に映し見て、照魔《しょうま》はある星座を連想していた。

麦穂と葉を両手に持った、天を舞う女神——乙女座だ。

〈——あいつが山猫座《リンクス》のディーギアスなら、こっちは乙女座だ。俺たちは、ディーギアス＝ヴァルゴだ!!〉

〈悪くないわね……っていうか、よくわかったわね。何にでも、名前をつけるのは大事だわ。次からは、私たちの必殺技にも名前をつけましょう〉

やはりエルヴィナは、何事も格好良く、がモットーのようだ。

勢いのままにルシハーデスを発射すると、リンクスは口から放つ光線でそれを相殺。

跳躍して飛び越え、リンクスの上をすれ違いざまにオーバージェネシスで斬りつける。

〈あぐうっ……あああああああ……!!〉

猫の耳を思わせる肩当てを、一つ斬り落とした。

たたらを踏んで街を揺るがせるリンクス。その頭上に浮かぶ光の角が一ブロック、砕けるようにして消失した。

リンクスは怒りを吐き出すように、口から光線を乱射。高層ビルに熱孔が穿《うが》たれ、径が拡がっていく。ついにはビルそのものが溶け落ち、あとには夥《おびただ》しい蒸気だけが残った。

ルシハーデスの光弾とリンクスの放つ光線がぶつかり合い、街を掘削していく。

〈アハハハ……アハハハハハ！　勝てる……ディーギアスの力なら六枚翼《エクストリーム》にだって勝てる！　エルヴィナさまを倒した後は、この力で天界を征服してみせる……!!〉

他の女神には、ディーギアスになる覚悟がないと踏んでの宣言だろう。

アロガディスはもはやシェアメルトの了解もなしにエルヴィナを抹殺するだけでは飽き足らず、全ての邪悪女神《ゾディアクス》をも滅ぼさんと、野心を暴走させていた。

完全に力に溺れ、ディーギアスそのものに呑《の》み込まれようとしている。

〈新たな女神大戦を始めてあげますよぉ……そして私はその勝者になって、六枚翼《エクストリーム》になる！　創造神だって夢じゃない……!!〉

〈そんなもの人間界で勝手に始めるな！　今、ここで終わらせてやる!!〉

ヴァルゴの頭部の光の角がまた一つ消滅し、ついに最後の一角になった。

その隙を逃さず、リンクスが飛びかかってきた。

長い前腕を振り回して右の一撃でオーバージェネシスを、左の薙《な》ぎ払いでルシハーデスを跳ね飛ばす。二つの武器は、轟音《ごうおん》を立てて地面に落下した。

ヴァルゴは押し倒されるような形で、リンクスの長い上腕と手四つで組み合った。

じわじわと押し切られていき、ヴァルゴは膝立ちになって脚をアスファルトに埋めていく。

〈いい加減に諦めなさい！　我々女神への供物をちっぽけなエネルギーに変えて我がものにし

た、あなたたち人間が悪いんでしょう!!〉

リンクスが理不尽に喚きながら全体重をかけてきた、その時。

照魔《しょうま》の脳裏に、最後に見た里茶《りさ》の笑顔が浮かんだ。

〈そのちっぽけなエネルギーが無ければ——生きられない人だっているんだっ!!〉

裂帛《れっぱく》の咆哮《ほうこう》とともに、ヴァルゴの双眸《そうぼう》が力強く発光。両腕に凄《すさ》まじいまでの膂力《りょりょく》が漲《みなぎ》っていく。まるで照魔とのエルヴィナの気迫が、そのまま力に転化されるように。

ヴァルゴの背にあるリングが発光を始め、それがブースターの役割を果たして全身を押し上げる。立ち上がりながら、リンクスの上体を持ち上げていった。

組み合った手の力の均衡が徐々に崩れ——捻《ねじ》られすぎて関節の可動域の限界に達したリンクスの前腕が、一気にあらぬ方向へとねじ曲げられた。

金属が潰れるような音と骨が砕けるような音が、協奏曲を奏でる。

〈うぎいいぃぃいぃああぁあぁああぁああぁあ!!〉

そこにリンクスの……アロガディスの言葉にならない絶叫が重なり、不協和音と化した。

〈今のは私のお返しよ、アロガディス。生きている証を……痛覚《いたみ》の存在を認識しなさい!!〉

照魔を庇い、その悲痛な叫びを背負うように、エルヴィナは力強く言い放った。

〈女神が……生きている証を求めるなんて、滑稽《こっけい》なんですよおおおおおおお!!〉

リンクスが叫びとともに撃ち放った光線が、ヴァルゴの肩口に直撃する。上体が僅かにぶれるが、一歩も後退《あとずさ》ることなく歩みを再開する。光線が連射され、ヴァルゴの周囲が連鎖的に爆発していく。

しかしヴァルゴはもはやリンクスの攻撃を避けもせず、悠然と歩みを進める。最後には手の平で光線を受け止め、そして握り潰した。

〈照魔……そういえばまだ、私の神起源《アライブ》を教えていなかったわね。私の神起源《アライブ》は、『進化』……元より完全な存在である女神とは本来、相性の悪い力よ〉

完全とはすなわち、停滞。元より最強だったエルヴィナには、進化する必要などなかった。活かされることのない神起源《アライブ》だったのだ。一人の人間と、生命を共有するまでは。

〈だけど照魔も一緒なら、私はかつて以上の最強になれる。人間であるあなたこそ……どこまでも変化できるあなたこそ、この神起源《アライブ》の本領を引き出せるのだから!!〉

〈ああ……俺はもう迷わない！　この街を護るために一緒に心を燃やすぞ、エルヴィナ!!〉

オーバージェネシスを拾い上げ、切っ先を天に掲げるヴァルゴ。

かけがえのない家族が、勇気を手向《たむ》けてくれた。

夢を信じ、貫き通すことの大切さを。

照魔はヴァルゴを通じてオーバージェネシスを両手で握る。

そして、ありったけの心を燃やした。

瞬間、オーバージェネシスの青いラインがさらに発光を強め、刀身が展開していく。

開き、拡がり、伸び——聖剣を思わせる厳かな刀身は、その中に秘められていた光り輝く回路のような核を剝《む》き出しにした。

〈……！　第三神化《フェイズスリー》——オーバージェネシスが、さらなる進化を遂げた——!!〉

エルヴィナが驚嘆と、歓喜の交ざり合った声を上げる。

〈うおおおおおおっ!!〉

裂帛《れっぱく》の咆哮《ほうこう》とともに剣を振るうヴァルゴ。

剝き身となった光の刃は盾のようにリンクスの光線を防ぎ、逆に押し返して跳ね飛ばした。

〈さあ行くぞ、エルヴィナ！　最後の一撃を繰り出す時は、思いっきり技の名前を叫ぶんだろ!?〉

〈……よく言ったわ。上上《じょうじょう》上出来《じょうじょう》よ、照魔《しょうま》!!〉

大上段に構えた剣の切っ先で円を描き、横一文字に振るう。

〈神断——！　アーク・ジェネブレイダー!!〉

巨神の聖剣が猛々しく閃《ひらめ》き、青と赤の螺旋《らせん》を描いてほとばしった。周囲のビル、いや空間そのものとともに光の斬線を胴体に刻まれ、リンクスは末期の雄叫びを上げる。

その巨体は、風化するように崩れ始めた。

街を襲った災厄が、消滅していく。ディーギアスは究極の戦闘服《バトルジャケット》だというエルヴィナの説明は、あながち間違いではなかったらしい。

「さっすが……エルヴィナさま……。それと坊や、普通に強かったし……。あーあ、六枚翼《エクストリーム》になるチャンスだと思ったのに……」

　リンクスという外殻、戦闘服《バトルジャケット》を失ったアロガディスは、ボロボロの身体《からだ》で力無く宙に浮いていた。

「まあ、いいですよ。ここから人間界は地獄になるんだろうし……」

〈何だと？〉

「ホントはもう……この世界が天界に望まぬ発展を遂げたことは……とっくにシェアメルトさまたちに具申済み、です……」

　驚愕《きょうがく》する照魔に少しだけ溜飲《りゅういん》を下げ、アロガディスは真実を語った。

「私たち邪悪女神《ゾディアクス》は、天界のためには人間界を支配するのが手っ取り早いっていう派閥なんですよ……こんな絶好の『侵攻目的』がある世界、このまま見逃されるはずないでしょう」

　照魔たちの世界は、天界にとっての敵性世界として認識されてしまった。

　邪悪女神《ゾディアクス》が、人間界を舞台に新たな女神大戦を開始させようとしている。

　アロガディスはシェアメルトの命令を受けたふりをして、それに先んじて人間界にやって来ていたに過ぎなかったのだ。

　アロガディスは呪詛《じゅそ》を吐き散らしながら、静かに地面に落下していく。

「私はあなたたちの〝仲良し〟に負けちゃいましたけど……それがいつまで続くか、見物ですね。エルヴィナさま、あなたはどんなにいい子ぶったって……邪悪女神《ゾディアクス》。いつかその坊やと、戦う日が来ます……せいぜい――」

しかし彼女の身体《からだ》が道路に叩きつけられることはなかった。

その前に光となって消え去り、この地上から消えたからだ。

〈……女神がこの世界を見逃さないっていうなら……俺は、戦い続けるだけだ〉

〈来たければ来ればいい。少なくとも、最後の一人になるまでは……女神と戦うわ〉

巨神の中で、少年と女神がそれぞれの決意を言葉に託した。

相手のあらゆる秘密を見透かす力、『認識』の神起源《アライブ》。

最後に見たのは、負け惜しみの幻覚か……それとも、いつか訪れる未来か。

○●

研究開発都市・神樹都《かみきど》を襲った未曾有《みぞう》の危機は、何とか終息を迎えた。

だがこの戦いが残した爪痕は、あまりに大きい。

街と――そして一人の少年と、女神の心に。

照魔《しょうま》は歩道にある花壇の縁石に、エルヴィナと肩を並べて腰を下ろした。遣る瀬《やせ》ない表情を浮かべながら、大地震に見舞われたように崩壊したビル群を見つめる。

「……こんなことを言っても慰めにはならないと思うけど……今日のことがなくても、里茶《りさ》はもう長くなかったわ。私が初めて逢《あ》った時点で、生きているのが不思議なぐらいだった」

里茶の死期が近いと悟っていたらしきエルヴィナは、不器用な慰めの言葉を送った。

「ばあちゃんも自分でそう言ってた」

照魔はその心遣いを無にするつもりはない。

「でも、たとえばあちゃんが明日逝ってしまうのが決まっていたとしても……俺は、その一日を守りたかったんだ」

するつもりはないが――本当はあの時、泣いて縋《すが》り付きたかった。

だけど、自分が逞《たくま》しく成長した姿を喜ぶ里茶を笑顔で見送るよう頑張った。

無理をしていたのだ。

「……照魔。私もね、里茶のことは好ましく思っていたの」

エルヴィナはガードレールから降りると、照魔の手を引いてそっと立たせた。

不思議そうに見上げる照魔を、柔らかな温もりが包む。

エルヴィナが、照魔を自分の胸に抱き締めたのだ。

「完全体として生を受ける女神は、産声すら上げることはない。泣くことができないのよ」

以前は強さの証として誇らしげに口にしたその言葉を、エルヴィナは哀しげにこぼした。

「だから私の代わりに、涙を流してちょうだい」

照魔《しようま》は答える代わりに、エルヴィナの背に手を回した。

震えが止まらない。嗚咽《おえつ》がこみ上げる。

ついに照魔は大きく息を吸い込み、そして――。


大好きなお婆《ばあ》ちゃんと別れたこの日。

自分を抱き締め、慰めてくれたのは――大嫌いな女神だった。

成長した、大人になった、と自分を鼓舞し続けてきた少年が少年であった日々は今、終わりを迎えた。

背伸びをすることなく、本心を曝《さら》け出すことができたから。

このエルヴィナの温もりを、照魔はきっと生涯忘れることはないだろう。

世界を守る戦いの果てに……いつか、彼女と戦う日が来たとしても。

○　●

神樹都《かみきど》を遥《はる》か離れたとある海を、空母のような巨大な艦が航行している。

「――そうかい、里茶《りさ》ねえちゃんが……。照魔が、看取ってくれたんだね」

創条猶夏《そうじようなおか》は、その訃報を洋上で伝えられた。私設艦のブリッジで一人、電話機を片手に窓の外の海へと視線を馳せる。

「ああ、その話は聞いた。セフィロト・シャフトは隕石が降ってこようがビクともしないように創ったんだよ。その怪獣とやらが、天災よりも強かったってだけの話さ。……え？　いや、今は街のずっと外でね、戻るには時間がかかるんだ。そっちには技術者を送っておくよ」

彼女の視界が昏く淀んでいるのは、かけているサングラスのせいではない。

見渡す限りの海原が、ドス黒く染まっていた。

あらゆる生命を寄せつけぬ、絶望的な色に。

「狙いはELEM《エレム》か……照魔《しようま》に、つらい思いをさせちまったね……。ああ、諸々手は回しておく。それは大人の仕事さ、あの子が気にすることじゃない。堂々と発表させてやんな」

通話を終え、備え付けの電話機を台に戻した後、猶夏はひどく憔悴《しようすい》した溜息をついた。

「とうとう、この日が来てしまったんだね……」

生まれてから一度も街の外を見たことのない少年には、まだ知らない現実がある。

今も再生の途上である世界で、創条猶夏の奮戦は続いていた。

「……『デカい男になれ』と言って送り出したけど……フフ。まさか、早くもビルよりデカい男になるとはねえ。さすがあたいの息子だ！」

歓喜に溢《あふ》れたその声には、しかし、微かな震えも交じっている。

息子の晴れの旅立ちと同時に、大切な人との別れを迎えてしまった。

いつぶりのことだろう。鉄の女社長の頰《ほお》を、雫《しずく》が流れ落ちるのは。

○　●

神樹都《かみきど》が巨大な未確認生物の襲撃を受け、未曾有《みぞう》の危機に陥った翌日。創条照魔は、記者会見を開くことを発表した。

何故セフィロト・プロジェクトの責任者である創条猶夏ではなく、その子息が説明を行うのか。そんな話題性も相まって、ツインタワービルには多くの報道関係者が集まった。

イベントホールに設置された答弁卓でスピーチをする照魔。

そのすぐ横に燐《りん》が控え、照魔の横にある出入り口をパーテーションで目隠しした前には、詩《し》亜《あ》が立っている。

「――声明にもあったとおり、侵略者の目的はＥＬＥＭです。天に近づきすぎた塔を破壊する神のように……繁栄を遂げた人類を、自分たちの尺度に則って制裁を加えようとしている。天界という、いわば異世界からの侵略です」

目が眩《くら》むほどのフラッシュを浴びても怯《ひる》まず前を見据え、照魔はスピーチを続ける。

事前に用意した文を暗記したものとはいえ、実に堂々とした口ぶりだった。

「ですが侵略者はあくまで、人類を敵視している一部の女神です。人間を愛し、この世界の平和を望んでくれている女神の方が大勢いるということを、強く訴えさせてください」

街の一大事にも関わらず、記者会見はともすれば行儀良すぎると感じるほどつつがなく進行した。よりセンセーショナルな発言を引き出そうと、揺さぶりをかける下衆な質問が飛び交うこともない。

それは、照魔《しょうま》の後ろに控える創条《そうじょう》家の存在、創条猶夏《なおか》の力を暗に示すものだった。

「〝女神〟と名乗る未知の生命体が、ELEM《エレム》を狙って侵略を仕掛けてきたということはわかりました。しかし失礼ながら何故、それを発表するのが照魔さんなのでしょうか」

照魔は気圧《けお》されることなく大人たちの好奇の視線を受け止め、返す声に気迫を込めた。

「────これから世界を襲うであろう女神災害に、俺が対処していくからです」


ざわめきが起こり、一際《ひときわ》フラッシュの密度が濃くなっていく。

照魔を補佐すべく、横に控えていた燐《りん》が説明を継ぐ。

「昨日神樹都《さくじつかみきと》に襲来した巨大生物。それを殲滅《せんめつ》したのは……創条照魔社長です」

再び会場は大きくなどよめき、フラッシュが再開される。

「では、未確認巨大生物と対峙したという目撃情報がある、謎の黒い巨人について──」

燐に微笑を向けて小さく首肯《しゅこう》すると、照魔もスピーチを再開した。

「あの巨神の名はディーギアス＝ヴァルゴ。俺とその仲間が変身した、この街の守護神です！後で写真をお配りするので、バンバン宣伝してください!!」

まさか、いきなりそこまでストレートに明かされるとは思ってもみなかったのだろう、質問した記者自身が一番驚いている。

そしてその発言で、ざわめきとフラッシュのけたたましさは頂点を迎えた。

「母、創条猶夏が稀代《きたい》の天才なように……俺には、他の人にはない特別な力があります。その力を活かして、俺の会社が——天界の侵略からこの街を守ります!!」

最前列に座っていた記者が挙手し、燐が指名する。

「創条照魔社長。その会社の名前を是非、ここでお聞かせください」

そこで照魔は初めて、パーテーションで目隠しされた出入り口へと視線を送った。

壁に背をもたれていたエルヴィナと見つめ合い、そして同時に頷《うなず》く。

「俺の……俺たちの会社の名前は——」

二つの人生……二つの生命を意味する言葉からとったその名を、世界へと告げるために。

「——デュアルライブス」

EPILOGUE 女神の初恋

天界に名高き六枚翼《エクストリーム》のエルヴィナが、何故人間の生命によって生を繋《つな》ぎ止めたのか。

それは他ならぬ私が、ずっと疑問に思ってきた。

今思えばきっと、この世界で生まれた心の技術は、天界でも何者かの知るところとなっていた。六年前この世界に訪れた女神は、それを調べるために降り立ったのかもしれない。

人間界に行って戻れば、嘆きの門でその時の記憶を消去されるという掟を、知らないはずはないのだが。

そうして私は、一つの答えに辿《たど》り着いた。

創条照魔《そうじょうしょうま》。

邪悪女神《ゾディアクス》の誰かが、この人間界で初めて接触した人間。

彼は正真正銘、ただの人間だった。

何の才能もなければ、神々の血を引く半神などといった肩書きを持つわけでもない。

地上に降りた女神がたまたま最初に目にして、おそらくはただいいように利用されただけの、無垢《むく》な少年。

それが六年の時を経て再び女神と出会い、何の因果か、女神大戦に巻き込まれてしまった。

きっと人間の尺度で計るならば、これを奇跡と呼ぶのだろう。

だけど、永遠にも近い時間を生きる私たち女神にとって、六年前とは昨日の出来事に過ぎなくて。

誰かがとある世界に斥候《せっこう》に行って帰って、また誰かがすぐ同じ世界に攻め入っただけのことを、どうして神の御業《みわざ》と呼べるだろう。

そんなただ長生きを自慢するだけの神さまに、人間が比肩する方法があるとしたら。

それは、心の力に他ならない。

照魔は女神と出逢《であ》って恋をして、それからの半生を全て、女神との再会に費やした。

神から見たら芥子粒《けしつぶ》のような努力であっても、一人の人間が生命を込めて燃やしあげた心が力となった時——それはすでに、神に肉薄しかねない莫大なものとなっていたのではないだろうか。

照魔は私を見て、初恋の女神を重ねた。

きっとそれはただ単に、自分が出逢った女神と同じく六枚の翼を持っていたからという理由に過ぎないだろうが……彼の中ではあの瞬間、私が初恋の女神だった。

だから私が消えかかっていたあの時、照魔の積み重ねた女神への憧れが、心の力となって私に注がれた。私たちは、生命を繋《つな》いだのだ。

人間の六年間の思いが、女神の数万年と等価のものとなるなんて……どれほど熱く、純粋で強い恋心だったのだろう。

その女神が誰だったのかはもう、本人でも知る術はない。記憶が消えてしまっているのだから。

だけど今、私は生きてきて初めて天に祈っている。

確固として存在する女神が、いるかどうかもわからない幻想の神に願っている。

照魔《しょうま》の初恋の相手が、私でありますように——と。

だから私は、照魔がエクストリーム・メサイアに思い出の女神の手がかりを聞こうとした時、自分でも驚くほど感情的になってそれを阻止していた。

それだけじゃない。女神大戦のさなか、初めて照魔を見たその時から、ずっと彼を目で追いかけていた。

照魔が私を抱き締めた時、数万年の記憶全てが吹き飛ぶぐらい、どきどきした。

照魔が他の女神にちやほやされているのを見ると、不愉快になった。

照魔が「俺たち付き合うことになった」と宣言した時、せっかく生命を救ってもらったというのに絶命してしまいそうなほど動揺した。

車の中で私の脚に触れて照魔は慌てていたけど……本当は私だってあの時、車のドアを突き破って道路に転がり出そうになるほど内心パニックになっていた。

スマートフォンだって本当にどれでも良かった。照魔がくれるものなら、何でも嬉しいから。だから、彼が手に取って見せてくれたものを迷わず選んだ。

恥ずかしいのを我慢して一緒にお風呂に入ろうと言ったのに、それは別に常識ではないと知ってがっかりした。いつかシェアメルトに会ったら文句を言ってやると思った。

照魔のスーツ姿が可愛くて、かっこよくて、いつまでも見ていたい。

ずっとＲＡＩＮ《ライン》を送り合っていたいのに、照魔は仕事が忙しくて途中で切り上げてしまうのが、いつも寂しい。

照魔が初めてディーアムドを手にしたのを見た時、素敵すぎて戦闘中なのに抱擁をしてしまいそうになった。

照魔が私のことを嫌いだと口にした時……絶望して、目の前が真っ暗になった。

そして照魔と一緒にディーギアスになった時――いつまでもこのままでいたいとさえ思ってしまった。照魔を一番身近に感じることができるのが、女神の最大の穢《けが》れを受け容れた時だというのが……あまりにも皮肉だった。

お互いに共有した生命と違い、私の心は照魔《しょうま》に一方的に繋《つな》がってしまった。

だけど、この想いを告げることは許されない。

私はあくまで照魔の初恋の女神を演じているだけ……ということになっている。

何より、照魔は女性に慣れていないから事あるごとに慌てているだけで、私の感じているどきどきとは違う。

これは、一時の夢のような奇跡。

アロガディスが残した呪いの言葉のとおり……次の創造神が定まるまでの、淡い共闘なのだから。

どれだけ私たちが二人で一人の女神だと奮い立っても、天界はそれを認めない。

たとえ一一人の邪悪女神《ゾディアクス》全てを倒したとしても――私と照魔は、最後に争わなければならないのだろう。

私は自分の生命に未練はないが、照魔に天界を託す過酷な道も選ばせたくない。

どちらも選べない。その時が来たら、どうすればいいのだろう。

今はただ、女神大戦が続くことだけが、私たち二人が寄り添って生きていく唯一の方法なのだ。

戦い続けることこそが愛し合う手段なんて……つくづく女神という存在は度し難い。

照魔はきっともう、私のことを利害の一致した戦力ぐらいにしか思っていないはずだ。

女神への初恋も憧れも涸《か》れ果てて、世界を護るという使命だけを胸にこれから戦い続けるのだろう。

でもせめて、私だけはこう想い続けることを許して欲しい。

人間《あなた》に出逢《であ》った瞬間に芽生えた、この想いを。


「私……あなたのことが好きよ、照魔」

ディーギアス＝ヴァルゴ

乙女座のディーギアス。
照魔とエルヴィナ、
二人のディーアムドを同時に武装できる。
二身一体のため心が同調しなければ
真価を発揮できない。
エルヴィナの神起源『進化』を
照魔が最大限に引き出すことで、
無限に強くなってゆく可能性を秘めている。

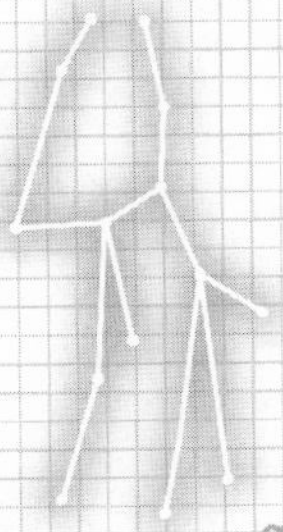

Divine-GEARS
MEMORIA

ディーギアス＝リンクス

山猫座のディーギアス。
破壊光線が得意で、『認識』による見切りも健在。
禁断の最終兵機ディーギアスを、
しかも人間界で発動するという二重の禁忌を犯し、
人間界を舞台にした次なる女神大戦の始動を
決定的なものとしてしまった。

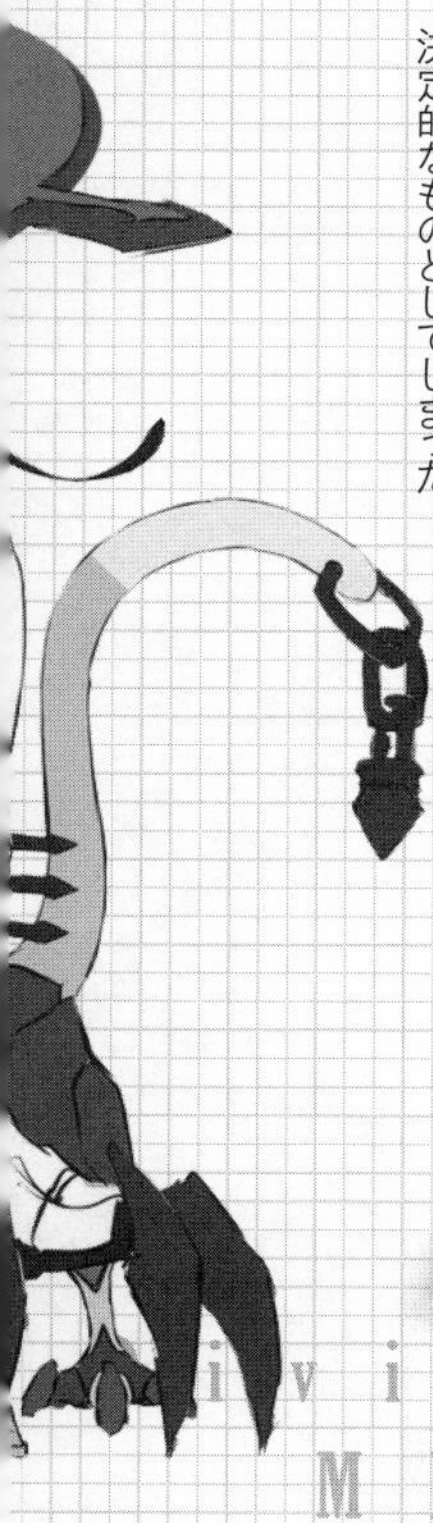

Divine-GEARS MEMORIA

あと女神がき

お久しぶりです、水沢夢《みずさわゆめ》です。初めての方は初めまして、水沢夢です。

新たな物語、『双神《そうしん》のエルヴィナ』が始まりました。あとツインテールがきでもあとUMA《ウーマ》がきでもなく、あと女神がきとあることからわかるように、今回の物語のキーとなるのは女神です。何と……一冊丸々どこにもツインテールがいません。いや、いないように見えます。

新作のヒロインがツインテールじゃないのを知った友人たちが「大丈夫か」「無理すんな」「本物の水沢夢をどこにやった」などなど心温まる激励を送ってくれました。

私はツインテールを書かないと絶命するわけではないんですよ。見ていてください、このあとがきでもこの先絶対にツインテールと書かずに乗り切ってみせますから。

とりあえず、タイトルに数字要素があるのが今までの私の作品との共通点になっています。

今回のお話ですが、死ぬまでに一度スーパーロボットものをやってみたかったのですがなかなか企画が通らず、じゃあ主人公たちのパワーアップ形態の一つが巨大化ならどうだろうかという方面で進めてもその概念をイメージしてもらえず、頓挫したまま数年が経ったのですが、とある仕事がきっかけで編集さんにも「操縦ではなく一体化」の概念をイメージしてしてもらえたことが大きく、そこからまた様々な要素を考え、実に五年越しの企画が形になりました。

いろいろなことが繋《つな》がって世界は回っているのだなと実感しました。

などと言っていますが、そもそもこの作品は武器や巨神がメインではありません。あくまで、少年と女神、別々の世界を生きてきた二人の恋を描く物語です。女神は基本的にみんなヤバいのでその過程でなんか尻から糸を出したりビルを破壊したりしますが、この作品のジャンルはラブコメです。ラブコメですので、よろしくお願いします。ラブコメです。

編集の濱田《はまだ》さん、イラストの春日《かすが》さんという前作から引き続きの頼りになる方々と一緒に、これから愉快で熱く、そしてちょっと切ない物語を紡いでいきます。

とにかく春日さんの熱量が半端ではなく、神々しいヒロイン、魅力的な世界観、そしてディーアムドやディーギアスといったかっこいいバトル要素を究極と言って差し支えないクオリティで形にしてくださり、それを見る度に勇気とパワーが湧いてきました。

私もその熱意に応えるべく、これから色々な魅力的な女神を出して、物語を彩っていこうと思います。

どうか一緒に、この物語を見守ってくだされば幸いです。

今回からも、完成と出版に携わった全ての方と、読者の皆様に、感謝とツインテールを!!

GAGAGA

ガガガ文庫

双神のエルヴィナ

水沢 夢

発行　2021年2月23日　初版第1刷発行

発行人　鳥光 裕

編集人　星野博規

編集　濱田廣幸

発行所　株式会社小学館
〒101-8001 東京都千代田区一ツ橋2-3-1
[編集]03-3230-9343 [販売]03-5281-3556

カバー印刷　株式会社美松堂

印刷・製本　図書印刷株式会社

©YUME MIZUSAWA 2021

Printed in Japan ISBN978-4-09-451889-4

造本には十分注意しておりますが、万一、落丁・乱丁などの不良品がありましたら、「制作局コールセンター」(フリーダイヤル0120-336-340)あてにお送り下さい。送料小社負担にてお取り替えいたします。(電話受付は土・日・祝休日を除く9:30～17:30までになります)
本書の無断での複製、転載、複写(コピー)、スキャン、デジタル化、上演、放送等の二次利用、翻案等は、著作権法上の例外を除き禁じられています。
本書の電子データ化などの無断複製は著作権法上の例外を除き禁じられています。代行業者等の第三者による本書の電子的複製も認められておりません。

ガガガ文庫webアンケートにご協力ください

毎月5名様 図書カードプレゼント!

読者アンケートにお答えいただいた方の中から抽選で毎月5名様にガガガ文庫特製図書カード500円を贈呈いたします。

http://e.sgkm.jp/451889

応募はこちらから▶

(双神のエルヴィナ)